KB264183

고도원의 꿈꾸는 링컨학교

위대한 시작

위대한 시작

고도원 지음

{ 점 하나가 위대한 시작입니다 }

작은 점 하나가 위대한 시작입니다.

새로운 경험, 경이로운 만남, 그 경험과 만남이

새롭고 경이로운 '점'이 됩니다.

그 점들이 이어져 선이 되고 이야기(story)가 됩니다.

그 이야기가 풍요로우면 삶도 풍요롭습니다.

그 이야기가 빛나면 인생도 빛이 납니다.

그 이야기가 위대하면 그 사람의 인생도 위대해집니다.

그 점을 저는 '북극성'이라 부릅니다.

우리 가슴 한가운데 떠 찬란히 빛나는 '꿈의 북극성'.

북극성이 떠 있는 사람과 그렇지 않은 사람은 인생이 다릅니다.
북극성이 떠 있으면 길을 잃어도 방향을 잃지 않게 됩니다.
꿈의 북극성이 떠 있는 사람의 배는 폭풍우를 만나도
목표를 향해 전진합니다. 표류하지 않습니다.

그 북극성으로 가는 과정에 또 하나의 점이 필요합니다.
'멘토'라고 하는 징검다리입니다.
아버지처럼 어머니처럼, 스승처럼 친구처럼
등대처럼 거울처럼 나를 비추고 길잡이가 되어주는 존재!
훌륭한 멘토를 만나면 그 어떤 고난도 희망으로 바뀝니다.
멘토를 얻는 순간, 인생에 소중한 점 하나가 찍히는
바로 그 순간이 '위대한 시작'입니다.
지금 여러분에게는 가슴을 뛰게 하는 꿈, 그리고 멘토가 있습니까?

이순신, 서재필, 칭기즈칸, 간디와 더불어
링컨은 제 청소년기에 가슴을 뜨겁게 했던 '아버지의 멘토'였습니다.
시골교회 목사였던 아버님은
제가 중학교 2학년 때 다섯 사람의 위인전을 주시면서
'이분들이 아버지의 멘토'라며 그 책들을 읽게 하셨습니다.
'아버지의 멘토'는 '아들의 멘토'가 되었고
그들의 삶은 제 인생에 큰 영향을 미쳤고

오늘의 저를 있게 해주었습니다.
그리고 마침내 〈깊은산속 링컨멘토학교〉를 열어
자라나는 이 시대 보석 같은 꿈나무들에게 '위대한 시작'의
점을 찍어주는 일에 혼신의 힘을 기울이고 있습니다.

사람은 누구에게나 가슴속에 '위대함'의 씨앗이 들어 있습니다.
어느 한 사람 똑같지 않은, 저마다 빛나는 보석입니다.
한 살이라도 어릴 때 그 보석 같은 씨앗을 발견해야 합니다.
그 씨앗이 자라나 거목이 될 5년 뒤, 10년 뒤, 20년 뒤를 그려보며
『위대한 시작』을 썼습니다.

이 책은 〈깊은산속 링컨멘토학교〉를 거쳐간
약 3,000여 명의 청소년들의 꿈과 고민을 바탕으로 썼습니다.
'9형제자매맺기' '2분 스피치' '몸만들기 마음만들기'
'꿈 그리고 꿈너머꿈 찾기'라는 네 가지 커리큘럼을 거치면서
자신만의 북극성을 찍고 '위대하게' 변화되어 가는
청소년들의 모습을 지켜보면서 희망이 생겼습니다.
"우리 아들이 빨간색에서 주황색으로 바뀐 것이 아니라
파란색으로 180도 바뀌었다"는 한 학부모님의 말을 듣고
기쁨과 감동과 희망과 사명감으로 써내려간 책입니다.

어려운 환경에서도 자신의 북극성을 잃지 않고
끝까지 꿈을 이룬 다양한 멘토들의 이야기와
링컨학교를 통해 자신의 점을 선으로 잇고
그 이야기를 2분 스피치로 만든 링컨학교 학생들의
살아 있는 꿈 이야기들이 담겨 있습니다.

꿈을 향해 열심히 달려가고 있는 이 시대의 청년들,
지금 내가 무엇을 해야 할지 고민하고 있는 꿈나무들,
좌절과 실패를 인생의 터닝 포인트와 희망으로 바꾸고 싶은
청소년들에게 '꿈 길잡이' 역할을 하는 실질적인 책이 되어줄 것입
니다.

링컨학교를 거쳐간 3,000여 명뿐 아니라
이 시대의 온갖 파도를 타고 넘는 1,000만 청소년,
하나하나 보석 같은 그 아들 딸들을
훌륭하게 키우고자 노력하는 부모님들,
오늘도 교육 일선에서 고민하고 수고하시는 선생님들 모두가
꼭 한 번 읽었으면 좋겠습니다.
스피치 작성법, 연설법, 독서법 등 특정 부분은
청소년뿐 아니라 성인들에게도 직접적인 도움을 줄 것입니다.

『위대한 시작』이
이 땅의 미래이자 희망인 청소년들에게
꿈을 심어주고 위대한 나의 이야기를 시작하게 해주는
징검다리가 되기를 소망합니다.

"나의 꿈은 세상에 단 하나뿐인 나의 이야기입니다.
그 이야기가 언젠가 현실이 됩니다.
지금이 바로 '위대한 시작'입니다."

2013년 5월 〈깊은산속 옹달샘〉에서

꿈아저씨 고도원 씀

차례

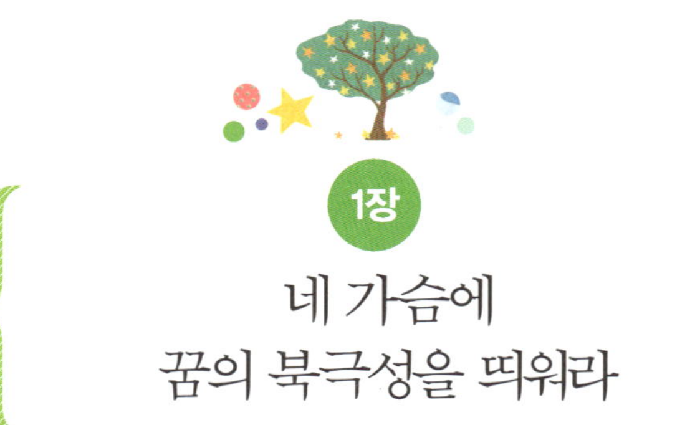

1장

네 가슴에
꿈의 북극성을 띄워라

2장

몸과 마음,
기초 체력을 튼튼히!

건강한 관계 맺기, 꿈의 네트워크를 만들자

4장

10년 후의 나를 만드는
위대한 '2분 스피치'

5장

꿈의 징검다리 읽기와 쓰기

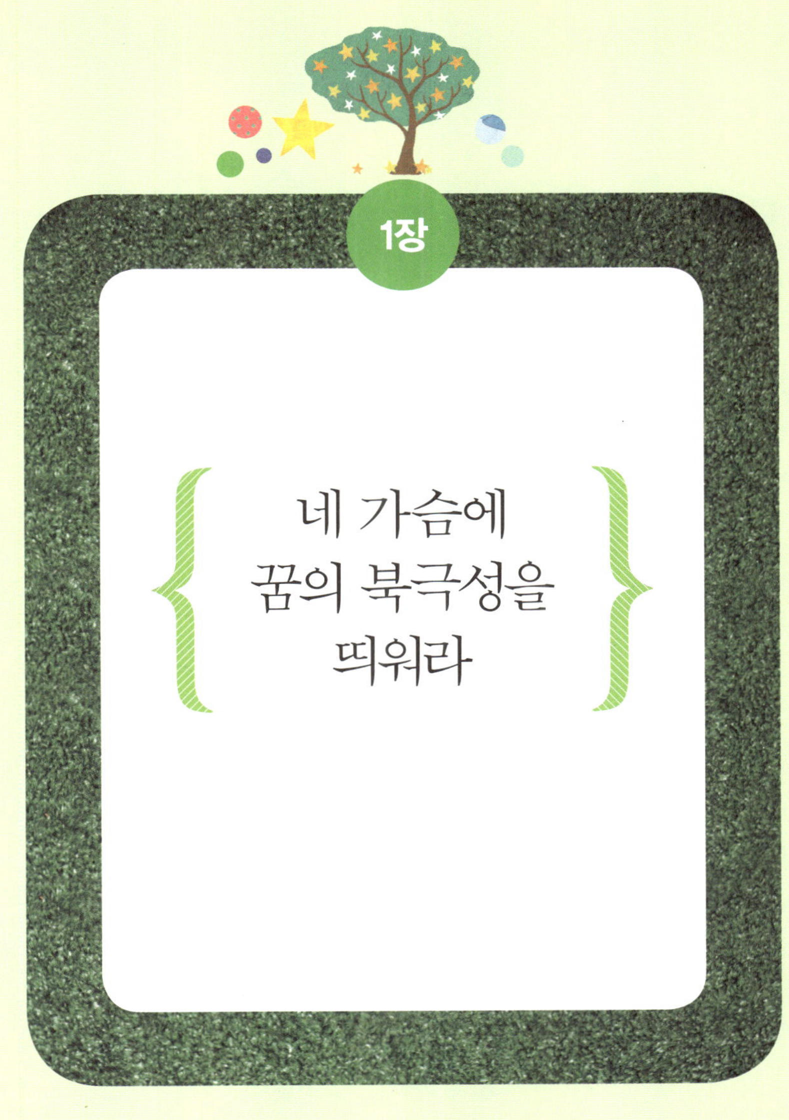

1장
네 가슴에
꿈의 북극성을
띄워라

　　　　　주영이가 집 근처 놀이터를 지날 때였습니다.

"야, 오랜만이다."

　누군가 아는 체를 하길래 돌아보니 친구의 형이었습니다. 그 형이 반갑다며 내민 빵을 먹으면서 주영이는 그곳에 모인 형들의 무용담을 들었습니다. 자신도 모르게 어깨에 힘이 들어가고 신이 났습니다.

　그날 이후 주영이는 형들을 따라 거리를 배회했습니다. 어머니의 눈물에도 주영이의 생활은 달라지지 않았습니다. 그러던 어느 날 밤늦은 시간 그 형과 단둘이 남았습니다. 그때 형이 진지한 표정으로 말했습니다.

"그동안 오토바이 타고 밤늦게까지 어울려 다닌 시간들을 후회해."

　형이 후회라는 말을 했을 때, 주영이는 깜짝 놀랐습니다. 자신만만하게 즐기고 있는 줄 알았는데 그게 아니었다니. 형의 다음 말은 더 충격적이었습니다.

"난 꿈이 없었어. 그래서 공부를 왜 해야 하는지 알 수가 없었지. 근데 요즘 수능 공부 하면서 꿈이 생겼다. 이제는 그 꿈을 위해 공부할 수 있다는 게 행복해."

　주영어는 형을 변화시킨 꿈의 힘이 놀라웠습니다. 주영이도 '꿈'에 대해 생각하면서, 어느덧 꿈이 피어났습니다. 그리고 신기하게도 그 꿈을

여러 사람 앞에서 말할 기회가 생겼습니다.

바로 2분 스피치 시간, 주영이는 사고치고 부모님의 마음을 아프게 한 지난날을 고백하고 꿈을 이야기했습니다.

"비행기 조종사가 되고 싶습니다. 여행 가는 사람들의 얼굴을 보면 하나같이 행복하고 그 여행에 대한 희망을 갖고 있습니다. 그들에게 행복을 실어 나르는 사람이 되고 싶습니다."

진심 어린 스피치가 끝나자 박수와 환호가 터져 나왔습니다. 그리고 마법 같은 일이 일어났습니다. 주영이의 꿈을 이루는 위대한 만남이 현실에서 이루어진 것입니다.

주영이의 2분 스피치 영상을 보고 많은 분이 감동했는데, 그 가운데 두 분이 '꿈의 후원자'로 주영이를 도와주기로 한 것입니다.

주영이가 비행기 조종간을 잡은 날, 주영이도 부모님도 그 장면을 본 모든 사람도 '꿈은 이루어진다'는 벅찬 증거 앞에 가슴이 뭉클했습니다.

드디어 주영이가 하늘로 날아올랐습니다. 꿈을 생각하고 사람들 앞에서 말한 순간 솟아오른 것입니다. 그것은 꿈을 꾸는 모든 사람에게 주는 희망의 메시지였습니다.

'꿈을 말하라. 그러면 꿈은 이루어진다!'

넌 꿈이 뭐니?

"꿈이 뭔가요?"

한 강연장 교실에서 청소년들에게 물었습니다. 그런데 수백 명의 청소년들 중에서 자신 있게 대답하는 사람이 한 명도 없었습니다. 꿈에 대한 질문을 처음 받아본 듯 당황스러워하는 경우도 많았습니다.

'아, 지금까지 꿈을 물어주는 사람이 없었구나.'

가슴이 철렁했습니다. 그동안 우리 청소년들에게 시험 점수가 얼마인지 몇 등인지만을 물었을 뿐, 진심으로 꿈이 무엇인지 물어주는 사람은 없었던 겁니다. 그러니 꿈에 대해 생각해 볼 기회조차 없었던 거예요.

그때 한 학생이 "왜 꿈을 가져야 합니까?" 하고 물었습니다.

꿈이 왜 필요한지 말하기 전에, 꿈이 없는 학생들의 모습부터 말해 볼까요? 눈빛이 흐리고, 어깨는 움츠려서 구부정하고, 시큰둥하고 무기력한 표정으로 시계추처럼 집과 학교, 학원을 오갑니다.

그러면 꿈이 있는 학생들은 어떻게 다를까요. 꿈이 없는 사람과 정반대의 모습을 상상하면 됩니다. 눈이 빛나고 표정도 밝고 매사에 자신감이 묻어납니다. 꿈을 향해 적극적으로 나아갑니다.

꿈은 바로 목표이자 방향입니다. 배가 바다로 나아갈 때 방향이 분명하면 힘차게 나아가지만, 어디로 갈지 모르면 이리저리 표류하게 됩니다. 꿈이 있는 사람은 목표가 분명해서 망설이고 방황하느라 아까운 시간을 흘려보내지 않습니다. 또한 열정적으로 꿈을 위해 노력합니다.

이것이 바로 꿈을 가져야 하는 이유입니다.

축구선수의 꿈이 있으면 공을 찰 때 남보다 더 열심히 뜁니다. 교수가 되겠다, 작가가 되겠다는 목표가 있으면 남보다 책을 더 읽게 됩니다. 세계 최고의 요리사가 되겠다는 꿈이 있으면 음식을 먹을 때 예사로 반응하지 않습니다. '이건 무엇으로 만든 거지? 맛이 색다른데' 하면서 모든 음식을 꿈의 재료로 삼습니다.

이처럼 꿈이 있는 사람과 없는 사람은 출발선에 선 자세와 마음가짐이 다릅니다. 그래서 결과도 크게 달라질 수밖에 없습니다.

"고개 들어 별을 바라보라"

지난 해 런던 패럴림픽 개막을 알리는 카운트다운이 끝나갈 무렵 휠체어를 탄 사람이 나타났습니다. 바로 세계적인 물리학자 스티븐 호킹 박사였습니다. 그는 이 자리에서 말했습니다.

"문명이 시작된 이래 인간은 우주의 근본 질서를 이해하기를 갈망해 왔습니다. 발을 내려다보지 말고 고개 들어 별을 바라보십시오. 무엇이 우주를 존재하게 하는지 호기심을 가지십시오."

그의 메시지는 6만여 관중의 가슴에 울려 퍼졌습니다.

"인간은 모두 다르지만, 누구나 인간 정신이 있습니다. 무언가를 창조하는 능력이 있다는 사실입니다. 삶이 아무리 어렵게 보여도, 당신이 잘하고 성공할 수 있는 무언가가 있습니다."

음성 인식기를 통해 전하는 그의 메시지는 그 누구의 연설보다 힘찼습니다. '삶의 어려움에 갇히지 말고 꿈을 꾸라'는 그의 호소가 런던을 넘어 전 세계인에게 용기를 주었습니다.

스티븐 호킹 박사는 온몸을 휠체어에 의지하면서도 훌륭한 연구 업적을 남긴 세계적인 물리학자입니다. 그런데 그가 어릴 때부터 몸이 불편했던 것은 아닙니다.

스티븐 호킹이 스물두 살 되던 해였습니다. 어느 날 신발 끈을 묶으려는데 손가락이 뻣뻣해서 묶을 수가 없었습니다. 서둘러 찾아간 병원에서는 루게릭 병이라는 진단을 내렸습니다. 게다가 의사는 청천벽력과도 같은 말을 했습니다.

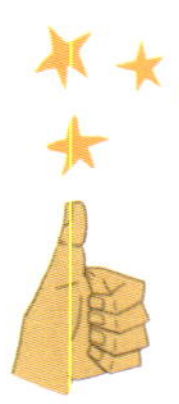 꿈이 있는 사람은 목표가 분명해서 망설이고 방황하느라 아까운 시간을 흘려보내지 않습니다. 또한 열정적으로 꿈을 향해 나아갑니다.

"앞으로 1~2년밖에 살지 못할 겁니다."

한창 꿈을 펼칠 나이에 시한부 인생이라는 선고를 받았으니, 호킹 박사의 충격은 이루 말할 수가 없었습니다.

그러나 그는 슬픔에 빠져 지내지 않고 오히려 연구에 더 몰두했습니다. 마치 하고 싶은 일을 마음껏 하면서 인생의 마지막을 보내겠다고 마음먹은 사람처럼 말입니다.

마침내 호킹 박사는 세상을 깜짝 놀라게 할 만한 연구 결과를 내놓았습니다. 우주 탄생의 비밀을 푸는 물리학 이론들을 발표하며 갈릴레이, 뉴턴, 아인슈타인을 잇는 위대한 물리학자로 인정받게 된 겁니다.

그 사이 그의 몸은 점점 더 굳어갔습니다. 1985년 폐렴으로 기관지 제거 수술을 받은 후 목소리마저 잃었습니다. 그는 컴퓨터 화면에 나타난 글자를 눌러 문장을 만들고 컴퓨터가 음성으로 합성하는 방식으로 대화를 했습니다. 그러나 손가락마저 움직일 수 없게 되자, 컴퓨터 인식기가 눈동자와 얼굴 근육의 움직임을 읽어 단어

를 조합했습니다. 최
근에는 얼굴 근육
마저 움직이기 어
려워져 새로운 소통
방식을 개발하고 있다
고 합니다.

　이런 장애 속에서도 스티븐
호킹 박사는 연구를 멈추지 않았습니다. 그 힘은 무엇일까요. 바로
꿈이 있었기 때문입니다.

　그는 열 살 때 별을 보면서 우주과학자의 꿈을 키웠습니다. 그때
꿈의 북극성 하나가 그의 가슴에 새겨졌고 그날 이후 그의 꿈은 점
점 커지고 단단해져 갔습니다.

　꿈을 갖는다는 것은 북극성을 띄우는 일입니다. 북극성은 옛날부
터 방위를 알려주는 기준이 되어 '길잡이별', '여행자의 별'로 불리기
도 했습니다. 그래서 가슴에 북극성이 떠 있는 사람은 비록 길을 잃
는다 해도 결코 방향을 잃지 않습니다. 북극성을 바라보며 걷기 때
문입니다.

　지금 당장 구체적인 꿈이 없어도 괜찮습니다. 하지만 이 순간 스
스로에게 물어보기 바랍니다. 내가 가고자 하는 방향은 어디인지,
내 가슴에 어떤 북극성을 띄우고 싶은지. 남들보다 소박한 꿈이어
도, 평범한 꿈이어도 좋습니다. 그러나 어디로 갈지 모른 채 방황만
하는, 꿈이 없는 사람으로 살아가진 마십시오.

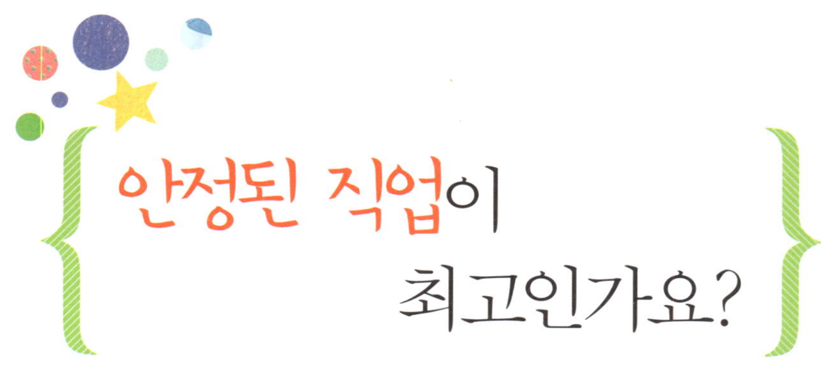

흔히 어른들이 여학생들에게 권하는 직업이 있습니다.

"교사가 최고야. 방학도 있지, 정년도 보장되고, 퇴직하면 연금도 나오잖아. 그만큼 안정된 직업이 없어."

남학생에게는 어떤가요. 의사나 법조인 혹은 공무원이 최고라고 권합니다. 이런 어른들의 권유가 아니라도, 요즘은 청소년 스스로도 안정적인 직업을 최고로 꼽습니다. 취업이 어렵고, 언제 퇴직당할지 모르는 불안정한 사회 구조와 경제 상황에 영향을 받아서입니다.

실제로 2012년 한국 직업능력개발원이 중1부터 고2 학생 6천여 명에게 희망 직업을 물었습니다. 그때 결과가 교사, 공무원, 의사 순으로 나타났습니다.

물론 학생들이 선택한 이 직업군에 문제가 있다는 것이 아닙니다. 모두 자기 자신은 물론 세상에 도움이 되는 훌륭한 직업입니다. 만약 새로운 질병을 치료하기 위해, 아픈 이들의 고통을 덜어주기 위해 의사가 되고 싶다면 아름다운 도전입니다. 또 사람들에게 지식과 정보를 가르치는 일이 재미있어서, 아이들의 길을 밝혀주는 좋은 스승이 되고 싶어서 교사를 꿈꾼다면 귀한 선택입니다.

그런데 안정성이나 고소득만을 기준으로 미래를 선택한다면, 젊음의 패기와 열정을 꽃피우기 전에 너무 쉽게 기성 질서를 따르는 무미건조한 삶을 선택하는 것과도 같습니다.

꿈을 갖고 도전하는 젊은이에게는 무한한 에너지가 뿜어 나옵니다. 특히 무한한 잠재력과 가능성이 있는 청소년기에는 우물 안 개구리에 머물지 않고 넓은 세상으로 나아가는 꿈을 갖는 것이 좋습니다. 그 진취적인 꿈의 에너지를 살리는 것은 자신을 사랑하는 길이기도 합니다.

도전! 꿈에 가까워진다

꿈을 이룬 사람들을 보면 공통점이 있습니다. 바로 도전 정신과 용기입니다.

얼마 전 '골든벨 소녀'이자 '꿈 프로젝트'로 잘 알려진 김수영 님과 〈깊은산속 옹달샘〉에서 만날 기회가 있었습니다. 김수영 님은 실업계 고등학교 학생 최초로 골든벨을 울려 유명해졌고, 그 이후 '73가지 꿈의 도전기'로 많은 이에게 꿈과 희망을 주고 있습니다.

김수영 님은 중학교 시절 이른바 문제아로 학교를 그만두고, 검정고시로 1년 늦게 실업계 고등학교에 들어갔습니다. 이때 그녀를 일으켜 세운 것이 바로 꿈이었습니다. 기자라는 꿈을 품으면서 대학에 가야겠다는 목표가 생긴 것입니다.

하지만 지방 실업고 출신으로 대학을 가겠다고 하자 주위 사람들은 비웃었습니다. 그러나 결국 혼자 힘으로 수능 공부를 하고 연세대에 합격했습니다.

졸업을 한 뒤 세계 최고의 투자은행 골드만삭스에 입사하자 이제 자리를 잡았다고 생각했습니다. 하지만 얼마 지나지 않아 충격적인 소식을 접했습니다. 몸에서 암세포가 발견된 것입니다. 그 일은 삶의 우선순위를 달라지게 했습니다.

'내일 당장 죽을지도 모르는 인생이니 하고 싶은 걸 하면서 살자.'

그리고 죽기 전에 해보고 싶은 73가지 꿈 리스트를 완성했습니다. 첫 번째 꿈인 '인생의 3분의 1은 한국에서 살았으니 다음 3분의 1은 세계를 돌아다니고, 마지막 3분의 1은 가장 사랑하는 곳에서 살고 싶다'는 꿈을 이루기 위해 2005년 런던으로 떠났습니다.

그리고 김수영 님은 또다른 꿈에 도전했습니다. 킬리만자로 오르기, 뮤지컬 무대 서기, 인도 발리우드 영화 출연하기 등 46가지의 꿈

칭기즈칸이 **"유목민은 성을 쌓지 마라, 성을 쌓는 순간 망한다"**고 했습니다. 이는 안주하는 것의 위험을 말한 것입니다. 상상하고, 모험하고, 도전하세요. 그것이 청춘의 특권입니다.

을 이뤄냈습니다.

여기서 그치지 않고 2011년부터는 영국 런던을 시작으로 1년간 25개국을 여행하며 365명의 꿈을 묻는 프로젝트를 진행했습니다.

"사람들은 집이 가난해서, 학벌이 좋지 않아서, 뚱뚱해서, 못생겨서와 같은 이유로 꿈을 포기합니다. 너무 어렵다고, 부족하다고, 시간이 없다고, 늦어서 불가능하다고 핑계만 대고 살기에는 인생이 너무 짧아요. 도전할 때 꿈은 현실에 가까워지지만, 도전하지 않으면 꿈은 머나먼 달나라 이야기에 불과합니다."

초등학교 때부터 가난과 따돌림 속에서 세상을 원망했지만 꿈을 가진 뒤에, 그리고 그 꿈에 도전하고 하나씩 이뤄가면서 김수영 님의 삶은 완전히 바뀌었습니다. 그 꿈의 힘을 경험했기에 자신의 꿈을 당당하게 이야기하며 사람들에게 묻는 것입니다.

"당신의 꿈은 무엇입니까?"

인터넷으로 췌장암 진단법을 개발한 소년

도전과 용기는 남들과 똑같은 시스템 속에 안주하지 않는 데 있습니다. 그리고 이런 도전은 멀리 있는 것이 아니라 의외로 가까운 곳에서 시작할 수 있습니다.

2012년 인텔 국제과학경진대회에서 미국의 15세 소년 잭 안드라카가 새로운 췌장암 진단법으로 최고상을 받았습니다. 그런데 그의 연구에서 주목할 만한 점이 있었습니다. 바로 우리가 손쉽게 접할 수 있는 인터넷을 통해 연구를 진행했다는 것입니다.

잭 안드라카는 이렇게 말했습니다.

"인터넷에서는 이론이 공유됩니다. 인터넷에서 중요한 것은 성별, 나이, 인종이 아니라 바로 아이디어입니다."

잭 안드라카는 아버지의 친구가 췌장암으로 세상을 떠나면서 이 연구에 관심을 두게 되었다고 합니다. 처음 구글을 통해 췌장암의 조기 발견률이 15퍼센트밖에 되지 않는다는 사실을 발견한 뒤, 아이디어를 실현하기 위해 인터넷을 이용했습니다.

또 근처의 대학에서 췌장암과 관련된 연구를 하는 200명의 교수를 찾아 메일을 보냈습니다. 199통은 거절하는 메일이었지만, 단 한 사람 존스홉킨스 대학교 아니르반 마이트라 교수가 그를 연구실로 초청했습니다.

잭 안드라카는 7개월의 연구 끝에 비용이 적게 들고 정확도가 100퍼센트에 가까운 검사 방법을 개발했습니다.

그의 이야기는 아이디어만 있다면 얼마든지 새로운 세계를 개척하고 도전할 수 있는 세상이 열렸음을 잘 보여줍니다.

저는 요즘 만나는 청년들이나 링컨학교에 오는 학생들에게 꼭 외치게 하는 인사가 있습니다.

"I am Great, You are Great, We are Great!(나는 위대합니다, 당신도 위대합니다, 그리고 우리 모두가 위대한 사람입니다!)"

여러분 안에 숨쉬고 있는 '위대함'의 씨앗은 그냥 싹트지 않습니다. 바로 새로운 것에 도전할 때, 남들이 하는 대로만 따라가려고 하지 않을 때 비로소 거친 땅을 뚫고 나오게 됩니다.

실패에 대한 두려움으로 도전하지 못한 채 늘 머뭇거리고, 혹은 눈앞의 안정만을 바라고 너무 빨리 작은 상자 속에 들어가려는 청춘에게 이 말을 들려주고 싶습니다.

"유 아 그레이트!"

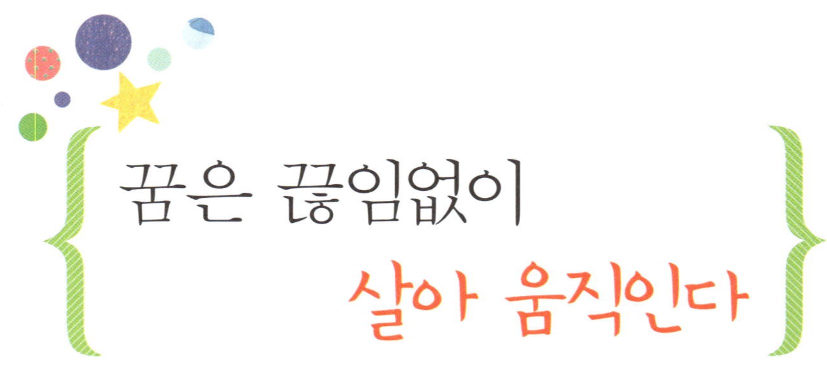

"예전에는 작가가 꿈이었는데, 지금은 교사와 프로듀서 중에서 어떤 길로 갈지 고민하고 있습니다. 하지만 솔직히 그 꿈이 언제 또 바뀔지 모르겠습니다."

꿈이 없는 것도 고민이지만, 꿈이 많아서 혹은 자꾸 바뀌는 것도 고민이 될 수 있습니다. 이럴 때는 구체적으로 꿈을 정하기보다 먼저 관심 있는 큰 줄기, 큰 방향을 따라가는 것이 좋습니다.

해양학자가 꿈인 학생이 있습니다. 이 학생은 바다에 관심이 있는 것인데, 이 분야에 관심을 갖고 공부해 가다 보면, 꼭 해양학자가 아니라도 바다와 관련된 다양한 직업 가운데 선택할 수 있습니다. 혹은 해양학자가 되기 위해 바다의 생태, 자원 등을 공부하다 더 흥미 있는 세계를 발견해서 꿈이 바뀔 수도 있습니다. 바닷속을 공부하다 사라진 도시에 관심을 갖고 고고학자가 될 수도 있는 것입니다.

그러니까 꿈이 구체적이지 않을 때는 관심 분야, 방향을 정하는 데서 시작하면 됩니다.

모든 경험은 꿈의 보물창고

삶은 역동적입니다. 늘 변화합니다. 따라서 좋아하는 분야를 선택했다고 해서 그 선택이 끝까지 유지되는 것은 아닙니다. 방향이 바뀔 수 있습니다. 꿈이라는 큰 줄기에서 한 걸음 나아가 구체적인 직업을 선택할 때는 상상력을 발휘해야 할 때도 있습니다.

역사를 전공했는데, 선택의 폭이 좁아서 미래가 불안하다는 대학생이 있었습니다. 역사를 전공했으니까 역사학자나 역사 교사가 되어야 하는데, 경쟁이 치열해서 자리를 잡기가 어렵다는 것입니다.

이는 작은 생각에 머무는 것입니다. 역사학은 인류의 오랜 이야기이고 삶의 기초이며 지혜의 근원입니다. 이를 펼칠 수 있는 길은 무궁무진합니다. 또 역사학은 인문학의 바탕이기에 다른 학문과 연결하여 미술사학과 같이 새로운 공부를 시도해 볼 수도 있습니다.

역사는 수많은 이야기의 보고인 만큼 작가가 되는 데도 도움이 되

 전공과 상관없는 직업을 선택할 수도 있습니다. 그러나 그 과정에서 배우고 익힌 것은 모두 좋은 경험이 되고 인생의 자산이 됩니다.

고 광고기획자나 영화기획자가 되었을 때도 상상력과 컨텐츠의 좋은 밑바탕이 되어줍니다. 유명한 크리에이티브 디렉터인 박웅현 님은 역사 같은 다양한 인문학 공부가 자신을 경쟁이 치열한 광고계에서 자신만의 색을 지닌 광고인으로 만들어주었다고 강조하기도 합니다.

역사를 전공했다고 해서 꼭 역사와 관련된 직업을 택하지 않아도 좋습니다. 제 인생 또한 전공의 울타리 안에만 머물지 않았습니다. 신학을 전공했지만 목회자가 되지 않았고, 전혀 다른 길을 걷고 있습니다.

저뿐만 아니라 다양한 꿈의 경로를 걸어온 분들이 세상에는 참 많습니다. 자신의 꿈과 학교에서의 전공과 현재 하는 일이 다른 경우도 많고, 전혀 예상치 못한 일을 하고 있는 분들도 있습니다. 그러나 모두 그 경험들에서 버릴 것은 없다고 말합니다. 그 모든 경험은 언제 어디서든 값지게 쓰일 때가 있다는 것입니다.

직업이나 취미가 돼도 좋다

꿈은 좋은 취미로 남을 수도 있습니다. 그러니까 꿈을 이루지 못했다고 아쉬워하면서 부정적인 감정에 빠질 필요가 없습니다. 음악가가 꿈이어서 음악에 대한 관심과 연주 실력이 높아지면 설사 음악가가 되지 않아도 그 삶이 풍요로워집니다.

저도 어린 시절에 화가, 음악가를 꿈꿨습니다. 그래서 지금도 음악과 미술을 즐기고, 그것을 소재로 이야기하기를 좋아합니다. 그런 꿈을 꾸었던 시간이 있었기에 풍부한 감성으로 아침편지를 쓰고 강연을 하기도 합니다.

이렇듯 꿈이 있다는 것만으로도 인생은 풍요로워집니다. 지금 중요한 것은 꿈꾸는 방향으로 한 걸음 내딛고 열심히 걸어가는 것입니다.

흥미 있는 일, 기분 좋아지는 일의 목록을 써보세요. 관심이 가는 분야에 대해 알아가다 보면 어떤 것은 취미로 남고, 어떤 것은 더 큰 꿈으로 자연스레 자라게 됩니다. 무엇이든 좋습니다.

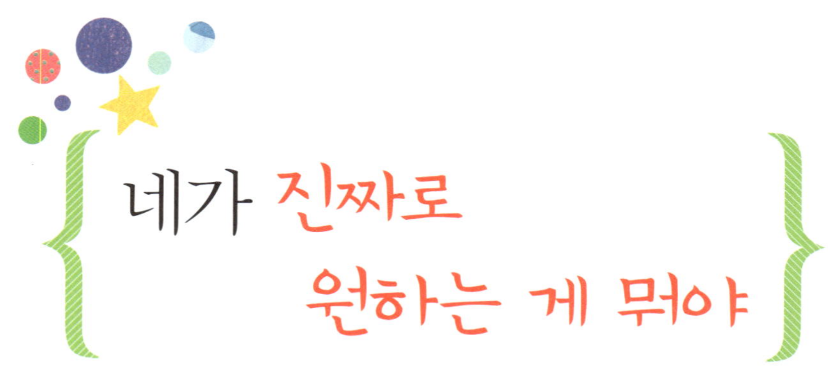

요즘 청소년들은 어릴 때부터 공부에 바빠서 정작 자기 자신에 대해 귀 기울이지 못하는 경우가 많습니다.

개성 있는 외모와 입담으로 인기를 누리고 있는 개그우먼 박지선 님도 이와 다르지 않은 청소년기를 거쳤다고 합니다.

"하고 싶은 것도, 교사의 꿈도 없이 점수에 맞춰서 사범대에 갔어요. 대학생이 되었는데 내가 듣고 싶은 과목을 들으래요. 시키는 것만 하다가 내가 시간표를 짜야 하니까 못하겠는 거예요. 그래서 4년

내내 친한 친구와 똑같은 수업을 들었어요. 듣다 보니까 어느 순간 노량진 임용고시 학원에 가 있는 거예요."

좁은 고시학원의 사람들 틈바구니에 앉아 강의를 듣는데, 어느 순간 '내가 여기 왜 있지?' 하는 생각이 든 겁니다.

자신이 지금 행복하지 않다는 걸 깨닫고, '내가 과연 행복했던 순간이 언제였지?' 스스로에게 물었다고 합니다. 그렇게 과거를 돌아보던 중, 친구들을 모아놓고 웃기던 순간이 정말 행복했다는 사실을 깨달았습니다.

그 길로 박지선 님은 학원을 박차고 나와 개그맨이 되기 위해 열심히 노력했습니다. 그녀의 이야기는 무척이나 극적인 듯하지만 요즘 청소년들의 모습을 잘 비추어보게 하는 사례이기도 합니다. 학교와 가정에서 시키는 대로만 살다가 어느덧 자신을 잃어버린 청소년들의 모습 말입니다.

"우리는 남과 같아지기 위해서 우리 자신의 4분의 3을 잃어버린다."

쇼펜하우어의 말입니다. 여러분도 뭘 좋아하는지, 뭘 하고 싶은지 자신에게 귀 기울이지 못한 채 시간을 흘려보내고 있지는 않은가요?

기억과 경험 속에 담긴 나에 대한 실마리들

자기가 무얼 하고 싶은지, 무얼 좋아하는지 아는 사람은 주위의 시선에 아랑곳하지 않고, 뚜벅뚜벅 그 길을 걸어갑니다. 또한 그 결과는 아름다울 수밖에 없습니다.

자기가 좋아하는 일을 즐겁게 하는 사람이 되려면, 먼저 나에게 귀 기울여 자신에 대해 정확히 아는 것이 중요합니다. 그래야 길이 열립니다.

'나는 뭘 좋아하지?'

'하고 싶은 게 뭐지?'

스스로에게 물어보는 겁니다. 현재의 나, 과거의 나를 통해 미래의 꿈을 그려볼 수 있습니다. 지나온 시간과 경험 속에는 나에 대한 정보가 녹아 있어서 그 시간을 거슬러 '난 무엇을 좋아했지?' 생각해 볼 수도 있습니다.

얼마 전 꿈이 없다는 한 학생에게 물었습니다.

"뭘 좋아하지?"

"딱히 좋아하는 게 없는데요."

"그럼 어릴 때는 뭘 하면 즐거웠니?"

그 학생은 잠시 생각하는 듯하더니 이렇게 말했습니다.

"시계 같은 기기를 해체해서 다시 맞추는 걸 좋아했어요."

"또 좋아하는 게 뭐가 있었어? 기억에 남는 재미있는 일 없었어?"

"아, 할머니 댁에서 연을 만들어 날렸는데, 정말 재미있었어요."

손으로 만드는 건 뭐든 좋아하고, 기계를 조작하기 좋아하고, 연을 만들어 하늘에 날리는 걸 좋아했던 일들. 그 학생은 기억과 경험 속에서 꿈의 퍼즐 조각을 맞춰갔습니다.

며칠 뒤 그 학생이 저를 향해 달려오더니, 환한 얼굴로 말했습니다.

"선생님, 꿈이 생겼어요. 항공 엔지니어가 될 거예요."

드디어 퍼즐 조각을 다 맞추고 그림을 완성한 모양이었습니다. 그 학생은 미처 그려내지 못하고 있었을 뿐, 이미 꿈의 씨앗을 품고 있었습니다. 꿈에 대해 생각해 본 뒤 비로소 그 씨앗은 땅 위로 고개를 내밀기 시작한 겁니다.

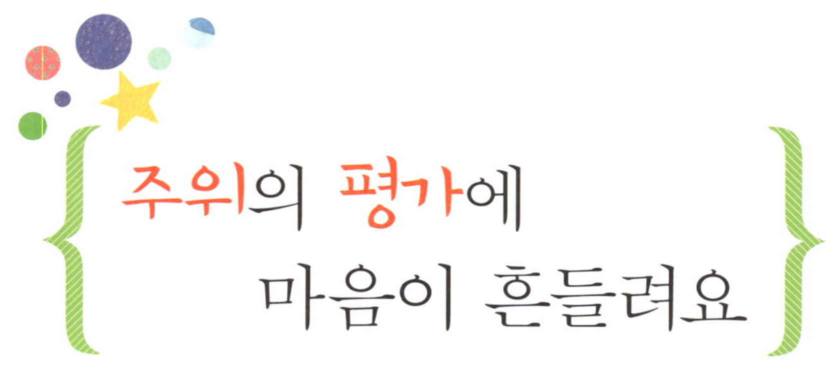

한 학생은 아나운서를 꿈꾸었습니다. 그런데 아버지가 그 꿈을 듣고 이렇게 말했습니다.

"그거 아무나 하기 힘들 텐데."

아버지는 지나가듯 한 말이었지만, 그 학생은 그 말을 듣는 순간 기운이 빠졌습니다.

'맞아. 아나운서는 아무나 하나. 내가 어떻게 아나운서가 되겠어.'

순간 자신의 부족한 점, 아나운서 시험의 치열한 경쟁률 같은 것들이 떠올랐습니다. 그러고는 아쉽지만 그 꿈을 지워버렸습니다. 부

그러면 정말 내가 원하는 꿈인지, 도전해 볼 만한 꿈인지 알 수 있습니다. 그때 포기해도 늦지 않습니다.

모님은 누구보다 자신을 잘 안다는 생각에 능력을 펼치기도 전에 포기해 버린 것입니다.

이렇게 청소년기에 학교 성적과 선생님이나 부모님 등 주위의 평가에 꿈을 포기하는 경우가 있습니다. 2012년 노벨 생리의학상 공동 수상자인 존 거던 교수가 바로 그런 경우입니다.

거던 교수는 열다섯 살 때 생물 선생님에게서 받은 성적표를 아직도 보관하고 있는데, 그때 생물 과목 성적이 동급생 250명 중 꼴찌였습니다. 선생님은 성적표에 이렇게 썼습니다.

"거던이 과학자가 되고 싶다는데, 현재로 볼 때 상당히 엉뚱하다고 판단됨. 생물에 대한 단순한 지식조차 습득할 수 없다면 과학자가 되기는 어려울 것으로 보임."

그 글을 본 거던은 결국 과학자의 꿈을 포기하고 대학에서 고전문학을 전공했습니다. 그러나 가슴에 품고 있던 꿈을 도저히 버릴 수 없었습니다. 그래서 전공을 동물학으로 바꾸고, 생물학 연구에 집중하기 시작했습니다. 마침내 10여 년 뒤인 1962년, 박사과정 대학원생이었던 그는 사상 최초로 개구리 복제에 성공했습니다. 이 연구는 1996년 이언 윌머트 교수의 복제 양 돌리 탄생으로 이어졌고, 노벨상을 공동수상한 야마나카 신야 교수의 유도만능줄기세포 연구의 밑바탕이 됐습니다. 선생님의 냉정한 평가 때문에 거던 교수는 먼 길을 돌아온 셈입니다.

"일단 시작해 보라"

누군가에게 꿈을 말할 때, 인정받지 못하거나 무시당할 수도 있습니다. 그런데 정작 상대방은 별 뜻 없이 한 말일 수도 있고, 내가 잘못 받아들인 것일 수도 있습니다. 설사 반대에 부딪힌다 해도 꼭 이루고 싶은 꿈이라면, 시간을 두고 노력하면서 문제를 해결할 수도 있습니다. 그러니 소중한 꿈이 있다면 담대하게 이겨나가는 마음이 필요합니다.

축구선수를 꿈꾼 한 학생은 어머니의 반대에 부딪혔습니다.

"운동선수의 길은 정말 험난해. 괜히 축구 한다고 시간 빼앗기면 이도저도 안 될 수 있어. 그러니까 공부나 열심히 해."

그 학생은 어머니를 말로 설득하는 대신 새벽 5시면 일어나 운동장에 가서 축구를 했습니다. 아침마다 몇 번을 깨워야 겨우 일어나던 아들이 스스로 일어나서 운동하는 모습을 지켜본 어머니가 이렇게 말했습니다.

"앞으로 두 달 동안 지금처럼 축구를 한다면 말리지 않겠다."

그런데 이 학생은 한 달 만에 축구를 그만두었습니다. 막상 해보니까 체력도 딸리고, 생각처럼 절실한 꿈도 아니었던 것입니다. 하지만 주위의 반대로 자신의 꿈을 포기한 것이 아니라, 꿈을 이루려 노력해 보았기 때문에 후회가 남지는 않았습니다.

정말 이루고 싶은 꿈이 있다면, 주위 사람들의 말에 휘둘려 포기하기보다 먼저 작은 일이라도 실천해 보는 것이 중요합니다. 그러면 그 꿈에 대한 내 열정이 얼마나 큰지 확인해 볼 수 있고, 포기하더라도 아쉬움 없이 새로운 꿈을 향해 나아갈 수 있습니다.

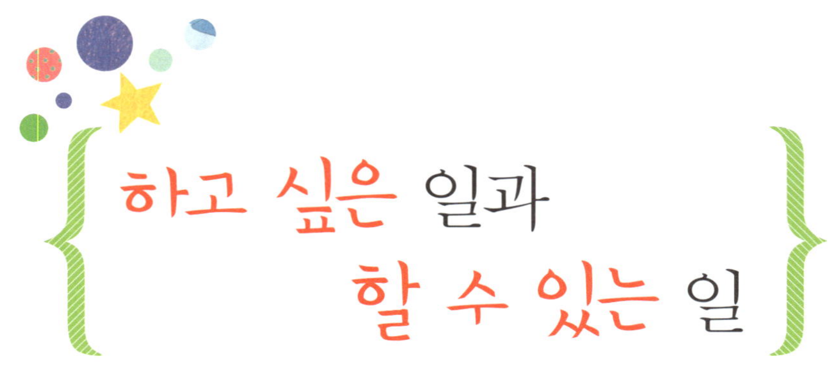

"미대에 가고 싶은데 한계를 느낄 때가 많아요. 아무래도 타고난 능력이 부족한 것 같습니다."

1년 동안 미대를 가기 위해 노력했지만 힘에 부친다는 한 학생에게 왜 미대에 가려고 하느냐고 물었습니다.

"그냥 좋아서요."

청소년기에 좋아하는 일과 분야를 찾았다는 것은 정말 행복한 일입니다. 그런데 막상 해보니 재능이 없다고 느껴진다면 고민하지 않을 수 없을 겁니다. 그래서 '좋아하는 것'과 '잘할 수 있는 것' 사이에서 심각하게 갈등할 수도 있습니다. 실제로 이런 문제로 고민하는 청소년들이 많습니다.

좋아한다고 해서 다 잘할 수는 없습니다. 하지만 정말 좋아하는 것이라면, 그리고 일단 선택했다면, 충분히 더 노력해 보는 게 좋습니다. 그것은 결코 시간 낭비가 아닙니다.

저는 초등학생 때 화가를 꿈꾸었습니다. 스케치가 빠르고 구도를 잘 잡아서 칭찬을 많이 받았습니다. 그런데 사생대회에 나가면 스케치까지는 잘했는데, 색칠이 문제였습니다. 크레용으로 색을 칠하려니 색이 잘 먹지를 않았습니다.

혹시 크레용과 크레파스의 차이를 아나요? 크레용은 꼭 초 같아서 색이 잘 나오지 않지만, 크레파스는 부드럽게 색을 표현할 수 있었습니다. 그래서 52색 크레파스를 가진 친구가 얼마나 부러웠는지 모릅니다.

크레용으로는 도저히 색감을 표현할 수 없어서 어렵사리 친구의 크레파스를 빌려 쓰기도 했습니다. 하지만 신록이 우거진 5월 사생대회에서는 초록색을 많이 써서, 친구의 초록색 크레파스는 차마 빌릴 수가 없었습니다. 그래서 그 친구가 쓰지 않는 색으로 칠을 하다 보니 나무를 기상천외한 색으로 표현할 수밖에 없었습니다.

선생님 눈엔 이상한 색 감각을 가진 아이로 비쳤을 겁니다. 저는 결국 상과는 거리가 멀어지고 말았습니다.

사생대회를 마치고, '집에 가면 어머니에게 꼭 크레파스를 사달라고 해야지' 다짐했지만 끝내 그 말을 못했습니다. 궁핍한 형편을 잘

 하지만 무언가에 몰입해서 자신의 재능을 시험해 본 사람은 인생에서 중요한 반복 훈련을 한 셈이 됩니다. 이것은 너무도 소중한 꿈의 재료입니다.

알기에 차마 말을 꺼낼 수 없었습니다. 어린 마음에도 크레파스조차 살 수 없는 형편에 그림 공부는 사치라고 여긴 저는 결국 화가의 꿈을 접었습니다.

또 음악도 좋아하고 재능이 있어서 교회에서 노래하고 성가대 지휘도 했습니다. 재능과 카리스마가 있다고 음악선생님에게 칭찬을 받게 되면서 저는 성악과에 가고 싶었습니다.

그 꿈을 이야기했을 때, 음악선생님이 부모님을 모시고 오라고 했습니다. 처음에는 그것이 무슨 뜻인지 몰랐는데, 알고 보니 고가의 레슨을 받아야 한다는 거였습니다. 성악도 아무나 하는 게 아니구나 하고 또 꿈을 접었습니다. 돈이 드는 꿈은 엄두도 내기 어려웠기 때문입니다.

꿈을 이루는 데는 외적 조건과 내적 조건이 있습니다. 제가 돈이 없어서 그림과 음악을 계속할 수 없었던 것은 외적 조건에 제약을 받아서입니다. 그래서 몽당연필 한 자루만 있으면 글을 쓸 수 있는 '글쟁이'가 되었습니다.

그런데 성인이 되어보니 그 꿈을 포기했던 것이 때때로 아쉬움으로 남습니다. 이것은 내적 조건, 즉 제 의지가 부족한 탓이었다고도 할 수 있습니다.

그런데 물감도 살 수 있고 학원도 다닐 수 있는 형편이라면, 무엇보다 내가 좋아하는 일이라면 더 도전해야 합니다. 내적으로 단단하지 않아서 포기하는 것이라면 노력이 더 필요한 것입니다.

겨우 1년 해보고 한계를 말하기는 이릅니다. 만약 스케치 실력이 떨어지는 것 같으면, 밤을 새워 연습해서라도 실력을 끌어올려야 합니다. 그때가 되어서 자신의 재능을 돌아봐도 늦지 않습니다.

열심히 해본 사람만이 가지는 힘

그러니 꿈의 길에 들어섰다면 되도록 끝까지, 열심히 가보세요. 한참 나아갔다고 해서 되돌아올 수 없는 것도 아닙니다. 이 길이 아니다 싶거나 재능이 없다고 판명되었다 해도 결코 헛되이 시간을 보낸 것은 아닙니다. 꿈을 이루기 위해 노력해 본 경험은 인생의 귀한 자산이 되기 때문입니다.

가령 피아노를 열심히 배우면 바이올린을 배우는 건 쉬울까요, 어려울까요? 아무런 악기를 다뤄보지 않은 사람보다 훨씬 쉽습니다. 소설책 한 권을 잘 읽으면 시집을 읽기가 쉬울까요, 어려울까요? 쉽습니다.

한 권의 책을 읽으면 두 권의 책을 읽는 게 쉬워지듯이 한번 꿈을 이루기 위해 열심히 노력해 보면 그 다음 자라나는 꿈을 이뤄가는 방법을 더 쉽게 터득할 수 있습니다.

중요한 것은 섣불리 '재능이 없다'고 단정하지 않는 것입니다. 매우 특별한 경우가 아닌 한 재능이란 반복 훈련의 결과이고, 끊임없이 갈고 닦지 않으면 있다가도 사라지는 것이기 때문입니다.

피아노든 그림이든 반복으로 능숙하게 익혀서 즐길 수 있는 단계가 되면 그것이 능력의 차원을 한 단계 높입니다. 그것이 직업이 되면 좋지만, 설령 그렇지 못하더라도 그런 경험이 다른 일을 할 때 더 높은 능력을 체득할 수 있는 힘이 되어줍니다. 그러면 꿈을 향해 가는 데 필요한 내적 조건도 갖추게 됩니다.

설령 적지 않은 시간을 쏟아부었던 일에 재능이 없다고 판명되거나, 내가 생각했던 것이 아니라고 할지라도 그 사실을 안 것만으로도 큰 수확입니다. 낭비나 실패가 결코 아닙니다. 최소한 그것이 자신에게 맞지 않는 점을 알게 되었기 때문입니다. 그만큼 아닌 길에서 방황하지 않고 제대로 된 길을 찾아갈 확률이 더 높아진 것입니다.

{ 배움의 기본기를
놓치지 마라 }

"문학평론가가 되고 싶어요. 책을 많이 읽고, 유명한 평론가의 제자로 들어가 배우면 되지 않을까요? 굳이 대학을 가야 하나요?"

물론 모든 사람이 대학에 가야 하는 것은 아닙니다. 스스로 필요성을 못 느끼거나 굳이 가기 싫다면 가지 않아도 됩니다.

대학에 가지 않고도 기량을 펼칠 수 있는 분야들은 얼마든지 있습니다. 예술 분야, 즉 음악이나 그림을 하거나 글 쓰는 사람, 요리하는 사람은 꼭 대학 과정을 거쳐야만 하는 것은 아닙니다. 기술 분

 하지만 내 마음이 변해서든 사회 환경이 변해서든 인생에는 변수가 있게 마련입니다. 바로 그런 선택의 기로에서 좌절하지 않으려면, 배움의 기본기는 반드시 갖추는 것이 좋습니다.

야에서도 현장 경험으로 실력을 쌓아 전문가가 될 수 있습니다. 최근에는 기술명장을 키워내는 마이스터고등학교와 같은 곳을 졸업한 후 대학에 진학하지 않고 바로 취직을 하는 경우도 있습니다.

하지만 의사, 교수, 과학자, 평론가 등을 꿈꾼다면 반드시 대학에 가야 합니다. 이들은 대학 같은 고등학문 기관에서 배울 수 있는 고도의 지식과 사회에서 요구하는 일정한 학력과 절차가 필요한 일이기 때문입니다. 가령 의사를 꿈꾸면 의대를 나와서 국가 시험을 거쳐야 의사가 될 수 있습니다.

더군다나 평론가는 단순한 지식이 아니라 세상을 다 읽을 수 있을 정도의 폭넓은 안목과 지식을 갖춰야 합니다. 그래서 배움의 코스를 차근차근 밟아 충분히 공부한 다음에 나온 평론이라야 인정을 받습니다. 남들이 신뢰할 만한 시간과 경험을 거친 사람이 아니면 어디 가서 명함을 내밀기도 힘들어집니다.

"공부, 어떤 경우에도 완전히 포기하진 말자"

대학도 대학이지만, 꼭 공부를 해야 하는가 의문을 품을 수도 있습니다.

"그림을 그릴 건데, 굳이 대학에 가기 위해 공부할 필요가 있나요?"

"가수가 되고 싶은데, 공부를 왜 해야 하죠?"

재능만 갈고 닦으면 되었지, 학교 공부는 필요 없다고 여길 수 있습니다. 그러나 그림을 그리고, 공을 차고, 노래를 하고, 연기를 하더라도 학창 시절에는 학업을 완전히 놓지 않는 것이 좋습니다. 열심히 하지 않더라도 최소한 배움의 끈을 계속 쥐고 있어야 하는 것이죠.

사진이 취미라고 해서 하루 종일 사진기만 누르는 것이 아닌 것처럼, 인생에는 단 하나의 일, 관심, 취미만 있는 게 아닙니다. 내가 꿈꾸는 일이 이뤄지지 않을 수도 있고, 다른 계기를 만나서 꿈이 바뀔 수도 있습니다.

한창 배워야 할 시기에 중요한 지식들을 건너뛰면 기본으로 갖추어야 할 것들을 놓칠 수가 있습니다. 구구단을 외우는 일에도 때가 있는 것처럼 말입니다.

물론 우리 사회 각 분야에서 두각을 나타내는 사람들 가운데는 학업을 끝마치지 않은 경우도 있습니다. 그 사실은 우리에게 희망을 주지만, 그 수는 아주 적습니다. 정말 재능이 탁월하고 특별한 운이 있는 사람에게 주어지는 선물입니다. 대부분의 경우는 공부해야 할 때 노력하지 않으면 차츰 자신감을 잃고 뒷전으로 밀려나기 쉽습니

다. 그래서 학생 때는 공부를 포기하지 않는 게 좋다고 말하는 것입니다.

아무리 운동을 열심히 하는 사람이라도, 음악에 재능이 있는 사람이라도 학교 공부는 놓지 않는 게 좋습니다. 연기를 잘해서 유명한 배우가 되었을 때도 남 앞에서 인터뷰를 해야 할 때가 있고, 자신의 생각을 논리적으로 표현해야 할 때도 있습니다. 배움의 기본기를 갖춘 사람이라야 남 앞에 섰을 때 당당할 수 있고, 크게 성공할 확률도 더 높아집니다.

한때 운동을 하는 학생들은 학교 수업을 듣지 않는 경우가 많았습니다. 오로지 자신이 하고 있는 운동 종목에만 매진하여 국가대표가 되고 올림픽 같은 큰 국제경기에 나가 좋은 성적을 거두는 것이 최종 목표나 다름없었습니다.

그러나 미국 같은 경우는 운동선수인 학생들도 반드시 학업을 병행하도록 하고 있습니다. 특히 대학 스포츠에서는 더욱 엄격하게 지키고 있습니다. 메달을 따고 스타가 되는 등 월등한 기량을 뽐내는 선수들도 있지만 그렇지 않은 대다수 학생들의 경우에도 자신만의 인생을 준비하기 위해서는 다양한 지식과 기술을 배우는 일이 필요하기 때문입니다.

우리나라도 몇 년 전부터 학교 스포츠가 이런 방향으로 변모하고 있습니다. 그래서 운동선수들도 반드시 일정 시간 이상의 수업을 들어야 하는 제도가 만들어졌습니다.

꼭 운동선수들의 경우에만 해당하는 이야기는 아닙니다. 살아가면서 우리는 많은 선택을 하게 되고 꿈도 여러 번 바뀔 수 있습니다. 지금 당장은 공부가 필요 없어 보일지라도 좀더 긴 시선으로 미래를 그려본다면 어느 순간에는 반드시 필요한 도구이자 꿈의 재료가 됩니다.

축구선수를 꿈꿨던 한 학생은 사고로 다리를 다치면서, 재활의학 쪽으로 꿈을 바꾸었습니다. 만약 이 학생이 축구만 하고 공부를 완전히 접었다면 새로운 꿈에 적응하는 데 큰 어려움을 겪었을 것입니다.

내 마음이 변해서이든, 조건이 달라져서이든, 사회 환경이 변해서이든 인생에는 변수가 있게 마련입니다. 바로 그런 선택의 기로에서 좌절하지 않으려면, 배움의 기본기는 반드시 갖추는 것이 좋습니다.

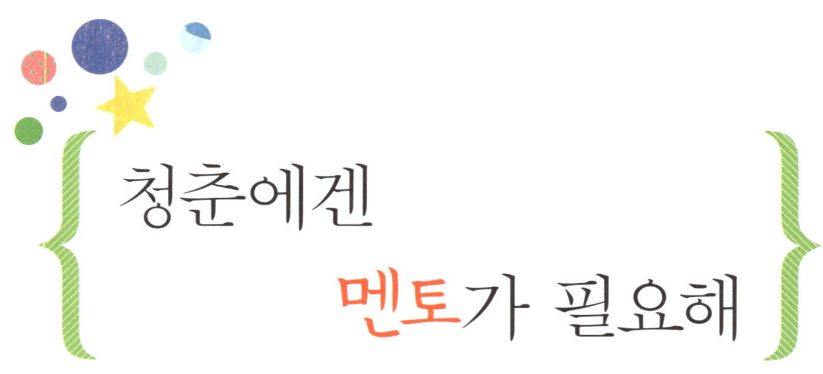

"내 아들을 부탁하네."

고대 그리스 왕 오디세우스가 친구 멘토를 바라보며 말했습니다.

"걱정 마십시오. 최선을 다하겠습니다. 부디 몸조심하시고 승리해서 돌아오십시오."

트로이 전쟁에 출정하는 오디세우스는 살아 돌아오지 못할 수도 있었습니다. 오디세우스는 가장 믿는 친구에게 아들을 부탁하고서야, 군사들을 이끌고 길을 떠났습니다.

그로부터 10년이 흘렀습니다. 전쟁터에서 돌아온 오디세우스는 몰라보게 성장한 아들을 만나 감격에 겨웠습니다. 아들의 의젓한 모습을 보니, 멘토가 얼마나 정성껏 잘 돌보았는지 알 수 있었습니다.

"정말 고맙네. 자네는 내 일생의 은인일세."

오디세우스는 멘토의 손을 꼭 잡았습니다.

이때부터 '멘토'라는 이름은 인생의 스승, 은인 같은 사람으로 불리게 되었습니다.

요즘 멘토라는 말을 많이 합니다. 오디세우스의 친구였던 멘토처럼 아버지같이 이끌며 돌봐주는 이를 말하기도 하고, 지혜와 신뢰로 이끌어주는 좋은 스승의 의미로 사용하기도 합니다.

꿈의 북극성을 향해 가는 길에 멘토는 신호등, 정거장, 징검다리와 같습니다. 멘토에게 조언을 듣고 힘과 영감을 얻을 수 있어서입니다.

아무래도 어린 나이에는 경험이 적고, 세상을 보는 눈도 넓지 않기 때문에 선택이 어려울 수 있습니다. 청소년기에 혜안을 가진 멘토를 만나는 일은 그래서 더욱 중요합니다. 꿈을 향해 가는 길에 멘토는 큰 도움이 됩니다. 새로운 직업이 생겨나고 또 사라지는 변화가 많은 시대에, 시대의 흐름을 읽고 조언을 줄 수도 있습니다. 숨어 있는 재능을 알아봐주고 이를 펼치도록 격려해 줄 수도 있습니다. 또한 멘토는 모자란 부분은 짚어주고 장점은 살려줄 수 있습니다.

요즘 방송에 오디션 프로그램이 무척 많은데, 여기에서도 멘토의 역할이 시선을 끕니다. 멘토의 조언 한마디에 멘티의 실력이 크게 성장하는 것을 확인할 수 있습니다.

그런데 멘토가 반드시 위대한 인물일 필요는 없습니다. 우리 가까

 멘토에게 조언을 들으면 힘과 영감을 얻어, 혼자 애쓰는 것보다 훨씬 빠르고 크게 성장할 수 있습니다.

이에서도 만날 수 있습니다. 부모님, 선생님, 형 누나, 선배일 수도 있습니다. 성심껏 고민을 들어주고 자신의 경험을 바탕으로 올바른 선택을 할 수 있도록 도와주는 사람이라면, 모두 다 멘토라고 할 수 있습니다.

한 학생은 아버지가 멘토라고 했습니다.

"제가 중학교 때 나쁜 친구들과 어울려서 부모님 속을 썩여드렸는데, 아버지는 저를 믿고 기다려주셨어요. 저도 아버지 같은 사람이 되고 싶습니다."

또 한 학생은 초등학교 때 담임선생님을 멘토라고 말했습니다.

"축구선수가 꿈이었는데 교통사고로 다리를 다쳤어요. 병원에 입원해 있는 동안 꿈도 포기하고 우울했는데, 담임선생님이 용기를 주셨습니다. 직접 찾아오셔서 좋은 말씀도 해주시고 학교생활에 뒤처지지 않게 도와주셨어요. 저도 그분처럼 아이들에게 꿈을 심어주는 선생님이 되고 싶어요."

그래서 이 학생은 선생님이 멘토이자 꿈의 대상이 되었습니다.

훌륭한 멘토를 만나려면

제게도 멘토가 있습니다. 바로 링컨입니다. 링컨은 제게 인생 교과서와도 같은 존재입니다.

"전 가난한 집에서 태어나 정상적인 학교 교육을 받지 못했습니다. 사업을 하다 두 번 망했고, 선거에서는 여덟 번 낙선했습니다. 사랑하는 여인을 잃고 정신병원 신세를 지기도 했습니다. 제가 운이 나쁜 사람이라고요? 글쎄요. 참, 하나를 빼먹었군요. 저는 인생 막바지에 미국의 16대 대통령이 되었습니다. 제 이름은 링컨입니다."

신인철의 『핑계』에 나오는 말입니다.

청소년 시절, 링컨의 위인전을 읽고 가슴이 뛰었습니다. 아무리 힘들어도 포기하지 않고 수없이 넘어져도 다시 일어나는 링컨을 보면서, 저는 희망과 용기를 얻을 수 있었습니다. 어릴 때 저희 집도 워낙 궁핍했기 때문에 고등학교를 마칠 때까지 도시락을 제대로 싸가지고 다닐 수 없었습니다. 하지만 가난 속에서도 꿈을 잃지 않은 링컨을 보면서 '가난해도 꿈이 있으면 되겠구나' 하며 스스로를 일으켜 세울 수 있었습니다.

또 책을 좋아해서 먼 길을 마다하지 않고 책을 빌리러 간 링컨을 보면서 '나도 책을 좋아하니까 훌륭한 인물이 될 수 있겠지' 하는 희망을 가질 수 있었습니다. 이처럼 저의 든든한 멘토인 링컨을 생각할 때마다 힘을 얻고, 올바른 삶의 방향을 되새기게 됩니다.

그렇다면 좋은 멘토를 만나려면 어떻게 해야 할까요? '두드려라,

그러면 열릴 것이다'라는 말과 같이 적극적인 자세가 필요합니다. 닮고 싶은 멘토, 조언을 구하고 싶은 멘토가 있다면 먼저 다가가서 묻고 배우는 것입니다. 저도 먼저 다가와서 이것저것 묻고 열심히 배우려는 학생에게는 한마디라도 더 해주고 싶어지고, 더 관심 있게 지켜보게 됩니다.

가까운 곳에서, 혹은 책 속에서도 멘토를 찾을 수 있습니다. 그렇게 멘토를 찾았다면 하나라도 더 배우려 노력하세요. 특히 그 멘토가 자기 분야에서 일가를 이룬 사람이라면 그의 훈련 과정, 땀, 눈물까지도 배우세요. 혼자 애쓰는 것보다 훨씬 빠르고 크게 성장할 수 있습니다.

꿈은 **꽃밭**에서만 자라지 않는다

EBS 〈공부의 왕도〉 촬영진이 〈깊은산속 옹달샘〉을 찾아왔습니다. 〈공부의 왕도〉 출연자였던 늦깎이 대학 신입생 김공렬 군이 친구도 선생님도 없이 힘들 때 아침편지를 통해 많은 힘을 얻었다며 저를 멘토로 소개한 것입니다.

김공렬 군은 초등학교 2학년 때 골육종 진단을 받았습니다. 이 병은 뼈에 생기는 암으로, 진단 이후 열 번의 큰 수술과 항암 치료가 이어졌습니다. 8년간 병원생활을 하느라 학교에 갈 수 없었고 친구들과도 멀어졌습니다.

다섯 번이나 파산했지만 끝까지 포기하지 않고 결국 성공한 헨리 포드는 말했습니다. **"실패를 두려워하지 마라. 실패란 전보다 훨씬 풍부한 지식으로 다시 시작할 수 있는 좋은 기회이다."**

열일곱 살 되던 해, 김공렬 군은 결국 한쪽 다리를 잃었습니다. 장애를 받아들이기 힘들었던 그는 현실을 잊기 위해 온라인 게임에 빠져들었습니다. 그런데 아버지가 병환으로 갑자기 돌아가시자 큰 충격을 받았습니다. 홀로 남게 된 어머니를 생각해야 했고, 자신의 길도 찾아야 했습니다.

그것이 뭘까 생각한 끝에 공부를 시작했습니다. 하지만 초등학교 2학년 이후로 학교를 다녀본 적이 없어서 모든 게 막막했습니다. 처음부터 다시 시작한 김공렬 군은 중학교, 고등학교 검정고시를 거쳐, 일곱 번이나 도전한 끝에 연세대학교 생명공학과에 당당히 합격했습니다. 나이 스물여덟 살에 말입니다.

김공렬 군은 늦게 시작하는 대학생활에 대한 고민을 털어놓았습니다.

"지금까지 대인관계 경험도 거의 없고, 학교 다녀본 지도 오래되었고, 게다가 나이까지 많아 걱정과 두려움이 앞섭니다."

저는 김공렬 군에게 이런 조언을 해주었습니다.

"나이를 의식하지 말고 같은 또래 친구들과 어울린다고 생각하세요. 그러나 마음으로는 '나는 큰 우물을 파놓은 사람이다' 생각하고 그 큰마음으로 도전하세요. 좋은 일이 많이 생길 겁니다."

'큰 우물을 파놓은 사람'이란 어떤 사람일까요. 고난을 겪은 뒤 적응력이 강해지고 이해심이 깊어진 사람을 말합니다. 그런 사람은 다시 어려운 일이 닥치더라도 의연하게 대처할 수가 있습니다. 지금까지 잘 이겨왔기 때문에 어려움을 겪어보지 않은 사람보다 한결 수월하게 고비를 넘습니다.

이렇듯 남과 다른 우물이 자기 안에 있다는 것을 알면, 어려움 앞에서도 마음이 크게 동요하지 않을 수 있습니다.

실패는 청춘의 특권

역사학자 토인비는 『역사의 연구』란 책에서 모든 문명, 문화는 역경의 소산이라고 했습니다. 인간의 역사는 도전해 오는 것에 대응해서 응전한 과정이라는 것입니다.

그는 인류의 문명은 따뜻하고 온화한 땅에서 살던 민족이 아니라 불리한 자연 환경에서 살던 민족이 역경을 헤치고 이뤄낸 것임을 밝혔습니다.

그 예로 이집트는 비만 오면 범람하는 나일 강의 문제를 해결하기 위해 수학과 기하학을 발전시켰고, 그런 기초과학 위에 피라미드를 세우는 등 찬란한 고대 문명을 꽃피웠습니다.

우리의 아름다운 꿈이 자라나는 곳은 꽃밭이 아닙니다. 여러분의 꿈이 자라기 위해서는 역경, 시련, 좌절, 절망의 계곡을 건너야 합니다. 학교 성적이 좋지 않고, 숱하게 실패하고, 뜻대로 되지 않고, 쓰디쓴 눈물 속에서 우리의 꿈과 내면의 아름다움은 비로소 자라나게 됩니다.

실패는 청춘의 특권입니다. 젊다는 것은 모든 것을 다시 시작할 수 있다는 뜻입니다. 특히 청소년기는 전체 인생을 생각하면 몇 걸음 내딛지 않은 것이고, 이제 막 스케치를 시작한 단계입니다. 인생이라는 그림을 완성하기 전에 몇 번이고 고쳐 그릴 수 있는 때입니다. 그러니 그려가는 과정에서 만나는 실패를 두려워하지 마세요.

아무것도 하지 않는 것보다 많이 실패하는 것이 낫고, 아무것도 느끼지 않는 것보다 실망하고 좌절하고 슬퍼해 보는 것이 낫습니다. 청소년기에는 실패조차 많이 경험하는 것이 좋습니다. 그 실패가 내면을 강하게 만들고, '작은 실패'를 통해 성공으로 나아갈 수 있기 때문입니다.

"나폴레옹은 수필가로 실패했으며, 셰익스피어는 양모 사업가로 실패했으며, 링컨은 상점경영인으로 실패했으며, 그랜트는 제혁업자로 실패했다. 하지만 그들 중에 어느 누구도 포기하지 않았다. 그들은 다른 분야로 옮겨가 자신에게 맞는 일을 찾아 노력했으며 결과는 우리가 알고 있는 그대로다."

프랭크 미할릭의 『느낌이 있는 이야기』에 나오는 대목입니다. 그동안 실패, 상처라고 여겨서 나를 주저앉게 만들었던 것들은 다 인생

의 값진 선물들입니다. 이제 더 풍부해진 자산을 거울삼아 씩씩하게 나아가는 사람 앞에는 더 큰 기회가 찾아옵니다. 작은 실패들을 즐길 수 있을 때, 웬만한 어려움은 눈 깜짝하지 않는 담대함으로 인생을 개척해 나갈 수 있습니다.

'나'에서 '우리'로

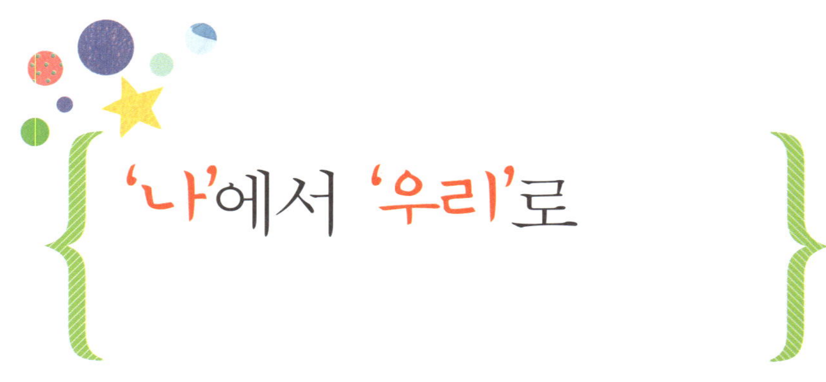

2012년 여름 세계의 무서운 거인, 중국, 우리 민족의 꿈이 서린 상하이에서 '상하이 링컨학교'를 열었습니다. 그 일정 중에 저는 240명의 학생들과 루쉰 공원을 방문했습니다. 우리에게는 윤봉길 의사가 일제에 항거해 폭탄을 투척했던 곳이며 그를 기리는 정자 매헌정이 있는 곳으로, 중국인들에게는 그들의 정신적 지주인 루쉰의 묘와 기념관이 있는 곳으로 의미 있는 곳입니다.

이런 역사적 의미와 감동 외에도 제 가슴을 벅차게 한 이유가 하나 더 있었습니다. 바로 꿈너머꿈에 대한 살아 있는 배움의 장이었기 때문입니다.

〈고도원의 아침편지〉는 2001년 8월 1일에 시작됐습니다. 첫 아침편지가 루쉰의 『고향』이라는 책에서 뽑은 '희망'이란 글인데, 아버지가 읽고 밑줄을 그어둔 내용이었습니다.

> 희망이란
> 본래 있다고도 할 수 없고 없다고도 할 수 없다.
> 그것은 마치 땅 위의 길과 같은 것이다.
> 본래 땅 위에는 길이 없었다.
> 한 사람이 먼저 가고 걸어가는 사람이 많아지면
> 그것이 곧 길이 되는 것이다.

루쉰의 이 문장은 새로운 꿈을 위해 어려운 도전에 뛰어들 때마다 늘 제 가슴 한켠에서 살아 숨쉬며 힘을 주곤 했습니다. '그래, 아무도 가지 않은 길을 가자. 희망을 만들자.'

처음 길을 낸다는 것은 아무도 가지 않은 길을 간다는 뜻입니다. 한 사람이 가고 많은 사람이 걸어가면 그것이 길이 됩니다. 누군가가 첫 길을 내면 그 다음에 오는 사람은 보다 쉽게 그 길을 갈 수 있습니다. 내 첫 걸음이 다른 사람의 길을 비추는 희망이 되는 것입니다.

중국인들에게 희망을 준 루쉰, 그의 꿈은 원래 의사였습니다. 병약했던 루쉰은 의사가 되어 자신처럼 아픈 사람들을 고쳐주고 싶었

습니다. 그래서 일본으로 유학을 가 의학전문학교에 들어갔습니다. 그러던 어느 날 인생의 대 전환점이 될 슬라이드를 보게 됩니다. 그 슬라이드는 러일전쟁 홍보물이었습니다.

화면에 일본인에게 체포된 한 남자가 나타났습니다. 러시아군의 스파이로 일본군에 발각되어 총살당하기 직전이었는데, 그는 바로 중국인이었습니다. 그런데 그 주위에 빙 둘러서서 총살당하는 모습을 구경하는 사람들이 있었습니다. 놀랍게도 그들 역시 중국인이었습니다.

함께 슬라이드를 보던 일본인 학생들은 적군의 스파이가 총살되자, 박수를 치고 환호성을 질렀습니다. 하지만 루쉰은 아무 말도 할 수 없었습니다. 그는 큰 충격을 받았습니다. 슬라이드 속의 중국인들은 강 건너 불구경하듯, 동포의 죽음에 무덤덤하기만 했습니다. 눈물도 탄식도 없이 그저 물끄러미 바라보기만 했습니다.

루쉰은 중국인들에게 몹시 실망했고, 중국의 미래에 깊은 절망을 느꼈습니다. 하지만 그 순간 가슴속에 희망의 불씨가 자라났습니다.

'중국인들의 정신을 깨우자.'

루쉰은 아픈 몸을 고치는 일보다 병든 정신을 고치는 일이 더 중요하다고 생각했습니다. 그래서 글을 쓰기 시작했습니다. 메스 대신 펜을 들고, 잠든 중국인들을 깨우는 데 평생을 바쳤습니다. 자신의 꿈에 그치지 않고 중국을 위한 더 큰 꿈으로 나아간 것입니다.

꿈너머꿈, 세상에 희망을 주는 꿈

학생들에게 "꿈이 뭔가요?"라고 물으면 더러 "의사가 되고 싶어요"라고 합니다. "왜 의사가 되고 싶은가요?"라고 물으면 흔히 "돈을 많이 버니까요"라는 대답이 돌아옵니다. 아니면 아예 "부자가 되는 것이 꿈이에요"라고 합니다.

그러나 이런 꿈은 좋은 꿈이 아닙니다. 손전등 갖기를 꿈꾸고, 그것을 가진 다음에 자기 앞길만 비추고 가겠다는 것입니다. 이것은 자기중심적인 꿈입니다. 만약 기왕에 얻은 손전등으로 옆 사람, 뒷사람까

지 다 비추면 어떨까요. 나만이 아니라 다른 사람까지 안전해집니다.

이처럼 혼자만이 아니라 함께 편안하고 행복해지는 쪽으로 걸음을 내딛는 것, 이를 '꿈너머꿈'이라고 합니다. 꿈너머꿈이 있는 사람은 첫 길을 만들고 세상에 희망을 줍니다.

피츠버그 대학의 의사이자 과학자였던 조나스 에드워드 소크 박사는 소아마비 백신을 개발하느라 오랜 시간 고생을 했습니다. 1952년 마침내 백신을 개발하자, 그의 기쁨은 이루말할 수 없었습니다. 곧 수많은 제약회사가 특허를 양도해 달라는 제안을 했습니다. 그러나 그는 이렇게 말했습니다.

"나는 백신을 특허 등록하지 않을 겁니다. 저 태양을 특허로 신청할 수 없듯이 말입니다."

소아마비 백신을 특허로 신청하면, 그는 큰 부자가 될 터였습니다. 그러나 그는 특허를 신청하지 않고 많은 사람이 혜택을 누릴 수 있도록 했습니다. 그 덕에 120개국 이상에서 유행하던 소아마비 발병률이 무려 99퍼센트 이상 줄어들었습니다. 오늘날 소아마비는 많은 나라에서 '박멸' 선언을 준비 중일 정도입니다. 백신을 만들겠다는 꿈이 인류의 행복과 건강을 생각한 꿈너머꿈으로 커져 수많은 생명을 구한 것입니다.

사랑이 만들어준 위대한 꿈

보통은 먼저 자기만의 꿈을 갖고, 그것을 이룬 뒤 다른 사람들을 위한 꿈너머꿈으로 나아갑니다. 하지만 꿈너머꿈이 먼저 생겨서 그 다음에 꿈을 찾는 경우도 있습니다.

한 학생은 맨 처음 자기소개를 할 때만 해도 수의사가 꿈이라고 했습니다. 그런데 꿈너머꿈에 대한 제 이야기를 듣고 나서, 생각이 많아졌다고 이야기했습니다.

"왜 수의사가 되고 싶은지, 수의사가 되면 뭐가 좋은 건지, 그리고 수의사의 꿈을 이룬 뒤에 남을 위해 뭘 할 것인지 다시 생각하게 되었어요."

뭘 해야 할지 망설이는 학생에게 "꼭 하고 싶은 일이 있니?"라고 물었을 때, 그 학생은 이렇게 대답했습니다.

"아프리카에 가서 봉사활동을 하고 싶어요. 제 멘토가 이태석 신부님,

한비야 님이거든요. 그러기 위해서는 수의사가 되는 것보다 다른 꿈을 다시 꾸는 것이 좋겠다는 생각이 들었어요."

그 학생은 그 말을 하다가, 어떤 일을 떠올리고는 갑자기 눈물을 흘렸습니다.

가족들의 안타까운 이별로 어쩔 수 없이 보육원에 맡겨졌던 친척 동생들의 안쓰러운 모습이 생각나서였습니다. 이유없이 눈치를 보는 어두운 표정의 동생들을 생각하며 눈물을 흘리던 학생은 안타까운 처지의 아이들에게 따뜻한 사랑을 주는 보육원을 세우고 싶었던 마음을 떠올렸습니다.

자신만의 꿈에 머물지 않고, 꿈너머꿈으로 나아간 사람은 눈빛도 말투도 다릅니다. 고민을 끝낸 그 학생은 반짝이는 눈과 단단한 목소리로 이렇게 말했습니다.

"꿈보다 먼저 찾은 꿈너머꿈을 이루기 위해 꼭 좋은 꿈을 찾으려고 열심히 노력할 거예요."

나 혼자 '잘 먹고 잘 사는 것'도 꿈이긴 하지만 위대한 꿈은 될 수 없습니다. 그저 시시한 꿈일 뿐입니다. 자신만의 꿈에 머물지 않고 다른 사람의 행복에 연결될 때, 그 꿈은 위대해집니다. 루쉰이 중국인들의 정신을 깨우고, 소크 박사가 소아마비라는 무서운 병을 사라지게 한 것처럼 말입니다.

꿈을 이루는 다섯 가지 열쇠

파울로 코엘료의 『알레프』엔 하루아침에 25미터나 쑥 자라는 대나무 이야기가 나옵니다.

"어느 중국 대나무는 씨를 뿌리고 나서 거의 5년 동안은 아주 작은 순 말고는 아무것도 보이지 않는다. 모든 성장은 땅 밑에서 이루어진다. 복잡한 구조의 뿌리가 땅 밑에서 종으로 횡으로 뻗어나가면서 형성된다. 그러다 다섯 번째 해가 끝나갈 무렵, 갑자기 약 25미터 높이로 성장한다."

청소년 여러분은 이 대나무와 같습니다. 땅 밑에서 힘을 숨기고

있다가 어느 순간 높이 솟구쳐 오릅니다. 그것은 잠재력이 있기 때문인데, 그 잠재력을 발휘하게 하는 원동력이 바로 꿈입니다.

그럼 어떻게 해야 대나무처럼 크게 꿈을 이룰 수 있을까요. 다음 다섯 가지를 실천하면 어느 날 우뚝 성장한 자신을 발견할 수 있습니다.

첫째, 언제 어디서나 꿈을 말하라.

둘째, 꿈을 글로 써라.

셋째, 좋은 사람을 만나라.

넷째, 지금 바로 시작하라.

다섯째, 절대로 포기하지 마라.

첫째, 언제 어디서나 꿈을 말하라

무엇이 되고자 합니까? 그렇다면, 먼저 '무엇이 되겠다'고 말해야 합니다. 말하는 것이 무엇이 되는 것의 시작입니다. 꿈을 말하면 마법 같은 일이 일어납니다. 여러분의 꿈이 가령 우표 수집가이고 그 꿈을 사람들에게 말하면 어떤 일이 벌어질까요? 사람들은 신기한 우표를 보거나 새 우표가 나오면 여러분을 떠올리게 됩니다. 그래서 그 우표에 대해 알려주거나 직접 사서 선물해 주기도 할 겁니다.

다큐멘터리 피디가 꿈이라고 말한 대학생이 있었습니다. 마침 링컨학교 다큐멘터리를 만들 생각이었는데, 그 학생의 꿈을 듣고 바로 그 일을 맡겼습니다.

이것이 바로 꿈을 말하는 것의 힘입니다. 그 학생이 꿈을 이야기하지 않았다면, 그런 일이 일어났을까요? 사람들 앞에 꿈을 말하세요. 더 자주 더 많은 사람에게 말할수록 그 힘은 커집니다.

한 학생이 이런 말을 했습니다.

"링컨학교에서는 함께 꿈을 이야기할 수 있는 분위기라 괜찮지만, 학교에 가면 꿈에 대해 이야기하기가 힘듭니다."

실제 제가 학교에 가서 학생들에게 꿈을 물어보면, 부끄러워하는 모습을 많이 봅니다. 꿈을 말하는 것이 익숙하지 않아서입니다. 그래도 친한 친구와 "네 꿈이 뭐니?" "난 꿈을 찾았어" 하면서 꿈에 대해 이야기하는 기회를 갖도록 하세요. 꿈을 나눌 수 있으면 동지

가 됩니다. 인생에서 가장 중요한 꿈을 공유하기 때문에 우정이 더 깊어질 수 있습니다. 부모, 형제에게도 꿈을 말하세요. 그러면 꿈의 네트워크가 생기고, 꿈이 이루어질 가능성이 점점 커집니다.

그런데 꿈을 말한다고 해서 모든 것이 해결되는 것은 아닙니다. 꿈을 말했을 때, 생각지도 않은 때와 장소에서 그 꿈의 기본기를 요구받을 때가 있습니다. 무용가가 꿈이라고 말하면 춤을 춰보라는 말을 듣기 쉽습니다.

가수가 꿈이라는 한 학생에게 '노래를 불러보라'고 하자 어떤 노래를 불러야 할지 한참을 쭈뼛거리다가 그만 포기하고 말았습니다. 그래서 그 학생에게 이런 조언을 해주었습니다.

"가수를 꿈꾸는 사람은 노래 부를 기회가 주어졌을 때, 어떤 노래든 할 수 있어야 합니다. 그래야 진짜 가수가 될 수 있습니다."

꿈을 말하면, 생각지도 않은 순간에 기회가 주어집니다. 그때를 위해 평소에 기본기를 갖추어야 하고, 언제든 남 앞에 설 수 있는 당당한 마음가짐도 준비해야 합니다.

큰 나무를 베기 위해서는 미리 도끼날을 갈아야 합니다. 무딘 도끼로는 제대로 나무를 할 수가 없습니다. 기회가 왔을 때 바로 실력을 발휘할 수 있다면, 꿈을 이룰 시기도 그만큼 빨라질 수 있습니다.

둘째, 꿈을 글로 써라

"평소에 제 꿈에 대해 막연했는데, 글로 써보니까 구체적인 것들이 떠오르고, 무엇을 해야 될지도 더 확실하게 다가오는 것 같습니다. 또 할 수 있다는 긍정적인 마음이 커지는 게 느껴집니다."

직접 꿈을 써본 뒤 마음자세도 달라지고, 꿈도 더 구체적이 되더라는 한 학생의 이야기입니다.

예일 대학교의 한 교수가 소망(꿈)에 대해 연구하면서, 학생들에게 미래의 소망을 발표해 보라고 했습니다. 그리고 소망의 관리 방법을 물어보았습니다. 97퍼센트의 학생들은 자신의 소망을 이따금씩 떠올릴 뿐이었으나, 3퍼센트의 학생들은 소망을 글로 써서 수시로 들여다본다고 했습니다.

20년 후 그 학생들을 조사한 결과, 97퍼센트는 소망을 이루지 못했지만, 3퍼센트는 모두 소망을 이룬 사람이었습니다. 사회적 기여도 역시 그 3퍼센트의 기여도가 97퍼센트의 전체 기여도를 훨씬 넘어섰습니다.

꿈이 있다면 꼭 글로 써보세요. 막연했던 꿈이 구체화되고, 수시로 꿈을 들여다보며 자기관리를 하게 되기 때문에 그만큼 꿈이 이루어질 가능성도 높아집니다.

이렇게 적어두면 꿈이 어떻게 자라는지 얼마나 달라졌는지도 알 수가 있습니다. 그리고 꿈은 생각났을 때 바로 적어놓아야 합니다. 밤에 좋은 아이디어가 떠올랐다 해도 아침에는 기억나지 않는 경우가 많은데, 꿈도 그와 같아서 바로 적어두는 게 좋습니다. 이때 그 꿈을 꾸게 된 이유나 계기, 나의 기분 같은 것들도 편하게 적어보면 좋습니다.

저는 꿈을 말하고 쓰면서 실제로 이뤄지는 경험들을 했습니다. 이메일 주소를 가진 대한민국 모든 사람에게 아침편지를 배달하는 꿈을 꾼 지 10년 만에 지금은 320만 명이라는 어마어마한 독자와 만나고 있습니다. 광대한 몽골의 초원에서 말 달리며 마음의 영토를 넓히고 싶다는 꿈은 실제 몽골 여행으로 이뤄졌습니다. '아침편지 문화재단을 만들어 사람들의 일상에 향기를 더해줬으면' 하는 꿈도 이루어졌고, 사람들이 잠시 멈추고 쉴 수 있는 힐링의 장소를 마련하고 싶다는 꿈도 〈깊은산속 옹달샘〉으로 실현되었습니다.

처음 이런 꿈을 이야기했을 때 사람들은 비웃었습니다. 그런데도 꿈을 포기하지 않고 사람들에게 말하고, 기록했습니다. 그 꿈은 아침편지를 타고 퍼져나갔고 결국 하나하나 이루어졌습니다. 그래서 자신 있게 말할 수 있는 겁니다. "꿈을 말하고, 쓰라"고 말입니다.

셋째, 좋은 사람을 만나라

꿈을 이루려면 어떤 사람을 만나는지가 매우 중요합니다. 특히 청소년기에 학교 다닐 때는 옆자리, 뒷자리 친구가 중요합니다. 이때는 부모님보다 친구의 영향을 더 많이 받기 때문입니다. 성실했던 한 학생은 주먹을 쓰는 옆자리 친구와 친해지면서 학교 폭력에 휘말리기 시작했습니다. 이때부터 그 친구들이 이끄는 대로 거리를 떠도는 생활로 빠져들었습니다.

친구가 인생에서 얼마나 중요한지를 깨닫게 하는 경우입니다. 그래서 함께 꿈을 이야기하고 서로 용기를 북돋울 수 있는, 좋은 친구

를 만나야 합니다.

친구 따라 강남 간다는 옛말도 있듯이, 꿈도 닮아갑니다. 친구가
의사를 꿈꾸면, '왜 난들 못해' 하면서 의사를 꿈꾸기도 하고, 축구
선수가 꿈인 친구와 어울려 함께 축구를 하다 보면 같은 꿈을 갖게
되기도 합니다. 어떤 친구를 만나고 어떤 곳에 있느냐에 따라 꿈이
달라질 수 있습니다.

꿈은 혼자 이루기 어렵습니다. 큰 꿈, 좋은 꿈일수록 더욱 그렇습
니다. 가령 대통령이 되려는 사람이 꿈을 혼자 이룰 수 있을까요?
지지자가 있어야 하고, 후원자도 있어야 합니다.

그렇다면 어떻게 해야 꿈의 지지자, 후원자를 만날 수 있을까요? 먼저 내가 좋은 사람이어야 좋은 사람을 만날 수 있습니다.

내가 먼저 친절해야 합니다. 그래야 주변에 친절한 사람들이 모입니다. 만약 얼굴에 불만이 가득하고, 부정적이면 주변에도 그런 사람들만 모이게 됩니다. 부정적인 심성을 가진 이들이 내 꿈에 귀를 기울이고 힘을 보태줄 리 없습니다.

또 좋은 꿈을 가져야 좋은 사람들이 주변에 모입니다. 그렇다면 좋은 꿈은 무엇일까요? 그 꿈이 나의 성공과 행복이기도 하지만, 다른 사람의 성공과 행복에도 징검다리가 되는 것이 좋은 꿈입니다.

좋은 꿈, 긍정적인 주파수를 가진 사람 곁에는 그 꿈을 응원하는 사람들이 모입니다. 그래서 꿈을 더 빨리 이룰 수 있게 됩니다.

넷째, 지금 바로 시작하라

어떤 사람이 사상가 블레이크에게 물었습니다.

"위대한 사상가가 되려면 어떻게 해야 합니까?"

블레이크는 "많이 생각하면 됩니다"라고 대답했습니다.

그는 큰 해답을 얻었다는 생각에 기쁜 마음으로 집으로 돌아왔습니다. 그러고는 하루 종일 움직이지도 않고 천장만 바라보면서 블레이크의 가르침대로 '생각'을 했습니다.

한 달 후 그의 부인이 블레이크를 찾아와 한숨을 쉬며 말했습니다.

"제 남편이 선생님을 만나고 온 뒤부터는 온종일 침대에 누워서 무슨 생각을 하는지 꼼짝을 하지 않아요."

블레이크가 그를 찾아가보았더니 얼굴이 말이 아니었습니다. 그가 블레이크를 보고 반가워하며 말했습니다.

"선생님, 그동안 전 생각하고 생각했습니다. 위대한 사상가가 되려면 얼마나 더 생각해야 하나요?"

"아, 제가 깜박 하고 말씀드리지 않은 게 있군요. 행동하지 않는 생각은 쓰레기나 마찬가지라는 겁니다. 성공은 사다리와 같습니다. 두 손을 주머니에 넣고 생각만 하는 사람은 영원히 위로 올라갈 수 없습니다."

아무리 꿈이 있다고 해도 행동하지 않는다면 그 꿈은 결코 이룰 수 없습니다.

꿈이 있는 청소년이라면 무엇을 해야 할까요? 지금부터 시작해야 합니다. 꿈을 이루기 위한 준비를 해야 합니다. 최고의 준비는 기본기를 다지는 것입니다. 오늘부터 열심히 책을 보고 열심히 글을 쓰는 것도 중요한 기본기의 하나입니다.

한 권의 책이 부담된다면 매일 아침 배달되는 아침편지를 열심히 읽는 것도 좋습니다. 그래서 글과 친숙해지면 관심 있는 분야의 책을 읽고, 그 다음에는 어려운 책에도 도전해 봅니다. 이 책의 5장을 참고하면, 효과적인 책 읽기와 글 쓰기를 배울 수 있습니다.

또한 여러분의 미래는 이 작은 한반도에 머물러 있지 않습니다. 세계로 나아가야 하는 시대에 당장 여행을 많이 다니긴 힘들더라도 시선을 넓혀서 세계를 보고 배워야 합니다. 이때 외국어는 중요한 수단이 됩니다. 그래서 영어 등 외국어 공부는 꿈을 위한 기본기로서 꾸준히 실력을 쌓아야 합니다.

'1만 시간의 법칙'이란 것이 있습니다. 어떤 일이든 1만 시간을 투자하면 그 일에 전문가가 된다는 얘기입니다. 성실하고 꾸준하게 기본기를 쌓으면, 꿈은 성큼 가까워집니다.

다섯째, 절대로 포기하지 마라

사라져버린 고대 도시 트로이를 찾아낸 사람이 있습니다. 하인리히 슐리만입니다. 그는 북부 독일의 가난한 목사의 아들로 태어났는데, 어릴 때 아버지로부터 트로이에 관한 책을 선물 받으면서 트로이를 찾는 꿈을 갖게 되었습니다.

하지만 가난한 집안형편 때문에 열네 살에 학교를 그만두고 돈을 벌어야 했습니다. 생활이 고되다 보니 슐리만은 꿈을 잊고 지냈습니다. 그러던 어느 날 우연히 한 손님이 술주정으로 하는 말 속에서 트로이에 관한 이야기를 듣고, 자신의 오래된 꿈을 떠올렸습니다.

이때부터 슐리만은 다시 꿈을 생각하면서, 일이 끝나면 추운 다락방에서 트로이에 관해 공부했습니다. 무려 10년 동안 말입니다.

어느덧 중년의 나이가 된 슐리만은 평생의 꿈이었던 트로이 유적발굴을 시작했습니다. 주위 사람들은 비웃었지만, 그는 꿈을 포기하지 않았습니다.

 4년여가 흐른 뒤, 그는 마침내 트로이 유적을 찾아냈습니다. 수천 년간 묻혀 있던 옛 도시, 트로이가 사람들 앞에 모습을 드러내게 되었습니다. 꿈을 포기하지 않은 슐리만의 노력이 빚어낸 새로운 역사였습니다.

 꿈을 이루어가는 길에는 어려움이 따를 수 있고, 장애물을 만날 수도 있습니다. 이때 중요한 것은 포기하지 않는 것입니다. 아무리 어려운 일이라도 포기하지 않는 사람에게는 길이 열리게 되어 있습니다.

 제2차 세계대전 당시 영국이 독일의 침공을 받아서 사람들이 전부 절망에 빠져 있었을 때, 윈스턴 처칠은 아주 위대한 스피치를 했습니다.

 “Never give up!(절대 포기하지 마십시오)! Never give up! Never give up!”

 그 짧은 세 번의 외침이 실의에 빠진 영국인들을 일으켜 세웠습니다. 여러분도 꿈을 향해 걸어가며 힘든 일이 있을 때, 이대로 포기하고 주저앉고 싶어질 때 이 한마디를 꼭 기억하십시오.

 “Never give up!”

꿈의 **날개**, 꿈의 **뿌리**

요즘 청소년들의 꿈을 들어보면 꼭 '대한
민국'에만 머물지 않습니다. 아프리카에 학교를 세우고 싶
다는 학생, 한비야 님처럼 세계 여러 나라에서 구호활동을 하고 싶
다는 학생, 세계 금융의 중심인 월스트리트에서 일하고 싶다는 학생
등 꿈의 크기와 방향이 세계로 향하고 있습니다.

세계로 나아간다는 것은 우리의 공간이 확장되는 것에 그치지 않
습니다. 우리의 시야가 넓어지고 그릇의 크기가 커지는 것입니다.

중국에서 열린 상하이 링컨학교는 글로벌 인재, 글로벌 리더의 꿈

을 새기는 자리였습니다. 한국, 중국, 미국과 캐나다 등지에서 온 학생들이 모여 꿈을 이야기했습니다. 학교도 다르고 지역도 다른 만큼 다양한 경험을 서로 배울 수 있었고, 열린 눈으로 세계를 바라볼 수 있었습니다. 또한 우리의 뿌리를 확인하는 시간이기도 했습니다.

꿈의 도시 상하이에서 세계를 만나다

중국은 세계의 중심으로 힘차게 발돋움하고 있는 나라입니다. 우리나라의 미래를 짊어진 청소년들은 특히 무섭게 성장하는 중국을 제대로 알아야 합니다.

중국에서도 수도 베이징이 아니라 상하이에서 링컨학교를 연 데는 이유가 있습니다.

상하이는 전 세계에서 꿈을 찾아온 사람들로 북적이는 곳입니다. 서울시 면적의 열 배, 서울시의 두 배에 달하는 인구, 중국 전체 평균의 세 배가 넘는 GDP……. 상하이 드림이 중국뿐 아니라 전 세계의 사람들을 이 도시로 끌어들이고 있습니다.

베이징이 중국 정치의 심장이라면, 상하이는 중국 경제의 심장입니다. 특히 상하이를 둘러보면서 중국에 대해 다시 생각하게 되었습니다. 우리는 흔히 '중국' 하면 'made in china'를 떠올립니다. 중국산 제품을 표시하는 이 단어에서 우리는 값싸고 질이 떨어지는 상품을 떠올리고, 중국을 우리보다 수준이 좀 떨어지는 나라쯤으로

중국 경제, 나아가 세계 경제의 핵심 도시인 상하이의 발전상을 엿보게 하는 푸동 지역의 마천루들. 우리나라의 미래를 짊어진 청소년들은 중국에 대한 편견을 깨고 제대로 알아야 합니다.

치부합니다. 그런데 우리가 가본 상하이는 그런 편견을 여지없이 깨 주었습니다.

이미 중국은 경제적으로나 정치적으로 세계 2대 강국인 G2로서 미국과 어깨를 나란히 하고 있습니다.

학생들도 중국의 눈부신 발전을 보면서 많은 것을 느꼈습니다.

"우리보다 뒤떨어진 나라라고 생각했는데, 그게 아니었어요. 무엇보다 크다는 느낌, 세계 경제의 중심지라는 걸 알 수 있었어요."

중국 학생들의 당당하고 자신감 넘치는 모습, 영어 문장을 통으로 술술 외우는 걸 보면서 큰 자극을 받기도 했습니다.

"중국 학생들이 정말 열심히 공부하고 있구나, 나도 빨리 꿈을 찾고 노력해야겠다는 생각이 들었어요."

세계적인 인재, 글로벌 리더가 되려면 꿈을 우리나라에 한정 짓지 말고, 영어는 기본으로 익혀야 합니다. 더 나아가 제2, 제3 외국어를 익히는 게 좋습니다. 국제 무대에서 중국의 위상과 13억이 넘는 인구를 생각할 때 중국어는 더욱 중요해졌습니다.

나의 뿌리를 알 때 꿈은 날개를 단다

상하이가 특별한 까닭이 또 있습니다. 상하이 동쪽에는 대한민국임시정부 청사가 남아 있습니다. 서쪽에는 윤봉길 의사가 일본인들에게 폭탄을 던졌던 현장이 있습니다.

백범 김구 선생을 비롯한 대한민국임시정부 인사들 그리고 윤봉길 의사에게는 꿈이 있었습니다. 그들은 나라를 잃은 큰 슬픔에 눈

물만 흘리는 대신 빛나는 별 하나를 가슴에 품었습니다. 그 별은 조국의 독립이라는 높은 꿈, 꿈너머꿈이었습니다.

오늘에 이르기까지 우리의 꿈이 더 크고 더 높이 성장해 올 수 있었던 것은 뿌리가 튼튼했기 때문입니다. 바로 그 뿌리 깊은 나무가 상하이에 있었습니다.

1932년 스물다섯의 윤봉길 의사는 조국 독립의 꿈을 위해 홍구공원(지금의 루쉰 공원)에서 의거를 일으켰습니다. 일왕의 생일을 맞이하여 일본군의 고위 인사들이 홍구공원에서 축하 행사를 거행하기로 한 날 윤봉길 의사는 그들을 향해 폭탄을 투척합니다. 이 의거는 세계인의 이목을 집중시켰고 중국 사람들도 그 의로움을 칭찬하고 한국 사람들을 응원했습니다. 중국의 장개석 총통은 윤봉길 의사를 일러 이렇게 말했습니다.

"중국의 백만 대군도 해내지 못한 일을 한 사람의 조선 청년이 해냈다."

임시정부 청사는 젊은이들이 오가는 현대적인 거리와 대조적인 작고 낡은 건물인데, 당시 사용했던 가구들과 집기들이 그대로 보존되어 있었습니다.

"이렇게 작은 방에서 김구 선생님이 우리나라의 독립이라는 큰 꿈을 위해 노력하셨는데, 저는 널찍한 제 방에서 무얼 하고 있는지 반성했습니다."

"가슴이 뭉클했어요. 나라를 위해 희생하신 분들이 있어서 우리가 지금 이렇게 편히 살고 있구나 하는 생각이 들어서요. 나도 나 혼자만을 위해 사는 게 아니라, 무언가 우리나라에 기여할 수 있는 삶을 살아야겠다고 결심했어요."

자기 자신이 누구인지 아는 것이 중요하듯, 민족에게 있어서도 스스로가 누구인지 그 역사의 정신을 아는 것은 참으로 중요합니다. 이렇듯 내 역사의 소중함을 아는 사람이 다른 나라 역사의 소중함도 알 수 있습니다.

학생들은 백 년 전 청년들의 꿈을 만나면서, 자신의 꿈을 되새기고 새롭게 꿈을 찾아 나섰습니다. 역사는 뿌리 깊은 나무처럼 살아 있고, 그 뿌리에서 뽑아 올린 수액이 오늘 우리 꿈의 가지를 자라게 한다는 걸 깨닫게 됩니다.

역사를 배우자, 더 넓은 세상을 꿈꾸자

청소년 시기부터 세계 여행을 통해 다양한 문화와 가치관을 체험하고, 해외의 명문대학을 목표로 열심히 공부하는 학생들, 대한민국이라는 나라에만 머물지 않고 세계 무대에서 전문가로 활동하려는 야무진 꿈을 품고 달려가는 청년들이 참 많아졌습니다.

그들의 생생한 꿈과 계획을 듣노라면 제 가슴도 뜁니다. 저는 청소년에게 기회만 된다면 더 자주, 더 어린 나이에 세계를 느껴보라고 말합니다. 또 스펀지처럼 새로운 것을 받아들이라고 말합니다. 그래야 꿈이 날개를 달 수 있습니다. 날개가 없는 꿈은 작은 틀 안에 갇혀 더 넓은 세상으로 뻗어나갈 수가 없습니다.

동시에 자신의 뿌리를 잘 살피라고 말해 주고 싶습니다. 뿌리가 없는 꿈은 힘을 발휘하지 못하고 흔들리기 쉽습니다.

꼭 해외에 가서 살아야만 글로벌 인재는 아닙니다. 화려한 경력을 쌓아야만 글로벌 인재가 되는 것도 아닙니다. 자기가 태어나서 자라나는 곳을 사랑하면서도 그 장소에 갇히지 않고 더 넓은 세상을 꿈꾸고 배우는 사람, 자신의 역사를 배우고 뿌리를 아는 사람, 다른 나라의 역사와 문화까지도 존중하는 사람……. 그렇게 튼튼한 뿌리와 날개를 가질 때 진정한 글로벌 인재로 성장할 수 있습니다.

꿈에는 국경이 없다

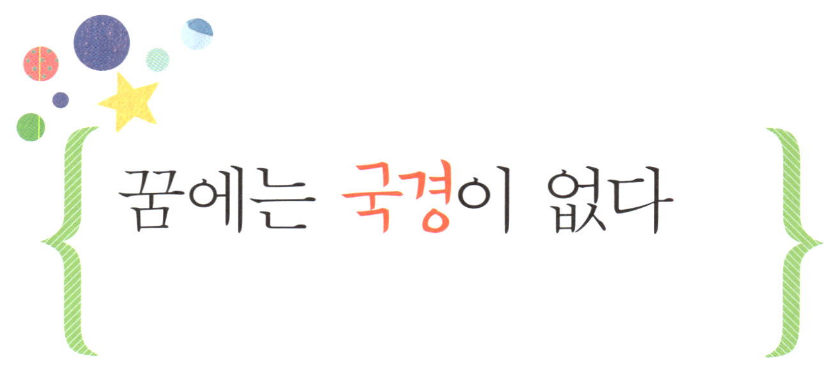

"얼마 전 조앤 롤링의 소설 『해리 포터』에 나오는 가상의 스포츠 퀴디치가 현실에서 실현되었다는 기사를 읽었습니다. 120여 개국에서 이 스포츠를 즐기고, 국제 퀴디치 연맹도 있다고 합니다. 하나의 이야기가 세상을 바꾼 것입니다. 저는 그런 이야기를 쓴 조앤 롤링처럼 세상을 바꾸는 글을 쓰는 작가가 되고 싶습니다."

한 학생이 꿈을 말하면서 『해리 포터』에 나오는 퀴디치 이야기를 들려주었습니다. 퀴디치는 빗자루를 타고 날아다니며 원형 모양의 골대에 공을 넣어 점수를 얻는 경기입니다.

2005년 실제로 퀴디치 경기가 생겼습니다. 날 수는 없기 때문에 땅 위에서 경기를 진행하지만, 원형 모양의 골대에 볼을 넣거나 빗자루를 타고 치열한 몸싸움을 벌이는 등 영화와 거의 비슷한 방법으로 경기를 진행합니다. 이제는 세계 25개국에 700팀이 생길 정도로 인기가 높다고 합니다.

이렇듯 우리는 상상이 현실이 되는 시대를 살고 있습니다. 우리가 상상하고 꿈꾸는 세계는 측량할 수도 없고 한계도 없는 만큼, 앞으로 어떤 상상이 현실이 될지도 알 수가 없습니다.

꿈의 영토를 넓히려면

저는 우리나라의 옛 지도를 볼 때마다 감동을 받습니다. 특히 고구려 시대의 지도를 볼 때 그렇습니다. 우리가 이렇게 큰 영토를 소유했다니, 마음이 벅차옵니다. 과연 우리는 잃어버린 영토를 다시 찾을 수 있을까요? 찾을 수 있습니다. 전쟁을 해서요? 아닙니다.

전쟁으로 영토를 넓히는 시대는 지나갔습니다. 물론 그렇게 해서도 안 됩니다. 백범 김구 선생은 이렇게 말했습니다.

"나는 우리나라가 세계에서 가장 바른 나라가 되기를 원한다. 가장 부강한 나라가 되길 원하는 것은 아니다. 내가 남의 침략에 가슴

아팠으니까, 내 나라가 남을 침략하는 것은 원치 않는다. 오직 한없이 가지고 싶은 것은 높은 문화의 힘이다. 문화의 힘은 우리 자신을 행복하게 하고 나아가 남에게 행복을 주기 때문이다."

김구 선생은 무려 백 년 전에 '문화'의 힘을 얘기했습니다. 이미 우리는 문화가 총보다 더 강력한 무기인 시대를 살고 있습니다. 소설, 영화, 노래 하나가 전 세계에 영향을 미치고 막대한 경제적 이익까지 가져옵니다.

그 문화의 핵심에 바로 꿈이 담겨 있습니다.

그 꿈이 한반도라는 작은 영토를 넘어 세계로 뻗어나갈 때, 세계는 우리의 영토가 되는 것입니다. 그 꿈이 좋은 영향력을 미치는 곳이라면 그곳이 어디든 우리의 땅입니다.

옛날에는 전쟁을 통해서 영토를 확장해 갔습니다. 땅을 잃으면 다 잃는 것이었습니다. 이스라엘의 유대인도 땅을 잃은 뒤 다 흩어졌습니다. 하지만 유대인들은 새로운 방식으로 영토를 넓혀왔습니다. 바로 경제, 금융 시스템으로 세계를 쥐락펴락하고 있는 것입니다.

이렇듯 지금은 물리적 공간에 머물지 않고 시스템, 가상의 세계가 세상을 움직이는 시대입니다. 인터넷, 페이스북 등 새로운 네트워크가 세계를 바꾸고, 어떤 솔루션과 시스템을 상상하고 만들어내느냐에 따라 미래의 주인공이 될 수 있습니다.

또한 문화가 무기인 세상이어서 지금 우리는 국경도 한계도 없는 꿈의 영토에서 살고 있는 것입니다.

그래서 얼마나 새로운 꿈인지, 얼마나 풍부한 감성과 상상력으로 그려내는 꿈인지가 중요해졌습니다. 그에 따라 미래의 지도는 짐작조차 할 수 없을 만큼 달라질 것이기 때문입니다.

상상하라, 공상하라, 꿈을 향해 여행하라

물도 한곳에 고여 있으면 탁해집니다. 쇳덩이도 쓰지 않으면 녹이 슬고 맙니다. 자기 울타리 안에 갇혀 좁은 생각에 머물러 있으면 성장할 수 없습니다. 황량한 사막, 낯선 도시를 찾아가는 것을 두려워 말고, 새로운 경험과 감각, 꿈을 키워가야 합니다.

비록 허리 잘린 반도의 작은 땅에서 나고 자랐지만 꿈의 영토는 광활해야 합니다. 그 꿈 안에 대한민국의 미래가 있습니다. 우리나라가 세계에서 가장 아름다운 나라가 되는 길은 청소년들이 아름다운 꿈을 꾸는 것입니다. 크고 좋은 꿈을 꾸는 것입니다.

꿈의 영토를 넓히기 위해 애쓰고, 멀리 나아가십시오. 많이 여행하십시오. 여행은 우리로 하여금 더 넓게 보게 해주고 더 깊게 생각하게 해주며 더 강하게 해줍니다.

상하이 링컨학교 참가자들은 중국 학생들이 다니는 상덕학교에 열흘 동안 머물렀습니다. 중국 학생들이 사용하는 방에서 중국 학생들이 먹는 음식을 먹고 중국 학생들과 어울렸습니다. 처음에는 낯설어하고 불편해하던 학생들도 돌아올 즈음에는 완전히 적응이 되어 있었습니다. 그만큼 강해진 것입니다.

중국에 대한 편견이 없어졌다고 고백하는 학생들도 있었습니다. 상하이의 눈부신 발전상을 보고는 우리보다 저개발 국가라고 여겼던 오만한 마음이 사라졌다고 했습니다. 윤봉길 의사를 기려 매헌정을 짓고, 백범이 은신해 있던 집을 복원해 보존하는 중국인들에게 고마워하기도 했습니다.

여행은 우리를 성장시킵니다. 특히 청소년들에게 큰 영향을 끼칩니다. 이미 많은 것을 경험한 어른들에게 여행이란 그저 관광으로 끝나버릴 수 있습니다. 그러나 모든 것을 신선하게 받아들이고 감성이 풍부한 청소년들에게 여행은 크나큰 성장의 기회입니다.

꼭 다른 나라로 떠나야만 여행이 아닙니다. 책을 통하면 달나라도 별나라도 여행할 수 있습니다.

“저는 별을 뚫어져라 보고 또 보았습니다. ‘저 별에는 무엇이 있을까? 저기로 가는 방법은 없을까?’ 그래서 책을 찾아보았습니다. 책에는 역시 많은 정보와 지식이 담겨 있었습니다. 그때 제게 꿈이 생겼습니다. 제 꿈은 우주비행사입니다.”

한 학생이 꿈을 찾은 과정에서 볼 수 있듯이, 책은 꿈을 만나는 아주 좋은 통로이며 꿈의 영토를 넓혀주는 좋은 도구입니다.

거침 없는 상상도 꿈의 영토를 넓혀줍니다. 실제로 새로운 출발은 공상가로부터 비롯된 것이 많습니다. 하늘을 날고 싶은 꿈, 달나라에 가고 싶은 꿈도 처음에는 어느 한 사람의 ‘황당한’ 공상일 뿐이었습니다.

특히 편견에 물들지 않고, 상상력이 풍부한 청소년 여러분이 공상가가 되고 꿈을 꾼다면, 그리고 그 꿈을 이루기 위해 노력한다면, 세상은 더욱 새로워지고 풍요로워질 것입니다.

최고를 목표로 세계를 향해 도전하라

꿈은 크고 높게 가져야 합니다. 작가도 그냥 작가가 아니고 세계적인 작가를 꿈꾸고, 기업가도 그냥 기업가가 아니고 세계적인 CEO를 꿈꿔야 합니다.

“고양이가 될지언정 호랑이를 생각하며 그려라”라는 말이 있습니다. 호랑이를 생각해야 호랑이를 그릴 수 있고, 혹 실패한다 해도 고

나폴레온 힐은 말했습니다. "친구나 친척들이 '공상가'라고 불러도 기죽을 필요가 없다. 인류의 모든 진보에서 선구자 역할을 한 사람은 모두 공상가들이었기 때문이다."

양이를 그릴 수 있습니다. 그러나 고양이를 생각하면 호랑이를 그릴 수 없습니다. 성공한다 해도 고양이일 뿐이고 실패한다면 고양이도 되지 않습니다. 그래서 최고를 목표로, 세계를 대상으로 도전해야 합니다.

그러려면 어떻게 해야 할까요.

첫째, 담력을 잃지 않아야 합니다. 가령 자신을 스파이더맨이라고 생각해 봅시다. 처음에는 엄청난 담력을 가지고 고층 빌딩을 올라가기 시작했는데, 중간에 담력을 잃게 되면 어떻게 될까요. 더 이상 오르지도 못하고 그렇다고 내려오지도 못하게 됩니다.

둘째, 어떤 환경이든 잘 적응해야 합니다. 다른 나라에 가면 현지 음식을 잘 먹어야 됩니다. 몽골의 칭기즈칸 군대가 세계 최고의 지도를 그려낸 힘 중의 하나가 바로 적응력이었습니다. 현지 음식을 잘 먹지 못해 몽골에서부터 음식을 싸가지고 다니며 전쟁을 했다면 제대로 싸울 수가 없었을 겁니다.

수많은 해외여행을 했지만 저는 한국 음식을 한 번도 챙겨 간 적이 없습니다. 입에 맞든 맞지 않든 현지 음식에 적응합니다.

다른 나라의 문화, 음식, 생활습관 등에 대해서 편견을 갖지 않고 받아들이는 것, 이것이 글로벌 리더의 기본 자세입니다. 그럴 때 상대의 마음도 얻을 수 있고, 좋은 관계도 맺을 수 있습니다.

셋째는 '한 걸음 더'입니다. 다른 사람보다 한 걸음 더 나가라는 뜻이 아닙니다. 내가 이룬 것보다 한 걸음 더 나가라는 것입니다. 꿈을 이루었으면 그 꿈을 넘어 또 하나의 꿈을 향해 가라는 것입니다. 여러분의 꿈이 나의 중심에서 이타적인 방향으로, 나를 위한 꿈에서 한 걸음 더 내디뎌 다른 사람들을 위한 방향으로 나아가라는 것입니다.

"세계의 가난한 사람들을 위해 일하는 NGO 활동가가 되고 싶어요."

"세계보건기구 총장이셨던 이종욱 박사님처럼 빈민을 위한 의료 사업을 하고 싶어요."

이렇듯 나, 우리 가족, 우리나라를 살리는 데서 나아가 다른 나라 사람까지 살릴 때 진정한 글로벌 리더, 세계적인 인재라고 할 수 있습니다.

2장

몸과 마음,
기초 체력을 튼튼히!

조명이 어두워지면서 조용한 음악이 흐르기 시작했습니다. 그때 선생님이 자신의 이름을 불러보라고 했습니다. 내가 부르는 내 이름. 한 번도 불러본 적 없는 그 이름이 참 새삼스럽기도 하고 왠지 애틋하기도 했습니다. 그리고 마음으로 코, 입술, 눈, 내 얼굴을 바라보았습니다. 갑자기 익숙하고도 낯선 얼굴 하나가 어슴푸레한 빛 속에서 나를 바라보았습니다.

"나도 모르게 나 자신을 울리진 않았는지, 아프게 하지 않았는지, 그래서 많이 힘들었던 내 몸과 마음을 쓸어주세요."

선생님의 말에 나는 어깨와 가슴을 끌어안았습니다.

"사랑한다는 말 제대로 해주지 못해 미안해. 사랑해."

이 말을 듣는 순간, 눈물이 핑 돌았습니다. 엄마 생각도 났습니다. 언제나 나만 보면 못마땅해 소리치는 엄마.

"넌, 어떻게 제대로 하는 게 하나도 없니!"

엄마의 그 말은 언제나 가시가 되어 박혔습니다. 내 몸과 마음에 박혀 있는 수많은 가시들. 그 상처를 느낄 때마다 고통으로 웅크릴 수밖에 없었습니다.

'난 아무것도 할 수 없을 거야. 나 따위가 뭘 할 수 있겠어.'

하고 싶은 것도, 할 수 있는 것도 없는 듯한 무력감이 느껴졌습니다. 잊고 싶었던 그 마음들이 되살아났습니다. 건너편의 내가 울고 있습니다.

"이젠 널 울게 하지 않을 거야. 널 사랑하니까."

건너편의 내가 희미하게 미소 짓습니다.

'기다렸구나, 사랑한다는 말을.'

나는 고개를 끄덕여주었습니다.

'아무도 너에게 사랑한단 말 해주지 않는다 해도, 나만은 꼭 해줄게.'

나는 나를 꼭 안아주었습니다. 나를 아프게 하고 힘들게 했던 마음을 쓰다듬어주었습니다. 그리고 어느새 미소 짓는 나에게 천천히 말했습니다.

사랑해.

고마워.

네가 최고야.

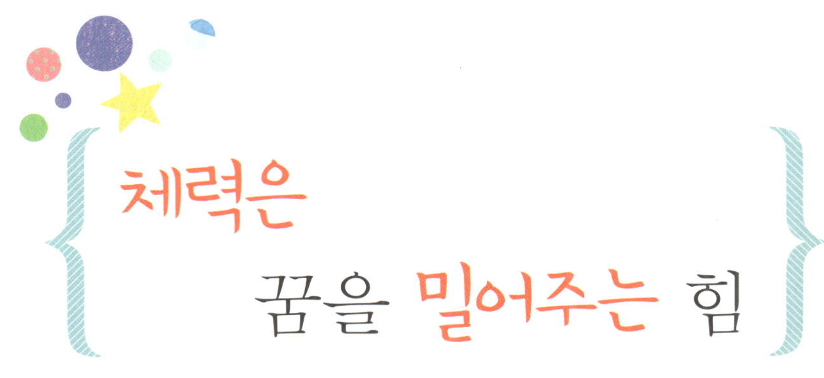

"스스로 건강하다고 생각하는 사람 손 한번 들어 보세요."

학생들에게 물었습니다. 어느 정도 손을 들었을까요? 한창 싱싱한 나이이니 모두 손을 들었을까요? 아닙니다. 3분의 1 정도는 손을 들까 말까 망설이는 표정으로 앉아 있었습니다. '나는 건강하다'고 자신할 만큼 몸이 가볍고 개운한 상태가 아니었던 겁니다.

요즘 학생들은 영양 상태가 좋아서 키도 크고 덩치가 좋습니다. 하지만 활력이나 유연성 등은 예전보다 못한 경우가 많습니다. 특히 체력이 약해서 지구력이 필요한 학습 과정을 이겨내지 못하는 학생들이 많습니다. 흔히 공부는 머리로 한다고 생각하지만, 체력이 뒷받침해 주지 않으면 머리도 소용없습니다.

체력이 약하면 우선 집중을 하기가 어렵습니다. 조금 앉아 있다 보면 온몸이 뒤틀리고 눕고만 싶어집니다. 공부에 집중하지 못하니 실력을 쌓기 어려워지고, 쉽게 포기하게 됩니다. 결국 꿈을 이루고 자기 분야에서 리더가 되기도 어려워지는 것입니다.

운동이 두뇌를 깨운다

저는 1990년대에 미국 미주리 주립대학 언론대학원에서 공부를 했습니다. 그때 발견한 것이 미국 학생들 방에는 반드시 운동기구가 있다는 사실입니다. 이것은 얼마 전 여행에서도 확인할 수 있었습니다. 여학생들은 아령, 남학생들은 역기 등을 갖춰두고 공부하면서 틈틈이 체력을 단련하고 있었습니다.

그래서 미국 학생들은 공부하느라 일주일 동안도 거뜬히 밤을 샐 수 있지만, 한국 학생들은 하루 이틀 하고 나면 쓰러져버립니다. 운동으로 체력 다지기를 소홀히 한 탓입니다.

영국의 과학 전문지 《뉴사이언티스트》에는 "일주일에 세 번, 30분씩 운동을 한 결과 학습능력과 집중력이 15퍼센트나 좋아졌다"는 연구 결과가 소개되었습니다. 운동은 뇌세포가 성장하는 데 도움을

주고, 운동할 때 나오는 엔도르핀과 세로토닌이 스트레스를 해소시키는데다 지구력을 키워서 오래 집중할 수 있는 힘을 준다고 합니다.

실제로 교육 선진국에서는 학교에서도 학생들의 운동에 많은 시간을 투자합니다. 수년간 국제학업성취도평가(PISA)에서 1위를 놓친 적이 없는 핀란드는 체육 활동을 중시하고, 쉬는 시간에도 교실에 앉아 있기보다 운동장에 나가서 놀도록 지도합니다.

미국의 네이퍼빌 센트럴 고등학교는 '0교시 체육수업'으로 유명합니다. 정규 수업이 시작되기 전 학생들은 1마일(약 1.6킬로미터) 달리기 등을 합니다. 운동으로 학생들의 두뇌를 공부하기에 가장 좋은 상태로 만들기 위해서인데, 실제로 학생들의 읽기 능력과 문장 이해력이 17퍼센트나 향상되었다고 합니다.

총리만 20여 명을 배출하고 졸업생의 30퍼센트가 옥스퍼드나 케임
브리지 대학에 진학하는 영국의 명문 고등학교 이튼스쿨은 월·수·금
요일 오후에는 수업을 하지 않고 럭비나 크리켓, 축구 같은 운동과
연극과 음악 같은 예술 활동을 합니다. 대학 입학의 관문에도 운동
등의 특기가 중요하게 평가됩니다.

체력이 좋아지면 성적과 자신감도 향상된다

청소년들 중에는 운동을 즐기는 경우도 있지만, 그 반대인 경우도 많습니다. 특히 여학생들의 경우 고학년으로 올라갈수록 밖에 나가서 운동하는 것을 그다지 즐기지 않는 듯합니다.

운동은 어떤 것이든 한 가지쯤은 하는 게 좋습니다. 저는 중학교에서 고등학교 때까지 유도를 했습니다. 제가 다닌 학교에서는 체육시간에 반드시 유도를 해서 고등학교 2학년이 되면 유단자가 되게 했는데, 지금 생각하면 참 감사한 일입니다.

그때 선수로 뽑힐 만큼 열심히 한 것이 체력을 키우는 데 도움이 되었고, 함부로 힘을 쓰지 않고도 자신을 어떻게 지키는지 배울 수 있었습니다.

또 학교에 펜싱부가 생기는 바람에 1년을 배웠는데, 처음 6개월 동안 무릎을 구부리고 앞으로 갔다 뒤로 갔다 하는 기본자세만 익혔습니다. 다리가 어찌나 아픈지 엉금엉금 기어 다닐 정도였습니다. 기본을 익힌 다음에야 겨우 칼을 들도록 했습니다.

이 경험으로 기초를 닦으려면 참고 견디는 훈련의 과정을 거쳐야 한다는 사실을 알게 되었고, 이때 잡힌 근육 덕분에 지금까지도 웬만한 운동은 쉽게 적응할 수 있게 되었습니다.

지금도 하루에 많은 일정을 소화할 수 있는 것은 청소년기에 다양한 운동을 통해 체력과 끈기를 길러두었던 것이 밑바탕이 되지 않았을까 합니다.

운동은 청소년기의 성장에 꼭 필요한 영양제와 같습니다. 체력과 학습능력을 키우고, 꾸준한 훈련 과정을 통해 인내심과 지구력까지 키워줍니다.

운동은 생활 속에서 얼마든지 실천할 수 있습니다. 꼭 운동 동아리에 가입하거나 전문적인 활동을 해야 하는 것은 아닙니다. 쉬운 것부터 시작하면 좋습니다. 먼저 반듯한 몸을 만들기 위해 꼿꼿하게 어깨를 펴고, 가슴 크게 열고 걸어봅니다.

아침에 스트레칭이나 요가로 하루를 시작하면 몸과 마음에 활력이 생겨서 입맛도 좋아집니다. 또 성장판 위의 관절과 근육, 인대 등을 이완시켜 키도 커집니다.

운동은 꾸준히 하는 것이 가장 중요합니다. 미국 학생들처럼 운동 기구를 가까이 두고 틈날 때마다 몸을 단련하는 습관을 들여보세요. 운동 도구가 없다면 맨손체조, 팔굽혀펴기, 윗몸 일으키기도 좋습니다. 혼자서도 할 수 있는 산행이나 달리기 같은 운동도 체력은 물론 지구력 등을 기르는 데 매우 효과적입니다. 꾸준한 운동으로 체력이 좋아지면, 성적도 높아지고 자신감도 커집니다.

소중한 나, 좋은 것만 먹을래

요즘 우리 청소년들의 식습관에 대한 걱정이 높습니다. 청소년들이 즐기는 햄버거, 콜라, 피자 같은 인스턴트 음식은 비만을 부르고, 고혈압이나 당뇨병 같은 대사증후군을 일으킬 위험까지 있기 때문입니다.

특히 청소년기의 잘못된 식습관으로 인한 비만은 성인이 되어서도 이어지는 경우가 많고, 키와 체력 등의 건강한 성장을 방해하는 요인이 되므로 매우 위험합니다.

또한 각종 화학 첨가물이 들어간 가공식품은 성장을 방해하고 뇌에도 나쁜 영향을 끼칩니다. 가공식품을 많이 먹는 청소년들의 식습관 문제는 우리나라만의 문제가 아닙니다. 그만큼 심각한 이슈인 것이죠.

영국에서는 유명 요리사 제이미 올리버가 학교급식 개혁 프로젝트를 진행하기도 했습니다. 감자튀김, 햄버거 같은 정크푸드와 인스턴트 음식에 길들여진 아이들에게 9개월 동안 영양가 있고 신선한 재료로 만든 음식을 먹게 했습니다.

처음에 아이들은 제이미의 음식을 버리거나 학교 밖에서 다른 것을 사 먹기도 하며 거부 반응을 일으켰습니다. 하지만 점차 적응을 해서 9개월 후에는 건강이 좋아지고 무엇보다 집중력이 향상되고 성격도 차분해졌습니다.

가수 이효리는 "지금도 체력이 좋은 것은 성장기 때 가공식품을 먹지 않은 덕분인 듯하다"고 했습니다. 어릴 때는 가난해서 피자나 치킨, 햄 같은 음식을 먹지 못했는데, 돌이켜보니 그런 음식보다 엄마가 해주신 소박하지만 건강한 음식이 몸에는 좋았다는 것입니다.

내가 먹은 것이 바로 나

특히 성장기에는 먹은 대로 몸이 만들어집니다. 게다가 어린 시절의 입맛은 평생을 가기에 한번 안 좋은 음식에 길들여지면 어른이 되어서도 벗어나기가 쉽지 않습니다. 무엇보다 건강하지 않은 혀에는 달콤하지만 몸에 좋지 않은 음식 대신 자연에서 온 건강한 음식으로 내 몸을 사랑하고 내 꿈을 존중해 주세요. 몸과 마음이 건강하게 성장해야 건강한 에너지가 샘솟고, 그래야 꿈을 향해 힘차게 나아갈 수 있습니다.

음식은 우리 몸을 허약하고 병에 걸리기 쉬운 체질로 바꾸고 또 스트레스 등에도 취약하게 만들어 정서적으로도 많은 문제를 낳습니다.

우리 땅에서 나는 식재료, 농약이 안 들어가고, 오랜 유통 과정을 거치지 않은 신선한 음식을 먹어야 건강한 에너지가 생깁니다. 그래서 옹달샘에서는 비싸더라도 신선한 친환경 재료로 음식을 만듭니다.

저는 건강이 무너졌을 때 음식을 가려 먹으면서 몸이 빠르게 회복되는 경험을 했습니다. 생명이 그대로 살아 있는 음식, 예를 들어 생식과 청국장 등을 먹고 건강을 되찾았습니다. 그래서 옹달샘에서는 아침에 '샐러드, 고구마나 감자, 생식과 두유, 제철 과일' 등과 같은 음식으로 식탁을 차립니다.

어린 학생들은 아침 생식을 잘 먹지 못하는 경우가 종종 있지만, 시간이 지나고 나면 처음보다 훨씬 잘 먹습니다. 생식을 먹기 전보다 몸이 가뿐해졌다고 말하기도 합니다.

함께 먹을 땐 '사랑합니다, 감사합니다'

음식은 내 몸을 이루고 마음을 밝히는 꿈의 연료입니다. 하지만 아무리 좋은 음식도 불편한 마음으로 먹으면 체하듯이 음식을 먹는 마음가짐이 중요합니다.

옹달샘에서는 식사 시간 중간에 종을 울려 잠깐 멈추는 시간을 갖습니다. 바쁜 기자생활을 할 때 음식을 허겁지겁 먹는 습관이 들어 위가 많이 나빴는데, 음식을 먹을 때 잠깐 멈추는 시간을 가지면서 급히 먹지 않게 되었습니다.

덕분에 위도 좋아졌고 음식의 맛도 더 깊이 음미할 수 있게 되었습니다. 이 음식이 어디서 왔는지, 내가 이 음식을 먹게 되기까지 얼마나 많은 사람이 수고했는지도 생각해 보게 되었습니다.

그런데 여러분의 아침 식사 풍경은 어떻습니까. 아마도 겨우 일어나 허겁지겁 학교 갈 준비를 하다 보면, 식욕도 생기지 않고 먹는 게 귀찮게 느껴질 겁니다. 그래서 "얼른 먹고 가라"는 엄마에게 괜한 짜증을 내며 집을 나서는 경우도 많을 겁니다. 아니면 마지못해 먹느라 음식 투정을 하기도 십상입니다.

옹달샘에서는 음식을 먹기 전에 "사랑합니다, 감사합니다" 인사를 합니다. 그럴 때면 킥킥대고 장난을 치던 학생들도 음식을 대하는 태도가 달라집니다.

어떤 음식을 먹느냐 만큼 중요한 것이 어떤 마음으로 먹는가 하는 것입니다. 음식을 만들어준 분의 수고에 감사와 사랑의 마음으로 먹을 때, 비로소 음식은 몸과 영혼에 좋은 영양소가 됩니다.

못생겨도 내가 좋아

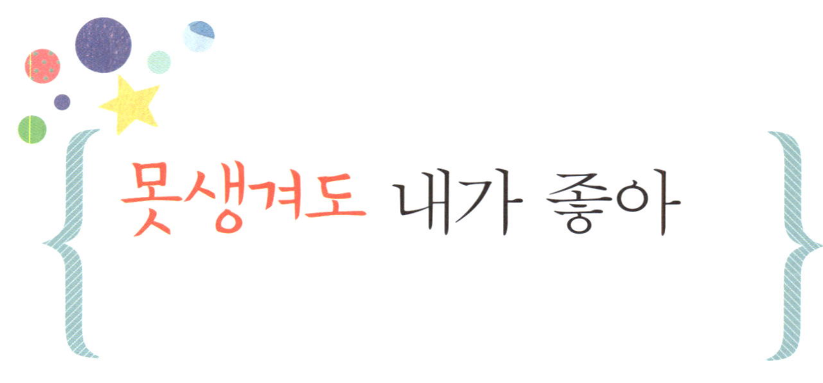

한 학생이 스스로 외롭게 지냈던 시간을 이야기했습니다.

"〈조제 호랑이 그리고 물고기들〉이란 영화가 있습니다. 이 영화의 주인공은 다리가 불편해서 할머니가 끄는 유모차를 타고 다니는 조제라는 소녀입니다. 조제는 어떤 남자를 깊이 사랑하지만 떠나 보내게 됩니다. 몸이 아픈 자신을 영원히 지켜달라고 할 수가 없었기 때문입니다. 저는 지금까지 조제와 같았습니다. 다리가 아픈 건 아니지만 스스로가 사랑을 받을 자격이 없다고 생각했습니다. 돌이켜보면 뒤에서 응원해 주고 좋아해주는 사람에게 '날 왜 좋아해주지, 난 이렇게 못났는데' 하면서 그들의 사랑을 외면했습니다."

청소년기는 자의식이 커지는 시기인 만큼 외모, 성적, 성격 등 자신의 모습에 대한 관심도 커집니다. 그만큼 여기에 대해 예민해지고 스스로에 대한 불만이나 콤플렉스를 느끼기도 쉽습니다.

특히 몸이 급격하게 변화하는 이 시기엔 외모에 대한 고민이 커집니다. 외모 때문에 유난히 친구들 사이에서도 놀리는 일이 빈번한 때이기도 하죠. 거울을 보면 얼굴이 마음에 안 들고, 작은 키나 통통한 몸이 거슬리기도 합니다. 그러다 보면 속상하고 우울해지기까지 합니다.

게다가 최근에는 아이돌 연예인들의 영향력이 커지면서, 그들의 외모를 닮고 싶어 하는 청소년들이 늘었습니다. 외모에 대한 기준이 높아지다 보니 자신의 외모에 만족하지 못하는 사람들도 많습니다.

최근 서울시가 청소년을 대상으로 실시한 조사에서도 이를 알 수 있습니다. 서울의 중고생 3명 중 1명이 정상 체중임에도 불구하고 자신은 '살이 쪘다'고 생각한다고 합니다.

그런데 외모가 사람을 끄는 매력의 전부는 아닙니다. 어떤 사람은 참 예쁜데 다가가기 싫은 사람이 있고, 어떤 사람은 그리 예쁘거나 잘생긴 얼굴이 아닌데 친해지고 싶은 사람이 있습니다. 그 이유는 무엇일까요?

작은 제비꽃이 사랑스러운 이유

옛날에 아름다운 정원을 아끼는 왕이 있었습니다. 어느 날 왕은 정원의 꽃과 나무들이 시들시들 말라 있는 모습에 깜짝 놀랐습니다.

왕은 먼저 참나무에게 다가가 물었습니다.

"왜 이렇게 힘이 없느냐?"

참나무는 힘없는 목소리로 대답했습니다.

"살고 싶지 않아서요."

"왜지?"

"전나무처럼 키도 늘씬하지 못한데 살아서 뭘 하겠어요."

왕이 이번에는 전나무에게 물었습니다.

"넌 왜 이렇게 힘이 없는 거냐?"

"살고 싶은 마음이 없어서요."

"왜지?"

"포도나무처럼 열매도 맺지 못하는데, 살아서 뭘 하겠어요. 죽는 게 낫지요."

왕은 다시 포도나무를 찾아가서 물었습니다.

"넌 왜 이렇게 시들시들한 거냐?"

"왜 살아야 하는지 모르겠어요."

"전나무는 너를 부러워하던데."

"모르고 하는 소리예요. 전 장미처럼 아름다운 꽃도 피우지 못하

는걸요."

왕은 한숨을 쉬었습니다. 그때 작고 가냘픈 제비꽃이 눈에 띄었습니다. 모두 살기 싫다고 힘없이 늘어져 있는데, 제비꽃만 싱싱하게 피어 있는 것이 신기했습니다.

"이 넓은 정원에 너만 예쁘고 싱싱하구나. 어찌 그런 것이냐?"

"저는 키도 작고 화려하지도 않고 열매도 맺지 못합니다. 하지만 저만의 꽃을 피워서 대왕님을 기쁘게 해드리고 저도 즐겁게 살려고요."

왕은 고개를 끄덕였습니다. 왕의 정원에서 가장 사랑스러운 존재는 바로 제비꽃이었습니다. 자신을 긍정적으로 바라보는 제비꽃은 누구도 흉내낼 수 없는 자신만의 아름다움을 꽃피웠던 겁니다.

나를 긍정하면 사랑이 온다

저 역시 미남은 아닙니다. 젊은 시절에는 못생긴 외모로 인해 여러 별명을 달고 다녀야 했습니다. 대학 축제를 함께 가기 위해 만난 저의 아내는 당시 저를 소개시켜 준 사람에게 어쩜 그렇게 못생긴 사람을 소개시켜 줄 수 있냐며 화를 냈을 정도입니다.

그때부터 대학 시절 내내 제 별명은 '못생긴 남자', 즉 '못남'이었습니다. 자신감 하나로 버티던 시절이었지만 못생겼다는 말에 저 역시 기분이 좋을 리 없었습니다.

하지만 지금은 못생겼다는 소리를 듣지 않습니다. 오히려 인상이 좋다는 칭찬을 자주 듣습니다. 아마도 웃음이 저를 '못남'에서 벗어나게 해준 것 같습니다.

나이가 든 지금보다 젊을 때 오히려 외모가 못했던 것은 제 마음 때문이었습니다. 그 시절에는 모든 것이 불안했고 삶에도 여유가 없었습니다. 얼굴이 늘 딱딱하게 굳어 있었습니다. 그러나 차츰 나이가 들면서 긍정의 힘을 알게 되고, 여유로운 마음이 되자 얼굴도 훨씬 보기 좋게 변했습니다.

또 명상으로 마음이 편안해지면서 더 자주 웃게 되었는데, 그 덕분에 인상이 좋아졌습니다. 많은 분들이 제 얼굴을 보면 즐거워지고 친해지고 싶은 마음이 든다고 합니다.

긍정적인 마음, 웃는 얼굴은 운명마저 바꿉니다. 얼마 전 한 방송에서 김희아 님을 보고 놀라움과 감동을 받았습니다. 김희아 님은

 부작용도 없고 효과도 평생 갑니다. 아무리 외모가 아름다워도 내면이 거칠고 사납다면, 오래 만나기 어렵습니다. 사람을 끌고 오래 만나게 하는 힘은 외모를 뛰어넘는 내면의 아름다움에 있습니다.

얼굴 한쪽을 덮은 큰 모반으로 인해 어린 시절 버려져 보육원에서 자랐고, 스물다섯 살에는 그나마 성했던 반대쪽 얼굴마저 상악동 암에 걸려 함몰되었습니다.

검붉은 모반이 뒤덮고 있는 얼굴에 쏟아지는 따가운 시선들과 수근거림, 그녀는 어릴 때부터 이를 견뎌내야 했고 외모로 인한 갖은 수모와 제약을 겪어야 했습니다.

"내가 저런 얼굴이면 살지 않겠다"고 말하는 사람들에게 오히려 그녀는 이렇게 말했습니다.

"내게 모반이 있는 것은 나한테 어울리기 때문입니다. 당신들에게는 어울리지 않기 때문에 없는 것입니다."

긍정을 넘어선 초긍정의 마음입니다.

김희아 님은 안면장애를 딛고 사랑하는 남편을 만났고, 아이도 낳아 행복하게 살고 있습니다. 부모에 대해서도 아무런 원망 없이 오히려 "낳아주셔서 감사하다"고 말합니다.

“제 꿈이 방송 출연이었습니다. 잘 살고 있는 지금 모습을 부모님께 보여드리고 싶어서요.”

자신을 버린 부모에게도 감사할 수 있는 마음, 그만큼 가슴이 사랑과 희망으로 가득 차 있기에 가능한 일입니다. 그래서 그녀는 수많은 사람 앞에 얼굴을 드러내고 당당하게 자신의 이야기를 할 수 있었을 겁니다. ‘있는 그대로’ 자신을 사랑하는 그 긍정의 메시지가 많은 사람에게 뭉클한 감동을 주었습니다.

자신의 외모에 백 퍼센트 만족하는 사람은 없을 겁니다. 그러나 자신의 외모를 마음에 들지 않아 하면, 얼굴에 그늘이 드리우고 그 어두운 기운에 사람들이 떠나갑니다. 그러나 자신을 긍정하고 사랑하면 표정과 행동에 햇살이 드리웁니다. 그 환한 기운에 사람들이 모여들고, 친구도 사랑도 찾아오게 되는 것입니다.

여러분은 어느 쪽을 선택하시겠습니까? 외모는 내가 선택할 수 없지만 마음은 나에게 달려 있습니다.

{ '어제의 나' 하고만 비교하기 }

공부를 무척 열심히 한다는 한 학생이 조심스럽게 이런 이야기를 들려주었습니다.

"요즘 제 짝을 볼 때마다 속이 상해요. 저는 책상에 오래 앉아 열심히 공부하는데도 성적이 잘 오르지 않는데, 짝은 운동하고 취미 생활까지 하면서도 성적이 좋거든요. 처음에는 축하를 해주었지만 시간이 지날수록 열등감이 들어 괴로워요. 짝이 밉기도 하고, 친구에게 그런 마음을 품는 나 자신이 밉기도 합니다."

과열된 입시경쟁 속에서 학교 생활을 하다 보면 서로 등수를 매기

고 비교하는 일이 많다 보니 친구 사이도 경쟁 관계가 되곤 합니다. 그로 인해 가정에서나 학교에서 상처를 받는 학생이 많습니다.

우리 모두는 빛나는 보석이다

링컨학교에서는 2분 스피치를 할 때 순위를 매기거나 비교하지 않습니다. 대신 콘서트로 함께 즐기고 응원합니다. 한 명 한 명 모두가 다 빛나는 보석이기 때문입니다. 그래서 다른 누구와도 그 가치를 비교할 수가 없고, 함부로 평가할 수도 없습니다.

설사 지금 내가 다른 사람 눈에는 문제아로, 부족한 사람으로 비칠지라도 사실은 아주 귀한 보석이란 걸 모르기에 빚어진 일입니다. 그러니 스스로 다른 사람과 비교해서 자존감을 잃지 않도록 노력해야 합니다. 자존감은 누군가의 평가나 판단에 의해서가 아니라 자신의 가치를 절대적으로 믿고 스스로를 지지하며 아껴주는 마음입니다.

정신과의사인 정혜신 박사는 『마음 미술관』에서 이렇게 말했습니다.

"인간의 삶을 불행하게 하는 가장 강력한 요소를 한 가지만 말하라면, 저는 주저 없이 '비교'를 첫손가락에 꼽겠습니다. '무엇에 비해서'라는 수사가 동원되는 순간 삶의 리듬은 헝클어지고 내 목표는 초라해지거나 허황돼 보이기 시작합니다."

결국 남과 비교하는 순간 스스로 불행의 싹을 키우는 셈이 됩니다.

딱 한 가지, 비교해도 좋은 것이 있습니다. 바로 '어제의 나'와 '오늘의 나'입니다.

이를 통해 어제보다 더 나아졌으면 스스로를 칭찬하고, 못하고 있으면 반성하고 노력하면 됩니다. 다른 사람보다 출발이 늦어졌다 해도 다른 사람은 신경 쓸 것 없습니다.

물론 경쟁의식을 가져야 할 때도 있고 객관적인 비교가 필요한 순간이 있습니다. 하

그래서 어제보다 잘했으면 칭찬하고 어제보다 못했으면 반성하고 더 노력하면 됩니다. 다른 사람과 비교할수록 발전하기보다는 나의 자존감만 약해집니다.

지만 그 때문에 열등감을 가질 이유는 없습니다. 나보다 공부 잘하는 친구, 운동 잘하는 친구, 예쁜 친구는 언제나 있게 마련입니다. 친구에게 열등감을 느끼면 자기만 손해입니다.

오히려 공부 잘하는 친구와 친해지면 그 친구에게 배울 점이 있고, 운동을 잘하는 친구와는 함께 운동하며 체력을 키울 수 있습니다. 어떤 점을 보느냐에 따라 내 마음이 달라지는 것입니다.

내가 남보다 공부를 잘해서, 얼굴이 예뻐서, 키가 커서 가치가 있는 것은 아닙니다. 세상에서 단 하나뿐인 나이기에 소중한 것입니다. 나에 대한 사랑과 자신감은 뜨겁고 무조건적이어야 합니다.

때로 나 자신이 마음에 들지 않거나 다른 친구들보다 부족한 모습에 속이 상할 때는 스스로를 비난하지 말고, 기다려주는 겁니다. 아, 내가 좀 그랬구나 하고 인정하는 거예요. 그 순간 어제의 나보다 더 나아질 수 있는 힘이 자라게 됩니다.

마법의 주문, 절대긍정

파울 비트겐슈타인은 '왼손의 피아니스트'로 유명합니다. 그는 원래 왼손잡이였을까요? 아닙니다. 그가 이런 이름을 얻게 된 데는 사연이 있습니다. 그는 연주자로 인정받고 이름을 알리기 시작할 무렵 제1차 세계대전에 참전했습니다. 그때 불행히도 오른손을 잃고 말았습니다.

다른 사람이라면 음악을 포기하고 자포자기하며 인생을 허비했을지도 모릅니다. 그러나 비트겐슈타인은 주저앉지 않았습니다. 그리고 왼손만으로 연습을 거듭했습니다.

어느덧 비트겐슈타인이 왼손 하나만으로도 능숙하게 연주를 해내자, 놀라운 일이 벌어졌습니다. 당대의 위대한 작곡가 모리스 라벨에게 〈왼손을 위한 피아노 협주곡〉을 받게 된 것입니다. 그것은 고난을 딛고 자신을 이겨낸 음악가에게 주어진 선물이었습니다.

비트겐슈타인이 오른손을 잃었을 때, 그 상황을 부정적으로만 바라보았다면 어떻게 되었을까요. 잃어버린 오른손을 생각하며 '나는 되는 일이 없어'라고 한탄하며 세월을 보내지 않았을까요. 그랬다면 왼손의 피아니스트로, 역경을 이겨낸 위대한 음악가로 존경을 받는 일도 없었을 겁니다. 그러나 비트겐슈타인은 남아 있는 왼손을 생각했습니다.

이것이 바로 절대긍정의 힘입니다. 절대긍정이란 아무리 어렵고 힘든 순간에도 긍정적인 마음을 갖는 것입니다. 다 잘될 거라고 믿는 그 마음이 결국에는 긍정적인 결과를 불러옵니다.

'되는 일이 없어' 대신 '잘될 거야'

청소년기는 공부를 못한다거나, 외모가 좀 떨어진다거나, 성격이 소극적이라거나, 집이 가난하다거나, 운동을 못한다거나 하는 이유로 자기를 비하하고 부정적인 생각에 빠지기 쉽습니다.

이때 필요한 것이 긍정의 마음입니다. 긍정을 잃지 않으면 마음에 혼이 생겨서 웬만한 일쯤은 이겨낼 수 있게 됩니다. 또한 그의 밝은 얼굴빛이 사람들에게 호감을 불러일으키기까지 합니다.

저 역시 어려운 순간이 많았지만, 그럴 때마다 절대긍정의 마음으로 상황을 헤쳐가려고 노력했습니다. 부정적인 생각이 들려고 할 때마다 아버지에게서 들은 본회퍼의 이야기를 떠올렸습니다.

독일의 신학자이자 목사였던 본회퍼는 히틀러에 저항하다 감옥에 투옥되었습니다. 감옥에는 어두운 얼굴로 마지못해 사는 사람들이 대다수였습니다. 그러나 본회퍼는 '이 암흑의 공간에서도 사람들이 웃음을 잃지 않게 해야겠다'고 결심했습니다. 그래서 어떻게든 사람들을 즐겁게 하고, 희망을 이야기했습니다. 사람들의 우울한 마음을 다독이고 위로했습니다.

그러자 사람들은 언제 죽을지 모르는 상황 속에서도 살아야겠다는 의지를 다졌습니다. 그가 준 희망은 어두운 감옥에 밝은 빛이 되어주

절대긍정이란 아무리 어렵고 힘든 순간에도 긍정적인 마음을 갖는 것입니다. 다 잘될 거라고 믿는 그 마음이 결국에는 좋은 결과를 불러옵니다.

었습니다. 모두가 그를 기억하고 희망을 잃지 않았기 때문입니다.

본회퍼의 인생은 저에게도 오랫동안 자신을 돌아보게 하는 거울이 되어주었습니다. 힘든 일이 생기면 죽음의 감옥에 갇혀 있던 본회퍼를 떠올리며 '그의 상황보단 내가 낫잖아' 하고 생각했습니다. 그러면 마음이 한결 나아졌습니다. 취업의 길이 막히고 사기를 당해서 목에 물 한 방울도 넘어가지 않는 절망의 시기일 때도 본회퍼는 큰 힘이 되었습니다. '그는 죽었는데 그래도 난 살아 있네.' 직장이 없어도, 사기를 당했어도 나는 생명은 잃지 않았으니까요. 살아 있다는 것보다 더 큰 행운이 어디 있을까요.

모든 것에는 이면이 있습니다. 완벽하게 나쁜 일도 완벽하게 좋은 일도 없습니다. 아무리 부정적인 상황에도 긍정적인 면은 숨어 있게 마련입니다. 오른손을 잃었다면 남아 있는 왼손을 생각하듯이, 그것을 찾아보세요.

여러분도 어려운 순간에 '절대긍정'이라는 말을 주문처럼 떠올리면 도움이 될 겁니다. 그러면 부정적으로 흐르려던 마음이 다시 긍정적인 주파수로 바뀌면서 새롭게 시작할 힘을 얻을 수 있습니다.

위험한 습관, 중독에 빠지지 않기

SNS로 친구들과 이야기하고, 유튜브로 음악방송을 보고, 게임 몇 판. 시계를 보니 몇 시간이 훌쩍 지나가버렸습니다. 스마트폰 화면을 보고 있는 시간은 어찌나 빨리 가는지, 시계를 보며 후회하면서도 손에서 스마트폰을 놓기가 힘듭니다.

경기도교육청이 2012년 청소년 145만여 명을 대상으로 스마트폰 이용 실태를 조사했습니다. 그 결과 청소년의 66퍼센트(초등학생 47.6퍼센트, 중학생 75.9퍼센트, 고등학생 77.2퍼센트)가 스마트폰을 갖고 있었고, 하루 평균 사용시간은 1~3시간이 가장 많았습니다. 5시간 이상도 10퍼센트나 됐는데, 이 중 2.2퍼센트는 '중독 위험군'으로 나타나 인터넷(1.01퍼센트)의 두 배를 넘었습니다.

스마트폰뿐만 아니라 온라인 게임에 중독이 되는 경우도 많습니다. 하지만 본인은 언제든 마음먹으면 그만둘 수 있다고 생각합니다. 과연 생각만으로 해결이 될까요. 아니면 다른 해법이 있을까요.

'맑은 물줄기'와 함께

청소년기에는 무언가에 푹 빠지기 쉽습니다. 에너지가 넘치고 열정이 있어서인데, 그 넘치는 힘을 어떻게 승화시키느냐에 따라 문제아가 될 수도 있고 경험의 폭이 넓은 큰사람으로 성장할 수도 있습니다.

중독이란 스스로 통제할 수 없다는 점에서 치명적이지만 순기능이 없는 것도 아닙니다. 가령 온라인 게임을 많이 하다 보면 컴퓨터나 IT 기술 등에 관심이 가 그 분야의 진로를 갖게 될 수도 있습니다. 또 무언가에 흠뻑 빠져보고 나면 그에 대해 정통하게 되고 자기만의 세상이 손에 잡히기도 합니다.

하지만 대개 중독이란 빠지기는 쉬워도 헤어나오려면 엄청난 노력이 필요하고, 특히 한창 자라나는 청소년들에게서 많은 기회를 앗아갑니다.

저도 청소년기에 만화와 야한 소설에 빠져 지낸 적이 있습니다. 중

학교 2학년 때는 특히 심해서, 일상에 지장이 갈 정도였습니다. 소설 속 야한 장면이 자꾸 떠오르면서 교과서가 눈에 들어오지 않았습니다. 빌려 본 책이라 빨리 돌려줘야 했기 때문에 수업시간에 몰래 읽기도 했습니다. 그러니 수업을 제대로 듣기도 힘들었습니다. 저는 가끔 지금의 속독 기술은 중학교 때 읽은 야한 소설들 때문이라고 농담처럼 말하곤 합니다.

그 무렵 부모님은 그런 저를 알고 있음에도 한마디도 나무라지 않으셨습니다. 만약 부모님이 실망스러운 눈빛으로 꾸지람을 하셨다면, 아마 주눅은 들었겠지만 그래도 포기하지는 못한 채 계속 숨어서 읽었을 겁니다.

아버지는 저를 야단치는 대신 '맑은 물줄기'를 대주셨습니다. 탁한 물이 가득한 항아리를 한꺼번에 쏟아내는 게 아니라, 수도꼭지를 대어 점차 물이 맑아지기를 기다려주셨습니다.

아버지의 수도꼭지는 바로 양서였습니다. 링컨, 칭기즈칸, 서재필, 간디의 위인전을 읽게 하고, 함석헌의 『뜻으로 본 한국역사』같이 어려운 책을 읽고 밑줄을 긋게 했습니다. 밑줄을 긋지 않으면 회초리를 드셨기 때문에 할 수 없이 읽었는데, 그 책들을 읽으면서 어느새 세상을 보는 눈이 달라졌다는 걸 깨달았습니다. 야한 상상력의 세계도 있지만, 고매하고 위대한 세상도 있다는 걸 알게 된 겁니다. 상상력의 차원이 달라지면서 꿈도 점점 커져갔습니다.

저는 다행히 '아버지의 수도꼭지' 덕에 중독의 시기를 잘 넘겼지만, 만약 그런 존재가 없다면 스스로 수도꼭지를 찾아야 합니다. 가장 좋은 방법은 지금 빠져 있는 것과 반대되는, 몸과 마음을 밝고 건강하게 하고 의식 수준을 높일 수 있는 수도꼭지를 찾는 겁니다.

가령 야동에 빠져 있다면 로맨틱하고 감동적인 영화도 한 편 보고, 거친 대중가요를 들었다면 베토벤 음악을 들으면서 감성의 폭을 넓힙니다.

맑은 물이 흘러나오는 수도꼭지를 연결해 두면, 시간이 지나면서 중독되었던 습성이 서서히 흘러나갑니다. 창문을 열어 신선한 공기를 받아들이면 탁한 공기가 빠져나가듯 몸과 마음이 깨끗해집니다.

혼자 해결하기 어렵다면, 주위의 도움을 받을 수도 있습니다. 운동을 좋아하는 친구와 만난다거나 취미가 다른 친구를 만나면, 그 세계를 새로 경험할 수도 있습니다. 실제로 동물을 좋아하는 친구 때문에 동물에 관심을 갖게 된 학생도 있고, IT 기기에 관심 있는 친구를 만나서 그 방향으로 꿈을 갖게 된 학생도 있습니다.

무언가에 푹 빠져 있을 때는 다른 것들이 눈에 들어오지 않습니다. 하지만 조금씩 새로운 것을 시도해 보면서 변화를 주면, 경험의 폭이 넓어지면서 오히려 더 큰 성장의 기회가 됩니다.

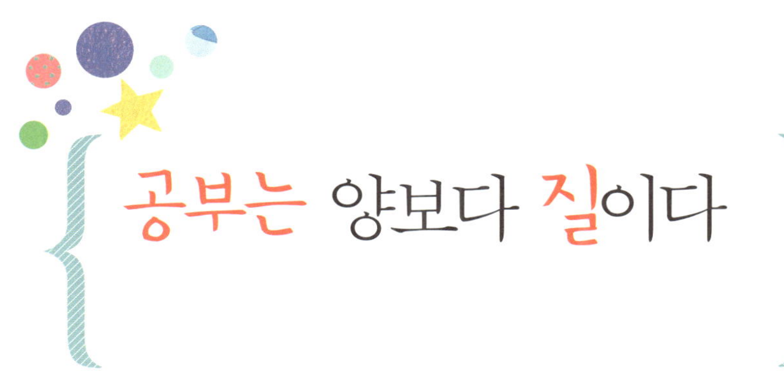

"친구들은 뛰고 있는데 저만 걷고 있는 것 같아요."

학업 경쟁에서 뒤처지는 것 같아 두렵다는 한 학생의 이야기가 기억에 남습니다. 많은 학생이 치열한 경쟁 속에서 공부에 대해 큰 부담감을 느끼고 있습니다.

실제로 우리나라 청소년들의 스트레스 원인 1위는 바로 학업과 성적이라고 합니다. 많은 학생이 열심히 공부하고 싶어서 책상에 오래 앉아 있지만, 마음만큼 집중이 되지 않아서 힘들어하기도 합니다.

“이제 마음 잡고 공부하려고 하는데, 모르는 내용을 따라가기도 힘들고 열심히 해도 생각만큼 성적이 오르지 않아요.”

사춘기를 호되게 보냈다는 한 학생이 고민을 토로했습니다. 공부하려고 책상에 앉아 오래 버티기는 하는데 글이 머릿속에 들어오지 않아서 마음만 불안하다는 말도 했습니다.

청소년기에는 집중해서 공부하려는 마음을 흔드는 일들이 참 많습니다. 친구들과 놀고도 싶고, 보고 싶은 것도 많고, 게임도 하고 싶고요. 저도 사춘기 때, 짝사랑하던 여학생을 생각하느라 책을 들여다보기 힘든 적이 있었습니다. 그뿐만이 아닙니다. 몸과 마음이 급격히 자랄 때라 잠도 많이 와서 책만 보면 졸음이 밀려옵니다.

이렇듯 공부 능률이 오르지 않고 성적이 오르지 않는 원인은 다양하지만, 무엇보다 중요한 해법이 집중력입니다. 공부한 만큼 성과를 거두기 위해서는 반드시 집중력을 높여야 합니다.

차라리 놀자! 공부가 될 때까지

수업시간에 선생님 설명만 듣는 걸로도 성적이 좋은 학생이 있고 수업 듣고 복습하고 오랜 시간 공부하는데도 성적이 오르지 않는 학생도 있습니다. 이것은 집중의 문제입니다. 집중이 된 상태라면, 선생님의 호흡까지도 놓치지 않고 들을 수 있어서 메모를 하지 않아도 기억에 잘 남습니다.

10초만 해도 마음이 차분해집니다. 그런 다음 책을 보면 들뜬 마음과 의무감으로 공부하는 것과는 비교할 수 없을 만큼 몰입이 잘 됩니다.

집에서 공부하려고 책을 들었는데, 눈에 들어오지 않는다면 어떻게 해야 할까요. 이때는 시선을 계속 책에 두기보다는 읽고 싶을 때까지 책을 덮어놓습니다. 어차피 읽어도 머릿속에 잘 들어오지 않으니까요.

이처럼 집중이 되지 않을 때는 억지로 공부를 하면서 스트레스 받지 말고 차라리 노는 게 좋습니다. 하루 이틀, 한 닷새쯤 하고 싶은 것을 하면서 재미있게 놉니다. 그리고 나서는 '이제 한번 공부해 볼까' 하고 책을 펼쳐 듭니다.

이때 중요한 것은 공부는 마땅히 해야 하는 일이라는 생각만큼은 놓지 않는 것입니다.

다시 공부를 해보고, 집중이 안 되면 또 다 잊고 신나게 놉니다. 놀고 나서 다시 공부를 해야겠다고 생각되면, 잠깐 명상을 해서 마음을 가라앉힌 뒤 정신이 집중될 때부터 조금씩 시작합니다.

집중이 30분만 된다면 30분만 공부하고 책을 덮습니다. 30분은 결코 짧은 시간이 아닙니다. 하루에 대여섯 시간씩 멍하니 앉아 있는 것보다 훨씬 강도가 높은 시간입니다. 조금씩 집중하는 훈련이 되면 30분에서 한 시간, 한 시간에서 두 시간, 세 시간 몰입할 수 있습니다. 그러면 성적은 올라가게 됩니다.

잠깐 멈춤, '집중'을 받아들이는 준비

대부분의 학생들이 실제로 공부를 하기보다는 공부해야 한다는 부담감으로 시간을 보냅니다. 그러면 실제 공부는 30분 했지만 마치 몸과 마음은 공부를 이미 서너 시간은 한 줄 착각하게 됩니다. 또한 공부만 생각해도 반사적으로 거부감이 느껴지면서 스트레스를 받습니다. 그 긴장감에 공부에 더 집중이 안 되는 악순환에 빠집니다.

또 조금 전까지 있었던 일들이 떠올라 공부에 집중이 안 되는 경우도 있습니다. 이럴 때는 공부하기 전 잠깐 멈추는 시간이 필요합니다. 밥을 먹기 전 손을 씻는 것처럼, 좋은 자리에 가기 전에 옷차림을 갖추는 것처럼, 공부하기 전에 그 준비를 하는 겁니다.

바르게 앉아 눈을 감고 깊게 호흡을 몇 번 해보세요. 뇌파가 안정되면서 마음이 편안해집니다. 파도가 찰랑찰랑 이는 상태가 아니라 깊고 가늘고 고른 호흡을 통해 수면을 가라앉히는 것입니다.

친구와 다툰 일, 부모님에게 야단맞은 일, 게임 한 기억을 마치 커튼을 닫듯이 내려놓고, 손을 씻어 깨끗하게 하는 것처럼 잡념을 흘

려 보냅니다. 그러면 우리의 뇌는 정보를 받아들일 준비가 되어서
훨씬 글이 눈에 잘 들어옵니다. 두 시간 걸리는 공부를 한 시간 안
에도 할 수 있고 기억에 훨씬 오래 남습니다.

영국 케임브리지 대학 물리학도 출신으로 전 세계인들의 '명상 스
승'인 아잔 브라흐마 스님은 명상하는 5분의 힘을 이렇게 말했습니다.

"컵을 오래 들고 있을수록 무겁게 느껴질 수밖에 없죠. 팔이 아파
컵을 편안하게 들지 못하게 되면 어떻게 해야 하죠? 내려놔야 합니
다. 30초만 쉬었다가 다시 물컵을 들면 훨씬 가볍고 쉽죠. 피곤할 때
단 5분의 명상을 하는 것은 투자입니다. 아주 피곤할 때 명상하면

한 시간 동안 할 일을 15분 만에 끝낼 수 있게 되죠."

실제 명상의 효과는 스티브 잡스 같은 이를 비롯해 전 세계에서 널리 인정받고 있습니다. 세계적인 기업 구글에는 명상을 통해서 집중력 등을 향상시키는 내면 검색 프로그램을 실시하고 있다고 합니다.

이 프로그램을 개발한 차드 멍 탄이라는 천재 프로그래머는 『너의 내면을 검색하라』에서 명상은 세수할 때 코를 만지는 것만큼 쉬운 것이며 이미 우리가 경험하고 있는 것이라고 하죠. 그는 일상 속에서 2분만 자신의 호흡에 부드럽게 집중하거나 하던 행동들을 멈추고 그냥 가만히 있어보라고 합니다.

이런 행동이 쌓이면 마음이 고요하고 맑아지면서 감정 조절이 쉬워지고 일이나 공부에 대한 집중력도 높아진다고 합니다.

이렇듯 피로하고 공부에 집중이 안 될 때는 잠깐 공부를 내려놓고 쉽니다. 그리고 명상을 해봅니다. 그러면 더 큰 집중력으로 공부를 단숨에 할 수 있는 힘이 생깁니다.

스트레스 받을 때 마음 다스리기

"지각하겠다, 서둘러라!"

엄마가 다그치자 경표는 얼굴을 붉히고 말았습니다.

"아유, 잔소리 좀 그만 해요."

그렇잖아도 학교에 늦은 것 같아서 '어젯밤 일찍 잘걸' 후회하던 참이었습니다. 그런데 엄마가 서두르라고 하니, 늦게 자고 늦게 일어난 자신에 대해 일어난 짜증을 공연한 엄마에게 돌려버린 겁니다.

경표는 집을 나선 순간부터 후회가 되었습니다. 사실은 자기 잘못인데 엄마에게 정색하고 쏘아붙인 것이 못내 미안했습니다. 짜증내고 후회하고 또 짜증내는 일상은 반복되고, 경표는 특별한 이유도 없이 불쑥불쑥 화를 내는 자신에게 또 화가 납니다.

여러분도 아침에 경표처럼 집을 나서지 않나요? 사실 다른 사람의 말과 행동에 예민하게 반응하는 것은 청소년기의 일반적인 특징입니다. 심리학자 최성애 교수는 『최성애·조벽 교수의 청소년 감정코칭』에서 그 이유를 이렇게 설명하고 있습니다.

"사춘기에는 감정과 기억, 욕구 등을 관장하는 변연계가 한층 예민해집니다. 덕분에 식욕과 성욕도 왕성해지죠. 또한 세로토닌이라는 신경전달물질이 아동기나 성인기보다 훨씬 적게 생성됩니다. 세로토닌은 감정의 기복을 완화시켜 주는 역할을 해서 감정조절제라고도 부릅니다. (……) 그 결과 사춘기에는 감정의 기복이 무척 심해집니다. 10분 전에 여자친구에게 좋아한다는 말을 듣고 하늘로 날아오를 듯한 기분이던 남자아이는 잠시 후 누군가에게 무슨 핀잔이라도 들으면 단 10분 만에 죽고 싶을 정도로 괴로운 기분이 됩니다. 이렇게 심한 감정의 기복이 사춘기에는 정상입니다."

기분 나쁠 때, 좋아하는 일을 하자

청소년기는 이처럼 생물학적으로도, 정서적으로 불안정한 시기인데다 입시 스트레스와 미래에 대한 불안감, 친구 문제 등으로 늘 마음이 소용돌이치고 그늘이 생기기 쉽습니다. 특히 우리나라 청소년들의 스트레스 지수는 상당히 높은데 열 명 중 일곱 명의 청소년들이 성인과 비슷한 강도의 스트레스를 받고 있다고 합니다.

이처럼 청소년기는 마음에 변화가 심하고 주위 환경에 쉽게 영향을 받는 때인 만큼 불안정한 마음을 긍정하고 기분을 바꿔주는 노력이 필요합니다. 즉 세심하게 정서를 관리하는 것입니다.

중요한 것은 부정적인 감정에 빠지지 않도록 하는 것입니다. 짜증이나 분노 같은 부정적인 감정이 올라올 때면 자신이 좋아하는 일을 해봅니다.

가령 친구 때문에 화가 났다면 속상한 마음을 말로 바로 내뱉지 말고, 집에 와서 좋아하는 음악을 듣는다거나 영화를 본다든가 강아지와 산책한다든지 해서 기분을 바꾸어봅니다. 마치 방 안에서 놀다가 답답하면 밖으로 나가고, 밖이 너무 추우면 다시 집 안으로 들어오는 것처럼, 기분을 바꿔주는 것입니다.

그러면 좋아진 기분만큼 일도 잘 풀리고 무거웠던 마음이 가벼워져서 무엇이든 할 수 있게 됩니다.

평소에 기분이 좋아지는 일 스무 가지 정도를 목록으로 만들어놓으면 도움이 됩니다. 기분 나쁠 때마다 그 목록 중에 가장 마음 가는 일을 해보면 부정적인 감정이 사라집니다.

그것을 계기로 좋은 취미가 생길 수도 있고, 더 나아가 그 분야의 전문가가 될 수도 있습니다. 짜증나고 화나는 감정을 긍정적이고 재미있는 일로 돌리면, 기분도 좋아질 뿐 아니라 나를 성장시키는 훌륭한 계기가 되는 것입니다.

'욱' 하는 감정 다스리기

화난 얼굴이 아름답다고 느끼는 사람은 없습니다. 화내고 싶어서 화내는 사람도 없습니다. 하지만 순간적으로 솟구쳐 오르는 화, 이 격한 감정을 다스리기가 결코 쉽지 않습니다.

청소년들은 대체로 언제 화가 날까요. 김도연 전북대 교수는 다음과 같이 지적했습니다.

"부당한 취급을 당했을 때, 누군가 자신에게 거짓말을 했을 때, 빈정거리는 언어, 억지로 무엇인가를 강요할 때 분노한다."

여러분은 언제 화가 나나요? 부모님의 간섭과 잔소리, 하고 싶은 것을 못하게 하는 학교, 선생님의 일방적인 훈계, 믿었던 친구의 배신 등에 감정이 터져 나올지도 모릅니다. 깊이 숨어 있던 상처가 건드려졌을 때 불쑥 분노가 올라오기도 할 겁니다. 개인의 경험이 다른 만큼 화가 나는 상황도 사람마다 다를 수 있습니다.

왜 화가 났든, 참지 못하고 터뜨리는 순간, 그것은 문제를 일으키고 상처를 남깁니다. 상대에게 충격과 상처를 줄 뿐만 아니라, 자기 자신에게도 지울 수 없는 화상을 남깁니다. 아마 여러분도 화를 내고 후회해 본 경험들이 있을 겁니다.

이 '욱' 하는 감정을 잘 다스려야 평화로울 텐데, 어떻게 해야 할까요?

데니스 그린버거와 크리스틴 페데스키는 『기분 다스리기』에서 다음과 같이 말했습니다. 간단하면서도 효과가 매우 좋은 방법입니다.

짜증이 나거나 화가 밀려올 때, 혹은 부정적인 생각 때문에 기분이 가라앉을 때 잠시 생각과 하던 일을 멈추고 2분 동안 심호흡을 해보세요. 들끓던 가슴이 잠잠해집니다.

분노를 느낀다면 다음과 같은 문답지를 작성해 본다.

'왜 화가 났지?'

(답:저 사람에게 무시당했기 때문이다.)

'저 사람이 나를 무시했다는 증거가 어디에 있나?'

(답:나를 보는 눈빛이나 말투가 그렇다.)

'그런 눈빛이나 말투가 무시하려는 의도가 아니었다는 증거는 없는가?'

(답:여러 가지 생각해 볼 수 있다.)

적은 답이 정답인지 굳이 알고 싶으면 그 사람에게 직접 물어보면 된다.

이 방법을 한번 실행해 보면 실제로 도움이 될 겁니다. 분노 다스리기는 누구도 대신해 줄 수 없고, 스스로 소방관이 되어야 분노의 불길을 끌 수 있습니다. 무작정 화를 내는 대신 잠깐 멈춰 생각해 보면 마음이 달라집니다. 조금 전보다 분명히 화가 가라앉아 있는 걸

발견할 수 있습니다.

짜증과 분노는 공부나 인간관계 모두에 장애가 되기 쉽습니다. 또 터뜨리고 나면 늘 후회하게 되는 감정입니다. 따라서 적절하게 감정을 조절하고 정서를 관리하면 불필요한 에너지 소모를 줄이고, 즐겁게 생활하는 시간을 늘려갈 수 있습니다.

몸과 마음의 성장통을 앓는 청소년들에게 명상을 권하고 싶습니다. 명상이란 부정적인 마음에서 긍정적인 마음으로, 슬픔을 기쁨으로, 어두운 것에서 밝은 것으로, 소극적인 것에서 적극적인 것으로 생각의 방향을 바꾸는 것입니다.

자연의 소리를 들으며 걷거나, 눈을 감고 앉아 있는 명상을 하면 스트레스 호르몬인 코티솔이 감소됩니다. 그래서 스트레스가 줄어들어 공부 집중력이 높아지고, 마음이 밝아져서 얼굴이 빛나고, 좋은 주파수를 내서 좋은 관계를 맺을 수 있는 힘이 생깁니다.

미소와 유머는 인기의 일급 비결

“지는 사투리를 씁니더. 즐겁게 봐주이소.”

한 학생이 구수한 억양으로 활기차게 인사했습니다. 순간 청중 사이에서 웃음이 터져 나왔습니다.

사투리는 그 지역에서는 자연스러운 것이지만, 다른 지역으로 이사를 가게 되면 놀림을 받는 경우도 많다고 합니다. 특히 학창 시절에는 더욱 그렇습니다. 사투리 때문에 왕따를 당했다고 눈물지은 학생도 있었는데, 이 학생은 오히려 당당하게 사투리를 써서 많은 사람을 즐겁게 해주었습니다.

이렇듯 유머 감각이 있는 사람은 스스로 유쾌하고 주위 사람들도 즐겁게 만듭니다. 그래서 유머 감각이 있는 사람은 인기가 많습니다.

실제로 잘생기고 능력 있는 남자와 능력은 보통이고 유머 있는 남자가 미인과 미팅을 했습니다. 미인은 누구를 선택했을까요. 유머 있는 남자입니다. 많은 여성이 유머 감각 있는 남성에게 매력을 느끼는데, 그 사람과 함께 있으면 즐거워서 더 만나고 싶어 하는 것입니다.

남성에게는 미소가 아름다운 여자가 로망입니다. 그녀의 미소만 봐도 행복해지고 편안해지기 때문에 잘 웃는 여자를 좋아하고 함께 있고 싶어지는 것입니다.

또한 유머 감각은 자신의 단점이나 어려운 상황을 오히려 장점으로 승화시키는 힘이 있습니다.

저는 초등학교 5학년 때 백일장 대회에서 장원을 한 적이 있습니다. 그때 시제가 '비'였는데, 지붕에서 빗물이 새서 어머니가 양동이를 받치는 모습을 익살스럽게 묘사한 글이었습니다.

집안 형편이 어려워서 도시락을 못 싸갔고, 구멍 안 난 양말을 신는 게 소원일 정도였습니다. 그만큼 가난했지만 어머니가 빗물을 받느라 밤새 고생하는 걸 슬픈 시선으로 쓰지 않았습니다. 슬프고 고통스러울 수 있는 상황을 웃음으로 승화해서 오히려 감동을 줄 수 있었습니다.

또 일이 마음대로 되지 않거나 어려운 상황에 맞닥뜨려서도 유머를 잃지 않는 사람은 큰사람으로 보입니다. 성적이 떨어진 학생이 등수가 조금 올라간 친구에게 "다 내 덕인 줄 알아"라며 웃을 수 있다면 어떨까요. 그 그릇됨이 달리 보입니다.

세상을 바꾼 링컨과 오바마의 유머

미국의 역사를 바꾼 링컨과 오바마에게는 공통점이 있습니다. 어린 시절 불우한 환경에서 성장했지만, 그 환경에 주저앉지 않고 미국 대통령이 되었다는 점입니다. 그리고 또 하나가 유머 감각이 뛰어나다는 점입니다. 두 사람 모두 진정성 있는 연설로 사람들의 마음을 움직였고, 유머로 사람들의 마음을 열었습니다.

특히 링컨은 부드러운 인상이 아니어서 자칫 딱딱하고 엄격한 이미지를 줄 수 있었습니다. 그러나 링컨은 반대편 사람이 얼굴을 붉혀가며 공격할 때도 여유와 유머를 잃지 않았습니다.

상원의원 선거 때 일입니다. 경쟁자였던 더글러스 후보는 링컨의 과거 경력을 문제 삼아 비방하기 시작했습니다.

"링컨 후보는 전에 경영하던 상점에서 팔아서는 안 될 술을 팔았습니다. 이렇게 법을 어긴 사람이 상원의원에 당선된다면 이 나라의 법과 질서를 어떻게 바로잡을 수 있겠습니까?"

그러나 링컨은 이러한 공격에 전혀 당황하거나 흥분하지 않았습니다.

“예, 사실입니다. 그 당시 더글러스 후보는 제 가게에서 가장 술을 많이 사 먹은 고객이었습니다. 그리고 중요한 것은 저는 이미 그 가게를 떠난 지 오래지만, 더글러스 후보는 여전히 그 가게의 충실한 고객이라는 점입니다.”

링컨이 재치 있게 공격을 피해가자, 더글러스는 재빨리 화제를 돌려 다시 링컨을 공격했습니다.

“링컨 후보는 말만 그럴 듯하게 합니다. 두 얼굴을 가진 이중인격자입니다!”

링컨은 이번에도 재치 있게 받아쳤습니다.

“잘 생각해 보시기 바랍니다. 만일 제가 두 얼굴을 가졌다면 오늘같이 중요한 날, 왜 이렇게 못생긴 얼굴을 가지고 나왔겠습니까?”

링컨의 말에 모두 웃음을 터뜨렸습니다. 상대의 인신공격에도 당황하지 않은 유머 감각이 대중을 사로잡은 것입니다.

오바마도 미국 최초의 흑인 대통령이 되기까지 그 길이 험난했습니다. 그가 미국 태생이 아니라는 의혹을 제기하고, ‘후세인’이라는 중간 이름에 문제를 제기하며 인신공격을 하는 사람도 많았습니다. 그러나 그는 그때마다 유머로 대응해서 그것이 큰 문제가 아님을 대중이 받아들이게 했습니다. 바로 유머의 힘입니다.

링컨과 오바마가 어려운 상황도 유머로 여유 있게 이겨냈듯이, 아무리 힘든 순간에도 가볍게 받아들

이고 표현할 줄 아는 연습을 하면 도움이 됩니다. 제일 쉬운 방법이 웃는 것입니다. 즐겁게 웃다 보면 마음이 가벼워지고 표현도 유쾌해집니다.

일단 웃으면 진짜 웃을 일이 생긴다

쉬는 시간에도 혼자 다니고 무표정하던 한 여학생은 웃음 명상 때 배가 아프도록 웃어보는 시간을 가진 후 굳어 있던 마음이 풀어지면서 어느새 얼굴에 미소가 떠오르기 시작했습니다. "왠지 마음이 가벼워지는 느낌이에요"라고도 말했습니다.

그러자 신기하게도 그 여학생 주위로 사람들이 모여들었습니다. 며칠 뒤 식당으로 들어가는 그 여학생을 보았는데, 뭐가 그리 즐거운지 친구들과 환하게 웃고 있었습니다.

처음에는 어색하지만 일부러라도 웃는 연습을 해보면 도움이 됩니다. '억지로 웃는 게 과연 도움이 될까?' 생각하겠지만, 일부러 웃는 것도 생체 호르몬에 긍정적인 변화를 준다는 것이 실험 결과로도 증명이 되었습니다.

1988년 미국 캘리포니아 대학의 이차크 프리트 박사는 뇌에서 '웃음보'를 발견했습니다. 왼쪽 전두엽과 변연계가 만나는 A10 영역을 자극하자 피험자는 전혀 우습지 않은 상황인데도 웃음을 터뜨렸습니다. 또 웃음보가 뺨의 근육을 움직이며 즐거운 생각을 일으켜 웃음의 동기를 준다는 사실도 확인했습니다.

즉 우리는 즐거워서 웃기도 하지만 웃어서 즐거워지기도 한다는 것입니다. 이는 일부러 웃는 표정을 지어도 정신 건강에 좋다는 증거입니다.

웃으면 즐거워지고 긍정적이 됩니다. 자신을 행복하게 할 뿐만 아니라 다른 사람도 즐겁게 합니다. 그래서 잘 웃는 사람, 유머가 있는 사람은 인기가 높고, 주위에서 도와주려고 합니다. 유머 덕에 꿈을 빨리 이루게 되는 셈입니다. 꿈을 가진 사람에게 미소와 유머 감각은 더욱더 필요한 덕목입니다.

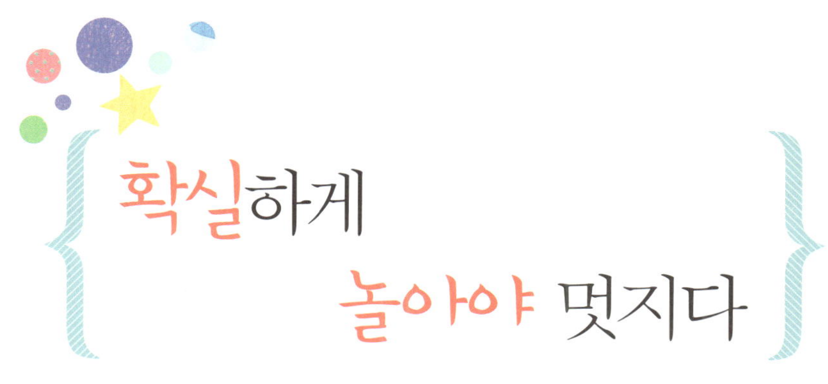

주위에 놀기도 잘하면서 공부도 잘하는 친구들이 있을 겁니다. 실제로 포유동물을 대상으로 연구한 결과, 몸 크기와 비교해 상대적으로 뇌가 큰 동물일수록 더 잘 논다고 합니다. 즉 놀이가 뇌신경 회로의 생성과 원활한 작동을 촉진해 뇌 성장에 중요한 자양분을 제공하는 것입니다.

노는 것은 긍정의 에너지입니다. 부정의 에너지를 갖고는 즐겁게 놀 수도 공부할 수도 없습니다. 그래서 어린 시절 제대로 노는 것이 중요하고, 노는 것도 배워야 합니다.

그렇지 않으면 쉬고 놀아야 할 순간에 어색해하고, 심하면 죄책감까지 가집니다. 늘 긴장된 채 앞만 보고 달리다 몸과 마음이 더 이상 달릴 수 없는 상황에 이르기도 합니다.

저도 청년기에 잘 노는 사람은 아니었습니다. 경제 형편이 넉넉지 않다 보니 마음의 여유가 없어서였는데, 그것이 지금도 아쉽습니다. 놀면 큰일 나는 줄 알고 늘 쫓기듯이 목표만 보며 달렸고, 그 때문에 건강이 무너지는 일도 생겼습니다.

특히 청소년기에는 잘 노는 게 중요합니다. 공부하는 과정에서는 긴장감이 높아지게 마련인데, 그 긴장을 풀어주어야만 집중도 할 수 있고 활력도 생깁니다.

우리나라 청소년들의 경우 공부로 인해 시간적 여유가 많지 않지만 그나마의 휴식 시간에도 여가를 즐기며 잘 놀지 못하고 있습니다. 2011년 통계청의 조사에 따르면, 응답자 중 57.2퍼센트의 학생들이 텔레비전을 보거나 온라인 게임을 하며 여가를 보내는 것으로 드러났습니다. 이들 모두 주로 집에서 혼자 하는 활동이고 중독성도 있어 감정이나 기운을 발산하는 데는 한계가 있습니다.

'쉬어라!' 노벨상 수상자들의 비결

유대인은 세계 인구의 0.2퍼센트이면서 노벨상 수상자 중 30퍼센트를 차지합니다. 그 뛰어난 두뇌와 창의력의 바탕에는

'잘 쉬고 잘 노는' 전통이 큰 힘이 되었다고 합니다.

유대인들은 열심히 일만 하지 않습니다. 일주일을 일하고 안식일에는 무슨 일이 있어도 쉽니다. 1년 중에 일곱 가지 절기마다 축제를 열어 즐겁게 놀고, 6년을 열심히 일하면 1년은 쉬는 안식년 제도를 두었습니다. 확실하게 쉴 때 쉬고, 일할 때 일하면서 노는 것도 아니고 일하는 것도 아닌 어중간한 상태로 지내지 않는 것입니다.

실제로 노벨상 수상자들도 휴식의 중요성을 강조합니다. 노벨 화학상 수상자인 토머스 스타이츠 박사는 "노벨상을 탈 수 있었던 비결이 무엇입니까?"라는 기자들의 질문에 이렇게 대답했습니다.

"동료들과 함께하는 커피 타임입니다."

동료들과 차를 마시며 편안하게 대화를 하다 보면 새로운 것을 배우고 신선한 생각이 나온다는 말입니다.

노벨 화학상 공동 수상자인 아다 요나스 박사도 유대인입니다. 그는 리보솜의 3차원 구조와 작동 원리를 제시해 '신의 비밀'을 풀었다는 평가를 받았는데, 이 아이디어를 얻게 된 계기가 재미있습니다.

자전거 사고로 뇌진탕을 일으켜서 쉬고 있었는데, 어느 날 겨울잠을 자는 북극곰에 관한 책을 읽고 영감을 얻었다고 합니다. 결국 휴식이 창의력을 불러온 셈입니다.

놀 때 노는 사람, 그레이트!

링컨학교에서는 파티타임, 장기자랑, 운동회 시간 등을 통해 함께 어울리며 즐겁게 놉니다. 무대에 나와서 마음껏 끼를 발휘하는 학생들의 얼굴은 그렇게 밝을 수가 없습니다. 그런데 장기가 많은데도 한 발을 빼고 있는 학생들이 있습니다. 한 대학생은 무대에서 노래를 부르기 전 이런 말을 했습니다.

"여러분 중에 이렇게 다 같이 어울려서 놀거나, 무대 앞으로 나오는 게 좀 어색한 친구들도 있죠? 이건 제 경험인데, 기회가 왔을 때 놓치지 말고 잡으세요. 놀 땐 확실히 놀 줄 알아야 후회가 없어요."

내성적이어서 대화에도 잘 끼지 않던 한 학생은 그 말에 용기를 얻었는지, 마치 몸을 묶고 있던 밧줄이 풀린 듯 무대를 휘저으며 뛰기 시작했습니다. '아, 멋지다. 저런 면이 있었네.' 보고 있던 친구들과 선생님이 놀라서 더 크게 박수를 치고 응원을 할 정도였습니다.

혼자서는 힘들어도 함께라면 고여 있던 에너지를 쉽게 발산하고, 활화산 같은 열기를 뿜어낼 수 있습니다. 가슴 가득 쌓여 있던 스트레스, 불안, 무기력을 그 순간 모두 함께 떨쳐버리는 것입니다. 그것

은 자기 자신을 창조적이지 못하도록 만들었던, 재능을 꽃피우지 못
하도록 만들었던 빗장을 여는 것이기도 합니다.

한바탕 열정적으로 무대를 휩쓴 그 학생은 "저도 제가 이럴 줄 몰
랐어요"라며 환하게 웃었습니다.

놀 때 확실하게 노는 사람이 멋지고, 다른 일도 열정적으로 할 수
있습니다. 한 발 빼지 않고 적극적으로 놀이에 나를 내맡기는 것, 특
히 에너지가 많은 젊음이 누릴 수 있는 특권입니다.

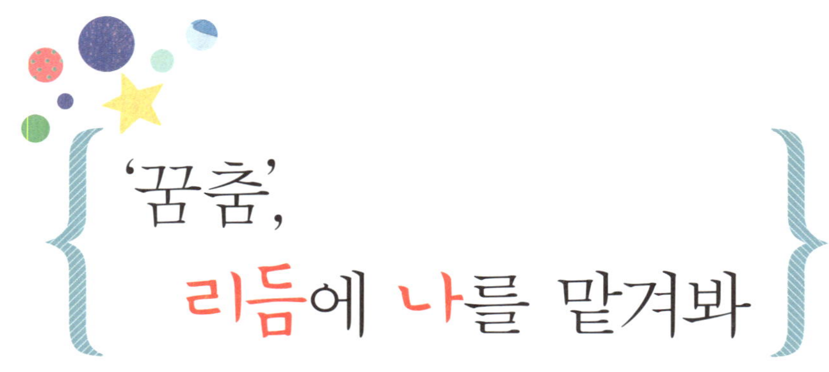

'꿈춤', 리듬에 나를 맡겨봐

〈깊은산속 옹달샘〉에서는 춤 명상을 합니다. 흥겹게 춤을 추고 난 다음 편안히 누워 심호흡으로 마음을 가다듬습니다. 물론 춤은 다른 곳에서도 출 수 있습니다. 스트레스가 풀리고 즐거워지지만, 그 모든 춤들이 얼굴이 맑아지고 치유의 기운이 나오게 하는 것은 아닙니다.

만약 춤을 추고 나서 피곤하기만 하다면 그것은 명상이 아닙니다. 두세 시간 춤을 췄는데도 기운이 나고, 얼굴이 맑아진다면, 그것이 바로 춤 명상입니다.

사랑할 때는 미친 듯이 사랑하라.

노래할 때는 미친 듯이 노래하라.

춤출 때는 미친 듯이 추어라.

이것이 계산적이고 논리적인 것보다 훨씬 나으며,

악몽에 시달리는 것보다 훨씬 더 낫다.

균형을 잃었다고 생각될 때는

반대쪽으로 몸을 기울여라.

다시 균형을 회복하라.

이것이 앞으로 나아가는 방법이다.

오쇼 라즈니쉬의 『라즈니쉬의 명상 건강』에 나오는 내용입니다. 계산적이고 논리적인 사고에 갇히면 몸과 마음이 점점 굳어지고, 표정도 딱딱해져 갑니다. 그 굳어진 몸과 마음을 흔들어 깨우는 데 춤만큼 좋은 것이 없습니다.

춤은 삶이다, 꿈이다

저는 얼마 전 급발진 사고를 당해서 디스크가 고장나는 부상을 당했습니다. 통증이 심해지면서 춤을 추기는커녕 제대로 걷지도 못했습니다. 그때 '춤이란 건강할 때 출 수 있는 거구나, 살아 있는 사람만이 춤을 출 수 있구나'라는 사실을 알게 되었습니다.

피나는 노력으로 세계 정상에 선 비보이들. 오세빈 님과 모닝오브아울, 20센츄리보이즈, 코리안어쌔신의 공연에 학생들이 열광합니다. 그들의 살아 있는 에너지, 열정의 몸짓이 가슴으로 전해지기 때문입니다.

꿈은 열정, 에너지를 요구합니다. 춤도 열정이고 에너지입니다. 꿈이 있는 사람은 춤을 출 수 있고, 춤을 춰야 꿈을 이룰 수 있습니다. 춤은 단순히 동작이 아니라 삶이고, 삶 자체가 춤이라는 사실을 알게 되었습니다.

"아침에 일어났을 때 새로운 음정에 맞춰 춤추지 않는 것이 더 힘들다."

음악가 바흐의 말입니다. 원래 우리 삶은 춤추지 않는 것이 더 힘들 만큼 활력이 넘치는 것입니다. 하지만 꿈, 열정을 잃고 살다 보면 어느새 활력은 사라지고 춤추는 법을 잊어버리게 됩니다.

그렇게 굳어진 마음을 푸는 데는 춤이 최고입니다. 링컨학교에 온 학생들 가운데 마음이 닫혀 있는 경우, 그 마음을 열게 하는 가장 쉬운 방법도 춤입니다. 춤을 통해 흥이 나고 신이 나면 치유가 시작되고, 꿈도 시작될 수 있습니다.

그렇기에 세계적인 비보이들의 '꿈춤' 공연처럼 열정이 배어 있는 전문 무용가들의 공연을 보는 것도 좋은 자극이 됩니다. 오랜 시간 동안 꿈을 향해 단련해 온 이들의 땀방울과 삶을 만나는 자리가 바로 무대이기 때문입니다.

우울증을 이겨낸 한 여학생의 춤

춤은 삶의 고통을 어루만지는 자연치유법이기도 합니다. 흔히 기쁠 때, 좋을 때, 신이 났을 때, 춤을 춘다고 하지만 좌절하고 절망했을 때 춤을 추면, 슬픔이 기쁨으로, 절망이 희망으로 바뀝니다. 찌뿌둥한 몸, 산란한 마음에 중심이 잡히고 편안해지는 것을 경험할 수 있습니다.

춤이 외로움과 우울증을 치유하는 경우를 종종 발견할 수 있습니다. 어렸을 때 엄마와 떨어져 외국에 살다가 초등학교 2학년 때 한국에 돌아온 여학생은 우리말이 서툴러서 친구들의 놀림을 받았습니다. 늘 혼자 놀아야 했고, 자신을 좋아하는 사람은 아무도 없다는 생각에 우울증까지 걸렸습니다.

그러던 어느 날 길을 가다가 레코드 가게에서 흘러나오는 가요를 듣게 되었습니다. 그 순간 그 자리를 떠나지 못한 채, 정말이지 오랜만에 얼굴에 미소가 번졌습니다. 그리고 자신도 모르게 음악에 맞춰 몸이 움직였습니다. 그때부터 춤을 출 때면 가슴이 뛰면서 행복해졌고, 더 이상 우울하지 않았습니다. 링컨학교의 장기자랑대회가 열리던 날, 친구들의 환호 속에 그 여학생은 열정적인 몸짓으로 누구도 흉내낼 수 없는 자신만의 춤을 멋지게 추었습니다. 자신의 아픔을 털어낸 뒤의 자유로움과 당당함이 그대로 전해지는 듯했습니다.

실제로 춤은 정신 건강에 탁월한 효과가 있다는 것이 연구 결과로도 증명되었습니다. 스웨덴 건강관리과학센터의 연구에 의하면, 우울증이나 무력감, 자존감 부족을 겪고 있던 여학생들이 춤을 통해 밝아지고 긍정적으로 바뀌었다고 합니다.

춤을 통해 아픈 마음을 치유한 그 여학생은 이렇게 말했습니다.

"보육원 아이들에게 무료로 춤을 가르치는 사람이 되고 싶어요. 어릴 때 엄마와 떨어져 살아봐서 그 아이들의 외로움을 이해하니까요. 외롭고 슬퍼하는 아이에게 저의 에너지를 춤으로 전해주고 싶어요."

가족에게도 말하지 못하고 홀로 외로움을 견디던 여학생은 춤을 통해 치유받고, 그 희망의 에너지를 마음의 고통을 겪는 아이들에게 돌려주겠다는 꿈너머꿈까지 갖게 된 것입니다.

춤, 학습 능력을 높인다

춤은 치유력 외에도 학습 능력을 높이는 데도 도움이 된다는 실험 결과가 나왔습니다.

얼마 전 EBS는 인천의 한 고등학교 학생들에게 한 달 동안 5분짜리 댄스를 하루에 세 번씩 매일 추게 했습니다. 그 결과 학습에 관련된 뇌 기능이 향상된 것으로 밝혀졌습니다.

아픈 마음을 치유하고 학습 능력까지 향상시키는 춤을 명상에 결합하면, 그 효과를 더욱 높일 수 있습니다. 춤 명상은 한바탕 춤을 추고 난 뒤, 호흡에 집중하는 것입니다.

집에서도 얼마든지 춤 명상을 할 수 있습니다. 좋아하는 음악을 틀어놓고, 부정적인 감정들을 털어내듯 몸을 풉니다. 음악에 나를 맡기고, 몸에 나를 맡기고, 마음 가는 대로 춤을 춥니다.

춤을 멈추고 나면, 그 자리에 편안하게 눕습니다. 그리고 호흡에만 정신을 집중합니다. 어느덧 호흡이 편안해지고 몸과 마음이 편안해지면서, 맺혀 있던 감정들이 풀어지고 공부에 집중할 수 있는 힘을 얻게 됩니다.

모든 춤은 아름다운 것

춤은 유명한 아이돌 가수의 안무를 그대로 따라 해야만 멋진 걸까요. 많은 청소년들이 편하게 무대에 나오거나 함께 어울려 춤추지 못하고 뒤로 물러서 있는 이유가 '춤은 그럴 듯해야 한다'는 생각 때문인 경우가 많습니다. '춤도 못 추는데 나가서 무슨 망신을 당하려고' 하는 생각에 나서지 않는 것입니다.

그런데 한 학생이 무대에서 신나게 ‘막춤’을 추었습니다. 심지어 이 학생은 몇 번의 다리 수술을 한 상태였습니다. 나중에 그 학생은 이렇게 말했습니다.

“지금은 신나게 놀고 다리 걱정은 나중에 하자, 생각했어요. 그래서인지 다리도 안 아프더라고요.”

그 학생은 수술한 다리에 깁스를 하고 휠체어에 타고 있을 때, 가장 하고 싶은 것이 춤추기였다고 합니다. 또 춤을 출 때는 마치 하늘을 날아가는 기분이고, ‘이 시간만큼은 자유다’라고 느낀다고 합니다. 춤이 이 학생에게는 자유의 날갯짓인 셈입니다.

그 학생은 춤추지 못하는 다른 학생들에게 이런 말도 했습니다.

“쑥스러워하지 말고, 지금 특별한 사람이 되기 위해서, 인생의 새로운 점을 남기기 위해서, 기회가 왔을 때는 망설이지 말고 바로 나가버려요!”

춤은 자유롭게 나를 표현하는 것입니다.

춤에는 특별한 형식도, 안무도 따로 필요 없습니다. 그저 자연스럽게 내 안의 것을 발산하는 것이면, 막춤도 예술이 되고 나를 행복하게 하는 명상이 됩니다.

명상으로
얼짱, 몸짱, 마음짱이 되자!

많은 청소년이 명상을 어렵게만 생각합니다. 나와 상관없는 것, 산속의 은둔자만 하는 걸로 생각합니다. 그러나 생활 속에서 이뤄지는 모든 것, 즉 공부·수면·청소·걷기·춤 모두가 명상이 될 수 있습니다.

몸과 마음이 편안해지는 명상의 기본 자세

명상은 걷거나 앉거나 눕거나 모든 자세에서 할 수 있지만, 가장 좋은 자세는 결가부좌입니다. 더 쉽고 빠르게 마음이 편안해지기 때문입니다.

❶ 결가부좌: 오른발을 왼쪽 허벅지 위에 올려놓은 다음, 왼발을 오른쪽 허벅지 위에 놓습니다.

이 자세는 처음에는 힘들지만 오래 앉아 있을수록 피곤함이 풀립니다.

② 반가부좌: ❶이 어려운 경우에 왼발을 오른쪽 허벅지 밑에 놓고, 오른발을 왼쪽 허벅지 위에 얹습니다. 또는 왼발과 오른발의 위치를 바꾸어 앉습니다.

③ 양반다리로 앉습니다. ❶과 ❷ 두 가지 자세 모두 어려울 때 합니다.

④ 허리와 가슴을 곧게 폅니다.

⑤ 턱을 살짝 아래로 당기고, 손바닥을 하늘을 향해 손을 무릎 위에 가볍게 놓습니다.

⑥ 입가에 미소를 머금고 혀를 입천장에 붙입니다.

호흡, 들숨과 날숨을 통해 나를 들여다보기

세 번 토해내듯이 하는 호흡이라는 뜻을 담은 '삼토식 호흡'을 해봅니다. 숨을 내쉴 때 몸 안의 나쁜 공기, 아픈 기운, 마음 안의 불만, 미움, 걱정, 두려움을 모두 토해내듯 숨을 내뱉습니다.

숨을 들이마실 때는 좋은 공기, 긍정의 기운, 감사, 행복, 건강을 함께 마십니다. 아침에 일어나서, 자기 전, 중요한 시험을 앞두고 있을 때, 사람들 앞에서 발표해야 할 때 삼토식을 하면 얼굴도 자세도 편안해집니다.

① 위에서 설명한 기본 명상 자세를 합니다.

② 숨을 들이마시면서 양 옆으로 두 팔을 크게 벌리고, 숨을 내쉬며 왼손은 땅을 짚고 오른팔은 들어서 하늘에 곡선을 그리듯 왼쪽으로 쭉 밀어 오른쪽 옆구리를 늘려줍니다. 시선은 손끝을 바라보며 잠시 멈추고, 다시 내쉬면서 양팔을 벌린 상태로 돌아옵니다.

③ 반대쪽으로도 ❷의 방식으로 진행합니다.

④ 등 뒤에서 두 손을 깍지 낍니다. 이 상태로 숨을 들이마시면서 등 뒤쪽의 팔을 쭉 펴고 내쉬면서 몸을 앞으로 깊숙이 숙입니다. 이때 최대한 팔을 하늘을 향

해 들어올리고 숨을 들이마시며 다시 몸을 일으킵니다.

❺ 손바닥이 위로 오도록 손을 무릎에 올려놓고 고개를 최대한 뒤로 젖히며 숨을 들이쉽니다. 내쉬면서 턱을 제자리로.

❻ 단전에 양손을 모읍니다. 왼손이 위로 가게 합니다.

❼ 삼토식을 합니다. 숨을 깊고 길게 마시고, 내쉴 때는 고요하고 가늘고 길게 내뱉는데, 이때 이와 이 사이로 바람을 내보내듯 스~ 스~ 스~ 매미 소리를 냅니다.

❽ 이 호흡을 세 번 반복합니다.

향기 명상, 공부 안 될 땐 로즈마리, 머리 아플 땐 페퍼민트

방 안에 허브 향이 퍼지면 몸과 마음이 편안해집니다. 허브의 종류는 매우 다양한데 기분과 상황에 맞게 활용할 수 있습니다.

로즈마리와 레몬밤은 머리를 맑게 하고 기억력을 높입니다. 스트레스가 심한 학생에게 아주 좋습니다.

바질은 두통과 신경과민에 효과가 있습니다. 졸림을 방지하기 때문에 늦게까지 공부하는 수험생에게 좋습니다.

라벤더와 캐모마일은 심신을 안정시켜서 잠을 푹 자도록 합니다.

티트리는 여드름 피부에 효과가 있고, 상처 소독에도 좋습니다.

페퍼민트는 향이 상쾌한데, 머리 아플 때 효과가 있습니다.

❶ 허브는 차, 향초, 오일로 다양하게 활용할 수 있습니다. 차를 마시거나 초를 켜거나 오일을 가볍게 바릅니다.

❷ 조용한 음악으로 마음을 편안하게 하고, 향기를 느낍니다.

❸ 편안하게 호흡을 합니다. 들숨에 향기가 들어오고, 날숨에 우울한 마음이 흘러나갑니다.

❹ 어느덧 마음이 차분해지고 향기의 효과가 배어납니다.

웃음 명상, 부정적인 감정과 기억들을 털어내기

나를 웃지 못하게 했던 것들, 나를 눈물짓게 했던 것들을 웃음으로 털어냅니다. 웃음 명상은 잃어버린 웃음을 되찾고 어두웠던 얼굴을 환하게 합니다.

❶ 음악을 틀어놓습니다.

❷ 팔을 올리고 머리 위부터 '하' 하고 기합을 넣어 탁탁 털며 내려옵니다.

❸ 소리 내어 하하하 웃습니다.

❹ 복식 호흡을 합니다. 숨을 마시며 축복, 사랑이 들어옵니다. 내쉴 때 스트레스, 불안이 나갑니다. '하' 하고 배에서부터 소리를 내면 목소리가 예뻐지고 노래도 잘하게 됩니다.

❺ 복식 호흡을 하면 울림의 소리가 납니다. 하. 하. 하. 하. 하 천천히 하다가 빨리 합니다.

오수 명상, 짧은 '잠'으로 피로 풀기

잠이 안 올 때, 이런저런 걱정으로 마음이 불안할 때, 공부하다가 힘들 때 잠시 쉬는 오수 명상을 해보세요.

❶ 명상 자세를 합니다.

❷ 복식 호흡을 다섯 번 합니다.
아랫배까지 숨이 들어오고 쑥 빠져나가게 합니다. 숨이 코로 들어오고 나가게 합니다. 이 호흡으로 깊게 숨을 쉬면, 날뛰던 마음이 안정되고 몸도 편안해집니다. 마실 때는 기쁨, 행복, 축복, 사랑이 들어온다고 생각합니다. 내쉴 때는 스트레스, 걱정, 불안이 나간다고 생각합니다.

❸ 이제 천천히 눕습니다. 편안하게 호흡합니다.

건강한 관계 맺기, 꿈의 네트워크를 만들자

외동인 수철이는 어릴 때만 해도 부모님의 사랑을 독차지하는 것이 좋았습니다. 하지만 크면서는 그 사랑이 모두 자신에 대한 기대로 쏠리는 것이 부담스럽고, 의지할 형제가 없다는 것이 외롭기도 했습니다.

그래서 링컨학교에서 형, 누나, 동생들을 만났을 때, 낯설기도 했지만 무척 반가웠습니다. 조원들끼리 9형제자매를 맺고, 같이 밥 먹고 함께 파티를 준비하는 건, 학교에서 친구들과 어울리는 것과 또다른 느낌이었습니다. 9형제자매들이 마치 나를 감싸주는 따뜻한 울타리처럼 느껴지기도 했습니다.

특히 조장인 민수 형은 더 가깝게 느껴졌는데, 2분 스피치 원고를 쓸 때 이런저런 이야기를 나눈 뒤부터 더욱 친해졌습니다.

민수 형은 수철이가 '수의사가 되고 싶다'는 꿈만 덜렁 써놓은 걸 보더니 왜 수의사가 되고 싶은지 물었습니다. 그 말에 수철이는 몇 년 전 사랑하던 강아지 해피를 자동차 사고로 잃어버린 일을 이야기했습니다.

"그때 해피를 빨리 병원에 데려갔다면 살았을지도 모르는데. 다친 해피를 안기가 두려워서 엄마를 부르러 간 사이에……"

　그때 일이 생각나 수철이는 목이 메었습니다. 민수 형은 고개를 끄덕이며 수철이의 어깨를 토닥였습니다. 이날 민수 형 덕에 자신의 이야기를 풀어내고, 친구에게도 하지 못한 가슴속 이야기를 한 것, 수철이에게는 잊지 못할 특별한 경험이었습니다.

　이제 집으로 돌아가야 하는 날, 수철이는 민수 형에게 다가갔습니다.

　"앞으로 대학 가는 문제나 다른 고민이 있을 때 형에게 물어봐도 돼?"

　"그럼. 언제든지."

　"고마워, 형, 나도 형의 꿈을 응원해 줄게. 아마 내 응원 덕에 꿈이 꼭 이뤄질걸."

　민수 형이 웃으며 수철이의 어깨를 툭 쳤습니다.

　'형이 생겼다!'

　수철이는 집에 돌아가 자랑할 생각에, 헤어짐의 아쉬움도 잊은 채 환하게 웃었습니다.

혼자서 자라는 꿈은 없다

아무리 똑똑하고 잘난 사람이라도 혼자서 모든 것을 다 할 수는 없습니다. 특히 꿈이 클수록, 그 꿈을 이루기 위해서는 함께해 줄 동반자가 필요합니다.

동반자가 있을 때 우리는 더 멀리 갈 수 있고, 더 빨리 갈 수 있고, 더 재미있게 갈 수 있고, 더 힘을 내어 갈 수 있습니다.

그 동반자는 나보다 나이가 어릴 수도 있고, 친구일 수도 있고, 선배일 수도 있습니다. 중요한 것은 내 꿈을 이해하고 응원하며, 함께 가는 사람이라는 점입니다.

꿈의 동반자, 고흐의 동생과 빌 게이츠의 친구

가난한 한 화가가 있었습니다. 그는 800점 이상의 유화와 700점 이상의 데생을 그렸습니다. 그 가운데 그가 살아 있는 동안 팔린 작품은 데생 1점뿐이었습니다.

서른일곱 살, 한창 예술혼을 꽃피울 나이에 그는 세상과 이별했고, 11년 후 파리에서 그의 그림 71점이 전시되었습니다. 살아서는 인정받지 못했던 그의 작품들이 비로소 높은 평가를 받기 시작했습니다. 그의 이름은 바로 태양과 빛의 화가라 불리는 반 고흐입니다.

천재 화가 반 고흐는 가난과 외로움으로 얼룩진 생을 살았습니다. 하지만 유일하게 그를 이해하고 도와준 사람이 있었는데, 바로 동생 테오였습니다. 가난한 형에게 생활비를 보내주면서 물감을 살 수 있도록 했고, 용기를 잃지 않도록 늘 힘을 주었습니다.

『반 고흐, 영혼의 편지』에는 형에 대한 테오의 마음이 잘 나타나 있습니다.

"형이 완성한 작품들을 생각해 봐. 그런 그림들을 그릴 수 있다면 더 바랄 게 없다고 소원하는 사람들이 얼마나 많은지 알아? 형은 더 이상 뭘 바라는 거야? 뭔가 훌륭한 것을 창조하는 것이 형의 강렬한 소망 아니었어? 형이 도대체 왜 절망하는 거야? 게다가 이제 곧 더 훌륭한 작품을 만들 때가 다시 올 텐데 말이야. (……) 우리 희망을 갖기로 해. 형의 불행은 이제 분명 끝날 거야."

꿈을 이해하고, 화가의 길을 존중한 동생이 있었기에 고흐는 포기하지 않고 그림을 그릴 수 있었습니다. 고흐에게 동생은 단지 혈육이 아니라, 꿈의 후원자이자 동반자였습니다.

빌 게이츠가 꿈을 이루는 데도 동반자가 있었습니다. 바로 스티브 발머입니다. 하버드 대학교에서 처음 만난 두 사람은 금세 친해졌는데, 성격은 아주 대조적이었습니다. 빌 게이츠가 침착하고 분석적이라면, 스티브 발머는 활발하고 사교적이었습니다. 졸업 후 두 사람은 서로 다른 길을 걸었지만 마이크로소프트를 세운 뒤 빌 게이츠는 스티브 발머에게 도와달라고 손을 내밀었습니다.

이때 스티브 발머가 손을 잡아주지 않았다면 오늘의 마이크로소프트는 없을지도 모릅니다. 스티브 발머는 회사의 재정 쪽을 맡았고, 20년도 안 되어 직원 30명의 회사를 5만 명 규모의 세계 최대 기업으로 성장시켰습니다.

빌 게이츠가 혼자 모든 것을 하려 했다면 지금처럼 크게 성공하지 못했을지 모릅니다. 자기의 부족한 부분, 도움 받을 수 있는 부분을 알고 손을 내밀었기에 꿈을 이룰 수 있었습니다.

꿈은 꽃씨처럼 퍼진다

꿈은 혼자 피는 꽃이 아닙니다. 꽃씨를 날려 퍼뜨리고, 그 꽃씨들이 모여 꿈의 꽃밭을 이루기도 합니다.

우리나라 초대 대통령은 이승만 박사입니다. 원래 그의 꿈은 영어

교사였는데, 어느 날 한 인물을 만나면서 꿈이 대통령으로 커졌습니다. 그가 만난 인물이 바로 서재필 박사였습니다.

서재필 박사는 갑신정변에 참여했다가 실패하자 일본으로 피신한 뒤 미국으로 망명했습니다. 고생 끝에 의사가 된 그는 조국의 미래를 걱정했습니다. 그래서 조국에 돌아가 미국에서 접한 새로운 사상, 세상을 보는 넓은 시각을 알려주고 싶었습니다. 무엇보다 젊은이들에게 꿈을 심어주고 싶었습니다.

미국 의사라는 안정된 직업을 버리고 돌아온 그는 배재학당에서 강의를 했습니다. 그 강의를 듣던 학생 가운데 한 명이 바로 이승만이었습니다.

그 무렵 안창호라는 청년이 길을 가다가 사람들이 웅성웅성 모여

 주변 환경에 힘을 잃기도 하고 힘든 과정을 이겨내지 못해 포기하기도 합니다. 이때 중요한 것이 꿈의 동반자입니다.

있는 곳을 발견했습니다. 무슨 일이지 하고 다가가보니 서재필 박사의 강연이었습니다. 그 강연에 감명 받은 안창호는 조국 독립의 꿈을 꾸게 되었고 민족운동단체인 흥사단을 만들어 꿈을 키워갑니다.

서재필 박사는 우리나라 최초의 한글 신문인 《독립신문》을 창간했습니다. 그때 《독립신문》에서 일하던 한 젊은이가 서재필 박사에게 이런 말을 듣습니다.

"영어에는 띄어쓰기가 있어서 읽기가 쉽네. 그런데 한글에는 띄어쓰기가 없지. 우리말에도 띄어쓰기를 한다면 한결 읽기 편하고 이해하기 쉬울 텐데 말이야. 우리도 띄어쓰기를 한번 해보세."

이 젊은이는 최초로 한글 띄어쓰기를 만듭니다. 한글 맞춤법을 통일하고 문법도 정리합니다. 이 젊은이가 바로 최초의 한글학자가 되는 주시경 선생입니다.

조국의 청년들에게 꿈을 심어주겠다는 서재필 박사의 꿈이 이승만, 안창호, 주시경 선생의 꿈으로 이어졌습니다. 이것은 100년 전 나라의 독립을 바라는 청년들의 꿈으로 모아졌습니다. 꽃이 씨앗을 날려 퍼

뜨리듯이 한 사람의 꿈이 또다른 꿈을 만들어 꽃피우게 한 것입니다.

꿈의 동반자를 만나려면

이렇듯 꿈은 혼자 이루는 것이 아닙니다. 그렇다면 꿈
을 함께할 동반자, 꿈을 도와줄 후원자는 어떻게 만날까요. 먼저 자
신이 준비되어야 합니다. 그렇지 않으면 누군가 도움을 주지도 않고,
설사 도움을 주어도 꽃을 피울 수가 없습니다. 반 고흐나 빌 게이츠

가 꿈의 동반자를 만난 것은 이미 스스로 자신의 꿈을 위해 노력하고 있었기 때문입니다.

또 스스로 좋은 사람들을 만날 수 있는 다양한 기회를 적극적으로 찾아 나서야 합니다. 이승만 박사, 안창호 선생이 배움에 귀기울여 서재필 박사의 강연을 찾고 꿈을 키웠듯이, 견문을 넓히고 시야를 넓혀야 합니다. 그 과정에서 꿈을 함께할 뜻이 맞는 이들을 만날 가능성도 높아집니다.

꿈을 향해 힘차게 나아가는 사람에게는 남다른 기운이 있습니다. 그 열정은 다른 사람에게 영감을 주고 꿈을 줍니다. 그래서 꿈의 동반자, 후원자를 만나게 되는 것입니다. 또 그 꿈이 이타적인 꿈너머 꿈이라면 그 꿈이 이뤄지기를 응원하고 함께하는 사람들은 더 많아집니다.

먼저 꿈을 찾고 그 꿈에 대해 이야기해 보세요. 내 꿈 이야기에 마음이 움직인 사람을 만나면 꿈의 동반자가 되고, 인생이라는 마라톤에서 함께 뛰어주는 페이스메이커가 되어줍니다. 그러면 꿈으로 가는 길이 덜 외롭고 덜 힘들게 됩니다.

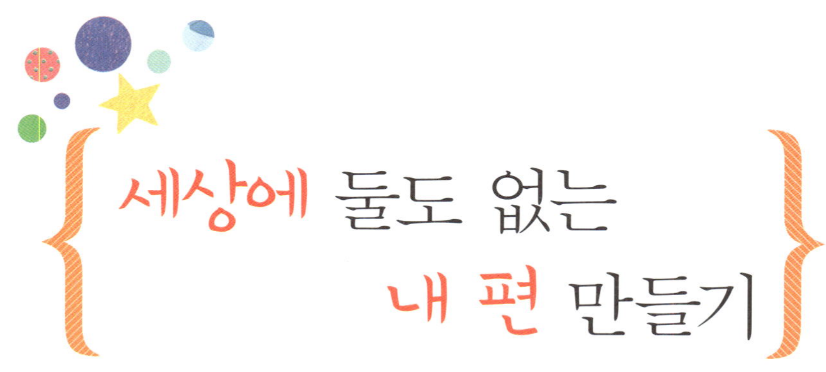

형제자매가 있다는 것은 피를 나눈 내 편이 있고, 갈등하고 부대끼면서도 진정한 어울림을 배울 수 있음을 의미합니다.

저는 아들 셋에 딸 넷, 7형제 속에서 자랐습니다. 형제가 많다고 해야 둘 셋인 요즘, 7형제가 한집에서 복작거리며 사는 모습은 상상도 안 갈 겁니다. 우리 집은 형제가 많다 보니 밥을 먹을 때도 서로 더 먹겠다고 싸우고, 옷도 서로 입겠다고 늘상 다투었습니다.

그런데 이 속에서 싹트는 게 있었습니다. 바로 형제애였습니다. 형제끼리 티격태격하고 다투다가도 옆집 아이가 동생을 공격하면, 형은 "누가 내 동생을 건드려!" 하면서 나섭니다. 또 옆집 아이랑 다투다가도 옆 동네 아이가 공격해 오면 곧바로 옆집 아이와 한편이 돼서 옆 동네 아이와 맞서게 됩니다. 이것이 바로 형제애입니다.

미국 킹스캐니언 국립공원에는 '빅 트리(Big Tree)'라는 세계에서 가장 키 큰 나무가 있습니다. 높이 83미터, 둘레는 31미터에 이르는데, 그 나무 한 그루로 목조 주택을 40채 정도 지을 만큼 엄청난 크기입니다.

킹스캐니언 국립공원에는 이처럼 큰 나무들이 숲을 이루어 웅장한 모습을 자랑하고 있습니다. 산 정상 쪽에서는 늘 엄청난 강풍이 불어옵니다. 그런데도 어떻게 이처럼 우람하게 성장할 수 있었을까요.

그것은 서로 뿌리를 얽고 의지하기 때문에 강풍 속에도 쓰러지지 않고 크게 성장할 수 있었던 것입니다. 형제자매도 이와 같습니다. 이 나무들처럼 서로에게 버팀목이 되어주는 형제자매라면, 세상의 모진 바람 속에서도 함께 성장할 수 있습니다.

진정한 어울림, 싸우며 배우고 자란다

형제자매는 충돌과 갈등 속에서 문제를 해결하는 법을 배우고, 서로를 이해하는 과정도 경험합니다. 그래서 형제가 많은 아이들이 사람 사이에 어디서나 잘 섞입니다.

그런데 요즘은 아무래도 외동이 많고, 혼자만 있다 보니 형제간에
갈등을 딛고 화목해지는 법을 배우기가 어렵습니다. 그래서 다툼이
생겼을 때 조정하는 법, 화해하고 용서하는 게 어떤 것인지를 경험
하기 어렵습니다.

사이좋게 지내는 법은 다툼과 화해의 과정에서 자연스레 알게 됩
니다. 이때 관계 속에서 자기 감정을 잘 조절하지 못하고 무작정 터
뜨려도 문제가 되지만, 감정을 삼켜버린 채 드러내지 않고 사이좋게
지내는 것도 진실된 관계는 아닙니다. 이것은 앙금으로 남아서 언젠
가는 폭발하게 됩니다.

자기 안에 감정을 쌓아두지 않고, 부딪치고 갈등을 겪으며 조정해서 상처나 앙금이 없도록 서로 맞추어가야 진정한 어울림입니다.

특히 함께 어울리며 갈등을 조정하는 경험은 사회에 나가고, 사람 앞에 설 때 매우 중요한 자산이 됩니다. 링컨학교에 참여한 한 대학생이 또래가 적다며 돌아가겠다고 했을 때, 이런 이야기를 해주었습니다.

"앞으로 사회에 나가면 또래만 만나는 것이 아닙니다. 다양한 연령대의 사람들과 부딪치게 돼요. 더구나 대학생이라면, 리더로서 어떻게 행동해야 할지를 배우는 연습도 필요합니다. 링컨학교가 그런 훈련의 장이 될 수 있습니다. 같은 조의 8~9명의 동생들, 전체로 보면 130여 명의 동생들을 이끄는 경험을 하는 겁니다."

형들은 동생들을 이끌고 돌보는 경험을 통해 리더십을 익히고, 동생들은 형, 누나들에게서 자신보다 어린 사람을 어떻게 대하는지를 알게 됩니다.

어울리는 능력은 다툼 속에서 생겨나, 사람의 마음을 읽는 데서 성숙합니다. 요즘 소통 부재라는 말을 많이 하는데, 이것이 일어나는 데는 세 가지 이유가 있습니다. 상대 마음을 읽지 못하거나, 아예 읽으려고도 안 하거나, 읽는다고는 하는데 거꾸로 읽을 때 벌어집니다.

무엇을 하든 사람과 어울리며 마음을 읽어야 세상을 읽을 수 있고 무엇을 해야 할지를 알 수 있습니다. 성공하는 사업가가 되고 싶다면 어떤 상품이 필요한지 소비자의 마음을 읽을 수 있어야 하고, 훌륭한 정치인이 되고 싶다면 국민의 마음을 읽을 수 있어야 합니다.

 형제자매는 그 진정한 어울림을 경험하는 좋은 기회입니다.

내 편이 되어줄 '형제자매'를 만들자

사람의 마음을 읽고 그의 마음이 움직이도록 다가가는 능력을 키우는 데 형제자매만큼 좋은 것이 없습니다. 그러나 꼭 피를 나눈 형제자매여야만 되는 것은 아닙니다. 진심을 나눌 수 있고 꿈에 대해 이야기하며 서로 응원할 수 있는 사람이라면 누구든 형제자매입니다.

『삼국지』에서 유비, 관우, 장비는 '어지러운 나라를 바로잡고 백성을 편안케 하겠다'는 꿈을 위해 의형제를 맺습니다. 그리고 친형제보다 더 큰 우애로 서로를 도왔습니다. 아마도 이 형제애가 없었다면 유비는 한 나라의 군왕에까지 이르지는 못했을 것입니다.

청소년기는 순수하게 친구, 선배, 후배를 만날 수 있는 시기입니다. 유비, 관우, 장비가 꿈을 함께하는 의형제를 맺듯, 큰 나무들이 서로를 의지하듯, 세상에 내 편이 되어줄 형제자매를 만들어보세요. 그러면 그 누구보다 든든한 응원군을 얻게 됩니다.

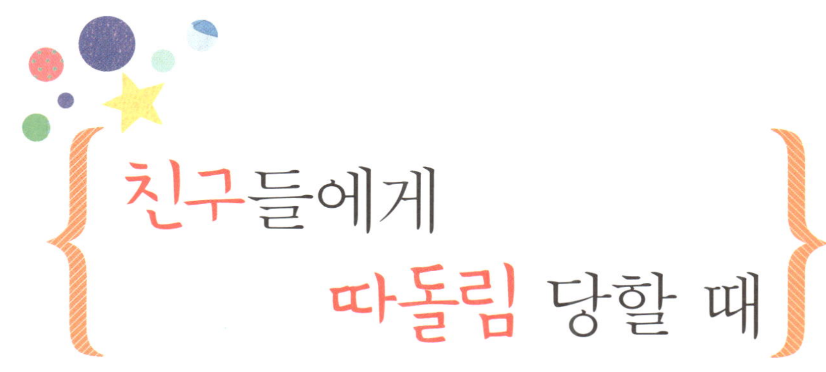

청소년기에는 친구와 일거수일투족을 함께합니다. 이 시기는 친구관계가 그 어느 때보다 큰 영향을 미칩니다. 그래서 마음 맞는 친구가 있으면 세상을 다 얻은 듯하고, 그 친구가 떠나면 세상이 무너진 듯 절망감을 느낍니다. 또 친구의 모진 말과 행동은 그대로 가슴에 박혀 상처가 되기 쉽습니다.

그러니 친구들 사이에서 따돌림을 당한다면 그 고통은 이루 말할 수 없을 것입니다. 한 학생은 그 고통을 '죽고 싶을 만큼 괴롭다'고 표현하기도 했습니다. 최근에 따돌림의 고통으로 인한 청소년들의 안타까운 소식이 많이 들려옵니다. 그 학생들이 나약하고 무기력하기에 그런 극단적인 선택을 한 것이 아닙니다. 친구 관계가 매우 큰 부분을 차지하는 만큼 더욱더 민감하고 상처받기 쉽기 때문에 그런 것입니다. 그 상처 또한 매우 깊습니다.

그래서 따돌림을 당하는 것은 도저히 걸어갈 수 없는 가시덤불을 만나는 것과도 같을 겁니다. 하지만 눈을 크게 뜨고 보면, 그 속에서 숨은 보물을 찾을 수도 있습니다.

아름다운 복수

"어린 시절 외국에서 살다 와서 우리말에 서툴러요. 그 때문에 선생님이나 친구들에게 무시 아닌 무시를 받아 괴로웠습니다. 그때 한 친구를 만나 무척 기뻤습니다. 그런데 어느 날 사소한 다툼 끝에 친구가 절교를 선언했어요. 저는 눈물을 흘리며 사과했지만, 친구는 다른 아이들과 함께 절 따돌리기 시작했습니다."

굳게 믿었던 친구가 한순간에 등을 돌렸으니, 그 충격은 이루 말할 수가 없었을 겁니다.

자신의 잘못이 아닌데 억울하게 따돌림을 당하는 경우가 많습니다. 한 학생은 사투리 때문에 놀림을 받고 말투가 이상하다고 따돌림을 당해서 사람들 앞에서 말하기를 주저할 만큼 상처가 컸습니다. 또 다른 지역에서 이사를 와서, 집안이 망해서, 부모가 이혼해서

등등의 이유로 따돌림을 당하기도 합니다.

이럴 때는 잘 참고 견뎌야 합니다. 그렇지 않고 상대의 조롱이나 비난에 휩쓸려버리면, 스스로 만든 감옥에 갇혀 빠져 나오기 힘들어집니다. 또는 똑같이 되갚아주고 싶은 충동이 일기도 합니다. 그러나 이 모두는 내 마음만 더 힘들게 할 뿐입니다.

로마 황제이자 위대한 철학자인 마르쿠스 아우렐리우스는 이런 조언을 했습니다.

"너를 모욕하는 사람의 기분에 휩쓸리지 마라. 그 사람이 널 끌고 가고 싶어 하는 길로 들어서지 마라. 너를 모욕하는 사람에게 복수하는 가장 좋은 방법은 그 사람처럼 행동하지 않는 것이다."

혼자여서 얻을 수 있는 것도 많다

저도 청소년기에 따돌림을 당한 경험이 많습니다. 초등학교부터 고등학교 때까지 열일곱 번 이사를 했습니다. 시골에서는 텃새가 심해서 전학한 곳마다 따돌림을 당했습니다. 목사의 아들이어서 유별나 보였는지, 몰매를 때리기도 하고 집적거리기도 했습니다. 집에서 학교까지 먼 길을 걸어 다녀야 했는데, 통행세 같은 걸로 싸움을 걸거나 돌을 던지는 아이들도 있었습니다.

어떻게 해야 할지 몰라 울고 오기도 했지만, 부모님도 이 문제를 해결해 줄 수는 없었습니다.

그러나 왕따를 당했던 그 고통과 외로움이 저로 하여금 책을 읽게 만들었습니다. 그리고 그 고통의 시기를 견디면서 주먹을 휘두르지 않고 상대를 제압하는 방법도 터득했습니다. 눈싸움도 하게 되고 힘든 상황에 대처하면서 남들이 갖지 못하는 리더십, 담력도 생겼습니다.

어떤 학생은 따돌림을 당했지만 지금까지 견뎌온 자기 자신에게 "지금까지 살아줘서 고마워"라고 말할 정도로 힘든 시기를 보냈는데, 그때 읽었던 책들이 꿈으로 이어졌다고 했습니다. 마음을 추스르기 위해 읽은 심리학 책들을 통해, 심리상담가의 꿈을 갖게 되었다는 겁니다.

이렇듯 혼자 있는 시간은 힘든 시기일 수도 있지만 새로운 세계를 열어주기도 합니다. 저도 친구들이 따돌려서 혼자 있는 시간에 어쩔 수 없이 책을 읽었던 것이 오늘의 저를 있게 했습니다. 또 조용한 시간을 가지며 고독을 알게 되고 자연도 주의 깊게 보고 휘파람도 불어보게 되었습니다. 친구들과 같이 놀지 못한 대신 인생에서 더 깊은 경험들을 할 수 있었던 셈입니다.

그러니 따돌림의 경험이 반드시 나쁘다고만 할 수는 없습니다. 다만 그것을 어떻게 받아들이는가에 따라 인생의 결이 달라질 수 있습니다.

그 따돌림이 만약 자기의 재능, 장점, 특출난 외모, 뭔가 남다른 생각에서 비롯되었다면 따돌림을 두려워해선 안 됩니다. 오히려 자신의 장점에 자부심을 갖고 이것을 더 키워가려고 노력해야 합니다. 반면 자신의 단점, 잘못된 습관 때문이라면 이를 고치려고 노력해야 합니다.

따돌림 당하는 것은 괴로운 일이지만, 울면서 주저앉는다면 상처만 남습니다. 하지만 비장의 무기를 만들어 실력을 더 갈고 닦는다면 따돌림의 시련을 인생의 좋은 선물로 만들 수도 있습니다.

나부터 좋은 친구가 되자

"친구(親舊)의 '친(親)'자의 한자 구성을 보면 '나무 위에 서서 지켜봐주는 것'이다. 그렇게 지켜보다가 내가 어렵고 힘들 때 내게로 다가와준다. 진정한 친구는 모두가 떠날 때 내게 오는 사람이다. 과연 나에게 그런 친구는 몇이나 될까. 아니, 나는 누군가에게 과연 그런 친구일까."

이종선의 『성공이 행복인 줄 알았다』에 나오는 말입니다.

나무는 끝까지 자기 자리를 떠나지 않습니다. 나무는 자신을 위해 그늘을 만들지도 않습니다. '나무 위에서 지켜본다'는 것은 처음 만난 자리에서 끝까지 지켜보며 그늘을 만들어준다는 뜻입니다.

'나에게는 그런 친구가 어디 없나?' 하는 생각이 든다면, 그런 친구를 찾아 나서기 전에 내가 먼저 그런 친구가 되면 됩니다. 내가 다른 친구를 따돌리지 않는 것은 물론이고, 친구에게 나무 그늘이 되어주는 것. 이렇듯 먼저 나를 열고 좋은 친구가 되려는 노력이 필요합니다.

부모님, 가까울수록 갈등도 깊다

우리는 보통 가까운 사람들에게 상처를 받습니다. 예민한 청소년기에는 특히 부모님에게 상처를 많이 받습니다. 부모님을 사랑하는 만큼 부모님의 말과 행동에 민감해지고, 부모님의 평가에 천국과 지옥을 오가기도 합니다.

부모님은 같은 일을 두고도 기분에 따라 칭찬하기도 하고 야단치기도 하는데, 당하는 입장에서는 이해도 안 되고 억울한 심정이 들 수 있습니다. 또 부모님은 사랑으로 지적한 말인데 듣는 입장에서는 상처가 되기도 합니다. 그 말이 가슴에 오래 남으면 그 말을 연상시키는 단어만 나와도 울컥합니다. 이 응어리를 일찌감치 털어내지 않으면 평생을 갈 수도 있습니다.

상처를 드러내고 털어내기

"행복한 가정을 가졌으면 좋겠습니다."

한 학생이 이 한마디를 한 뒤 더 이상 자신의 이야기를 풀어내지 못했습니다.

의기소침한 모습으로 머뭇거리던 그 학생은 친구들의 격려에 용기를 얻었는지, 조금씩 속내를 꺼내 보이기 시작했습니다.

"저는 집이 좋다는 생각을 단 한 번도 못했습니다. 어릴 적 아버지는 벗어나고 싶은 존재일 뿐이었습니다. 가정에는 관심이 전혀 없고 권위적이고 항상 명령뿐이었으니까요."

그 학생은 이야기를 털어놓다가 고개를 숙였습니다. 모두가 박수를 쳐주고 응원을 보내주자, 다시 고개를 들었습니다.

"잘했다는 칭찬 한마디 들어보지 못했고, 작은 일에도 심하게 혼이 났습니다. 그때 잘못했다는 생각보다 '절대 이런 아빠가 되지 말아야지' 하는 생각뿐이었습니다. 결국 엄마가 동생과 저를 데리고 나왔고, 지금은 아버지와 연락도 없는 상태입니다. 그래서 저는 가족과 함께 웃어주고 눈물 흘려주는 그런 아빠가 되고 싶습니다. 저는 먼저 화목한 가정을 만들고 싶습니다. 그런 다음에 더 큰 꿈을

품고 살아가겠습니다."

가슴속의 상처를 털어놓은 학생은 조금씩 표정이 밝아지기 시작했습니다. 집에 돌아가서도 아주 밝아졌다고 어머니가 놀랄 정도였습니다.

가슴에 맺힌 것, 응어리를 드러낼 때 상처가 치유되고 꿈이 시작될 수 있습니다. 자신을 고통스럽게 했던 아버지가 반면교사가 되어 주어서 그와 같은 삶을 살지 않겠다는 결심을 하게 만듭니다. 과거의 상처가 꿈의 디딤돌이 되는 것입니다.

따라서 상처로 남은 감정은 그대로 두지 말고 믿을 만한 사람에게 드러내는 게 좋습니다. 의사 앞에 상처를 드러내는 것처럼 가슴속의 응어리를 전문가나 좋은 멘토에게 드러내서 씻어내는 것입니다.

아니면 가까운 친구에게라도 고민을 털어놓을 수 있습니다. 성적이 떨어지자 매일 밤 공부를 강요하는 엄마에게 화가 난 학생이 있었습니다. 급기야 가출을 시도하려다가 친구의 소박하지만 따뜻한 한마디로 계획을 접었다고 합니다. "네가 집을 나가면 너희 엄마 아빠 마음이 어떻겠니?"라는 말 한마디에 응어리졌던 마음이 녹아내리더라는 겁니다.

갈등을 가슴에 혼자 품고 있으면 큰 문제가 됩니다. 하지만 드러내어 이야기하면 자신과 부모님을 객관적으로 볼 수 있고, 친구의 조언 한마디에도 마음이 바뀔 만큼 사소한 일이 될 수도 있습니다.

자식은 부모를 모른다

한 학생은 자신의 꿈을 무시하는 아버지에게 깊은 상처를 받았습니다. 그래서 사고도 많이 치고 다녔는데, 우연한 계기에 아버지가 자신을 사랑한다는 사실과, 아버지가 그렇듯 자신을 거칠게 대한 이유를 알게 되었습니다.

"할아버지께서는 아버지가 열 살 때 돌아가셨대요. 그러다 보니 아버지는 아들을 어떻게 대해야 하는지 제대로 배울 수가 없었고, 아들에게 조언하는 게 서툴러서 그러셨던 것 같습니다. 아버지의 마음을 알고 그날 많이 울었습니다."

이 학생은 아버지에 대해 알게 된 뒤 마음을 잡았다고 합니다. 이렇듯 빨리 화해할 수 있는 기회를 만나면 다행이지만, 많은 사람이 부모의 속마음을 모른 채 오랜 세월을 보내기도 합니다.

돌아가신 저희 부모님도 부부싸움을 자주 하셨습니다. 경제적으로 궁핍한 부부들은 생활고 때문에 부딪히는 일들이 많습니다. 시골의 가난한 교회 목사였던 아버지는 경제적으로 많이 어려웠습니다. 그런데 책을 좋아해서 밖에 나갔다 들어오실 때면 책을 한 권씩 사 들고 오셨습니다. 그럴 때면 어머니의 목소리가 높아졌습니다.

"또 책을 사셨어요?"

"목사가 책을 읽어야 설교 준비도 하고 그러지."

그러면 저희 어머니 목소리가 한 옥타브 올라갑니다.

"내가 한 달 동안 고구마 이삭 주워봐야, 당신 책 한 권 값도 안 된단 말이에요."

저는 어머니가 먹고살기 위해 고생하시는 걸 알았기 때문에 한동안 아버지가 아주 나쁜 사람인 줄 알았습니다. 또 아버지에게 매를 맞아가며 책을 읽다 보니 책을 보면 아버지에 대한 원망도 올라왔습니다.

아버지는 돌아가시면서 저에게 엄청난 양의 책을 물려주셨습니다. 아버지는 우리나라에서 가장 많은 장서를 자랑하는 목사 가운데 한 분이셨습니다.

어느 날 저에게 절망의 시간이 찾아왔을 때 습관처럼 아버지가 물려주신 책을 펼쳐보게 됐습니다. 그리고 밑줄 하나를 발견했습니다. 아버님이 그어놓은 밑줄을 읽는 순간 전율이 왔습니다. "희망이란 본래 있다고도 할 수 없고 없다고도 할 수 없다……"는 그 밑줄에서 아버지의 음성이 들렸습니다. 아무리 종을 쳐도 교인들 하나 오지 않던 산골교회에서 아들을 앉혀놓고 말씀하시던 목소리가 들리는 겁니다.

"아들아, 절망하고 있느냐? 절망하지 말아라. 희망을 가져라. 희망이 무엇인지 아느냐? 희망이란 있다고도 할 수 없고, 없다고도 할 수 없는 것이다. 그것은 마치 땅의 길과 같은 것이다. 본래 땅에는 길이 없었다. 누군가 한 사람이 가고 많은 사람이 걸어가면 그것이 곧 길이 되는 것이다."

아버지가 내 등을 토닥이는 것 같았던 그 '희망'이란 구절로 〈고도원의 아침편지〉를 시작했습니다. 그러니까 저에게 아버님이 물려주신 책은 단순한 책이 아닙니다. 여러분의 아버지가 혹시 평생 피리를 불다가 가셨다고 하면 그분이 남긴 피리가 그냥 피리일까요? 그분의 영혼이고 눈물입니다.

전 아버지가 남긴 책과 그분이 그어둔 밑줄을 보면서, 아버지를 제대로 이해하지 못했던 시절을 생각하며 눈물을 흘렸습니다.

청소년기에는 경험의 폭이 넓지 않습니다. 바라보는 대상도 그 경험의 폭만큼 이해하게 마련입니다. 그래서 부모님을 이해하지 못해 고통 받고, 상처 입고, 가슴 아프기도 합니다.

설혹 부모의 잘못된 말과 행동으로 힘들었다고 해도, 그 모든 것은 삶과 사람을 이해하는 바탕이 됩니다. 그 바탕을 품을 수 있다면 꿈은 더욱 크고 단단하게 자라날 수 있습니다.

머뭇거리지 말고 열심히 사랑하라

"영주야, 솔탈 축하해!"

링컨학교를 마치고 인사를 나누는 학생들의 말 속에서 생소한 단어를 발견했습니다. 솔탈? 하도 궁금해서 물어보았더니 '솔로 탈출'을 줄인 말이라고 하더군요.

일주일 동안 다양한 경험을 같이하면서 링컨학교에서도 서로 좋아하는 감정을 갖는 친구들이 생겨납니다. 얼굴에 웃음을 가득 머금고 걸어가는 학생들을 보며 저 역시 입가에 미소가 떠올랐습니다.

청소년기의 최대 관심사 중 하나가 이성 친구가 아닐까 합니다. 그것은 동서고금을 막론하고 자연스러운 일이기도 합니다.

사랑은 꿈을 갖게 한다

무심하게 지나쳤던 남학생, 여학생이 문득 가슴으로 걸어 들어오는 때가 있습니다. 멀리서만 봐도 가슴이 뛰고 설레는 경험은 인생의 축복입니다. 그 감정이 소중한 만큼 금세 깨어질까 두려운 마음도 생길 수밖에 없습니다. 그러나 이성 친구에게 다가가고 싶은 감정을 표현할 줄 알아야 하고, 그래야 후회가 남지 않습니다.

퇴짜를 맞을까 두려워할 필요는 없습니다. 청소년기에는 퇴짜도 많이 맞고, 상처도 많이 받으면서 성장해 갑니다. 그렇게 하면서 사람을 알아가고 이성을 보는 눈도 생깁니다.

부모님이나 선생님들 중에는 걱정하는 분들도 더러 있겠지만, 누군가를 깊이 좋아하는 것은 그 상대방 한 사람을 넘어서 사람이라는 존재에 대한 이해를 넓히고 경험의 폭을 키워줍니다. 또 만나고 싸우고 헤어지는 과정에서 사람을 대하는 자세와 감정이 성숙해집니다.

특히 젊을 때는 아무런 편견 없이 조건 없이 사랑하는 경험을 해보는 것이 참 중요합니다. 그 순수함의 절정은 소울 메이트를 만났을 때입니다. 서로 완전히 열리고 투명해져서 숨기는 것도, 드러내지 못하는 것도 사라지게 됩니다.

또한 사랑은 생각지 못한 엄청난 에너지를 선물합니다. 때로 그것은 소용돌이가 되어 혼돈에 빠뜨리기도 하고, 꿈의 배를 밀어주는 강한 바람이 되어주기도 합니다.

링컨은 첫사랑 앤을 만나면서 꿈이 생겼습니다. 변호사가 되어 앤이 결혼하고 싶어 하는 남자가 되어야겠다고 마음먹은 것입니다. 그리고 그 꿈을 위해 노력했고, 그 시간 동안 행복할 수 있었습니다. 이렇듯 사랑은 꿈을 꾸게 하고 그 꿈을 위해 노력하게 합니다. 그래서 사랑하는 사람은 꿈을 갖게 하는 멘토이기도 합니다.

저의 첫사랑은 나보다 두 살 어린 열 살 소녀였습니다. 처음 본 순간 천사 같은 그 소녀에게 홀딱 반했습니다. 지금도 저는 생머리 소녀를 좋아합니다. 그 소녀의 첫 모습이 긴 생머리였기 때문입니다. 지금도 저는 보라색 옷을 좋아합니다. 그 소녀가 첫날 입고 온 옷이 보라색 스웨터였습니다.

그 소녀를 만난 뒤로 매일 밤 편지를 쓰기 시작했습니다. 어느 날은 우편으로 부치기도 하고 어느 날은 직접 건네주기도 하고 어느 날은 보내지도 못했습니다. 그 편지를 쓰는 기간이 6년이나 이어졌습니다. 6년 동안 한 소녀를 짝사랑한 겁니다.

편지를 계속 쓰다가 더 이상 쓸 말이 없어 난감해진 시기가 찾아왔습니다. 그래서 어떻게 하면 편지를 잘 쓸 수 있을까 생각한 끝에 셰익스피어의 작품을 읽기 시작했습니다. 셰익스피어의 소네트를 다 암기하고, 그 단어를 바꿔서 편지를 쓰기 시작했습니다.

그 6년 동안의 편지 쓰기가 저를 작가로, 대통령의 연설문을 쓰는 사람으로 만들었습니다. 사랑이 제 꿈의 길에 등불을 밝혀준 것입니다. 〈고도원의 아침편지〉도 사실은 그때부터 시작됐는지도 모릅니다.

사랑은 아름다운 것입니다. 또한 이루어지기 어려운 것이기도 합니다. 그래서 상처 받고, 외로워하고, 눈물을 흘립니다. 그러나 사랑이 주는 상처, 그 외로움, 슬픔이 글을 쓰게 하고 노래를 만들게 합니다. 사랑의 실패마저도 아름다운 꿈의 재료가 되는 것입니다.

사랑은 용기로부터 시작된다

도서관에서 한 남학생이 어떤 여학생을 계속 쳐다보았습니다. 그 시선이 어찌나 강렬했는지 공부를 하던 여학생이 책상에서 일어났습니다. 그리고 그 남학생에게 다가가서 말했습니다.

"네가 계속 나를 그렇게 쳐다보겠다면 나도 너를 계속 쳐다볼 거야. 어쨌든 우리 이름이라도 알자. 나는 힐러리 로뎀이야."

그 순간 남학생은 너무 놀라 자기 이름도 생각나지 않았습니다.

미국 대통령을 지낸 빌 클린턴과 아내 힐러리가 처음 만났을 때의 풍경입니다. 클린턴은 뒷날 이날의 만남을 '천생연분의 시작'이라 표현하며 "그녀를 보자마자 놓치고 싶지 않았다"고 고백했습니다.

이 만남에서 인상적인 것은 힐러리의 당당함입니다. 그 당당함이 운명적인 만남의 연결고리가 되었으니까요.

마음에 드는 사람을 만나고도, 사무치게 사랑을 하면서도, 한마디 고백을 하지 못해 시기를 놓치고 사랑도 잃는 경우가 허다합니다. 그러니 사랑하는 마음과 자신의 감정을 '햇빛 속에서' 당당하게 밝히는 게 좋습니다. 설사 퇴짜를 맞더라도 자신을 비하하지 않는 것, 그것이 사랑의 용기입니다.

그리고 누군가 내게 사랑을 고백해 왔다면 그 사람의 감정을 존중해야 합니다. 내 마음도 같다면 받아들이면 되고, 거절할 때도 상대의 감정을 존중해서 예의를 잃지 말아야 합니다. 사랑의 고백을 받는 순간은 내 인생의 빛나는 순간이고, 인생에 새로운 점이 찍히는 순간이기도 합니다. 그래서 상대에게 예의를 지키는 것은 내 인생에 대해 예의를 지키는 것이기도 합니다.

사랑에 시작은 있어도 끝은 없습니다. 또다른 사랑의 시작이 있을 뿐입니다. 떠나버린 사랑은 값진 선물로 여기고, 다시 내 앞에 다가온 사랑에 목숨 걸고 최선을 다하는 것이 아름다운 삶입니다.

가장 멋진 것은 사랑이 내게 찾아오도록 하는 것입니다. 사랑이 찾아오는 사람이 되려면 어떻게 해야 할까요? 바로 향기로운 사람이 되는 겁니다. 사람은 누구나 향기에 끌리고 그 곁에 다가가려 합니다.

얼마 전 옹달샘에 참느릅나무 몇 그루를 심었습니다. 참느릅나무는 꾀꼬리가 좋아한다는 나무입니다. 참느릅나무가 생기자 진짜로 꾀꼬리들이 찾아와 아침마다 맑은 소리로 지저귀기 시작했습니다. 꾀꼬리

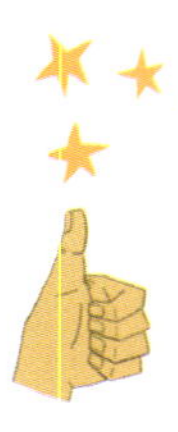

열심히 사랑하세요. 사랑 때문에 받게 될 상처가 두려워 머뭇거리지 마세요. 청소년기에는 퇴짜도 많이 맞고 상처도 받으면서 성장해 갑니다. 그 사랑이 여러분을 아름답고 위대하게 만들어줄 것입니다.

도 벌새도 자기가 좋아하는 나무와 꽃을 찾아들고, 사람도 좋아하는 사람의 향기를 따라 먼 길을 마다않고 달려옵니다.

향기로운 사람은 어떤 사람일까요. 말과 행동에 품격이 있고, 꿈이 있는 사람입니다. 그 향기가 사람들을 끌어당깁니다.

젊은 시절, 저는 얼굴도 잘생기지 못했고 키도 크지 않았고 돈도 없었고 성공한 것도 아니었지만, 제게는 무기가 있었습니다. 바로 꿈이었습니다.

'지금 이 고통이 모두 글의 재료가 될 거야. 나는 좋은 글을 쓸 거야. 언젠가는 대통령 연설문도 쓰고 말 거야.'

그 꿈이 있었기에 아내와 사랑도 하고 결혼도 할 수 있었습니다.

꿈이 있고, 희망이 있는 사람의 얼굴은 환할 수밖에 없습니다. 그 밝은 에너지는 상처도 두려워하지 않고 마음을 다해 사랑할 수 있게 합니다. 스스로 격을 갖추고 사랑이 찾아오게 하세요.

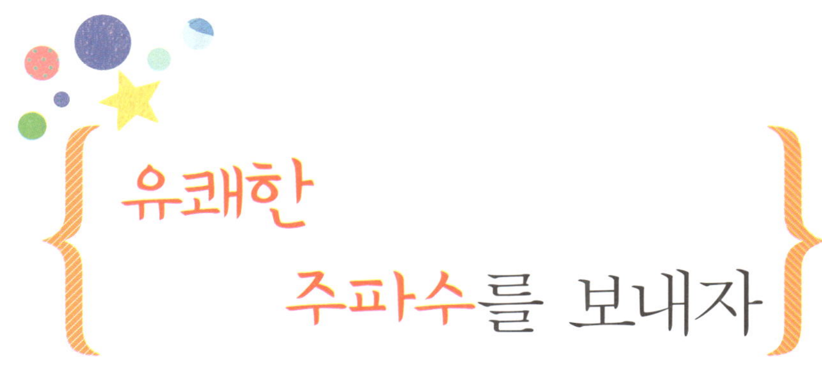

인기 있는 사람이 되려면 어떻게 해야 할
까요. 어떻게 하면 친구들이 내게 관심을 갖고 다가올까요. 답은 바
로 주파수에 있습니다. 주파수란 그 사람의 분위기, 그 사람만의 빛깔
과 향기라고 할 수 있습니다. 그 사람이 나타나면 주위가 금세 밝아지
기도 하고 어두워지기도 하는데, 이것이 바로 주파수의 영향입니다.

내가 무덤덤하고 감정을 잘 드러내지 않으면, 주위에서도 내게 별
반응을 보이지 않습니다. 사람은 누구나 나를 유쾌하게 하는 사람,
즐겁게 하는 사람에게 끌리게 마련입니다.

또 대부분의 사람들은 자기를 보고 웃어주는 사람을 좋아합니다. 자신을 보고 웃는 것을 자신에 대한 호감의 표시로 받아들이기 때문입니다. 유머 감각이 있는 사람도 좋아합니다. 이처럼 유쾌한 주파수를 보내면 상대도 유쾌해지고 호감을 느끼게 된다는 겁니다.

우리의 생각은 일정한 주파수를 갖습니다.

분노와 두려움, 지루함, 짜증, 피로, 자기비하, 불만, 스트레스, 불안, 공포 등의 감정은 부정적인 주파수를 갖고, 사랑, 연민, 동경, 애정, 용서 등의 감정은 긍정적인 주파수를 갖습니다.

주파수의 힘은 엄청나서 자신에 대한 부정적인 주파수가 흐르게 되면, 자신의 잠재력을 펼칠 수 없는 무기력한 상태가 되기도 합니다. 1톤이 넘는 무게도 들어 올리는 코끼리가 작은 말뚝에 얌전히 묶여 있는 걸 보고, 이를 신기하게 여긴 사람이 조련사에게 물었습니다.

"저 큰 코끼리를 어떻게 작은 말뚝에 묶어놓을 수 있는 거죠?"

"코끼리가 어릴 때는 말뚝을 뽑아버리고 마음대로 돌아다니려고 합니다. 하지만 훈련 과정을 거쳐 몇 차례 실패하고 나면, 더 이상 말뚝을 뽑고 멀리 가려고 하지 않게 됩니다."

아무리 엄청난 잠재력을 갖고 있다고 해도, '나는 할 수 없어'라는 생각에 묶이기 시작하면, 더 이상 정신적으로는 성장하지 못하는 것입니다.

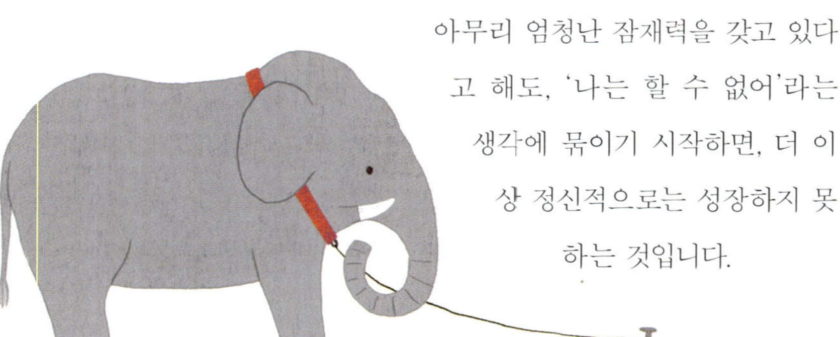

밝고 활기차게 다가가면, 상대도 마음을 연다

성격이 내성적인 한 학생은 링컨학교에서 조장이 되었습니다. 가장 나이가 많은 터라 맡긴 했는데, 뭘 어떻게 해야 할지 몰라 난감해했습니다. 학교에서도 아이들과 잘 어울리는 편이 아니었는데, 동생들을 챙기는 입장이 부담스럽기만 했습니다.

그러다 보니 표정이 어색하고 무거워 보였습니다. 조장의 가라앉은 분위기에 영향을 받았는지 조원들끼리도 서먹하고 어색한 분위기가 감돌았습니다.

한편 다른 조의 조장은 밝고 활기차게 조원들에게 다가갔습니다. 동생들 어깨도 두드려주고 먹을 것도 챙겨주고 웃으면서 말을 거니까 확실히 금세 친해지고 분위기도 아주 밝고 화기애애했습니다.

처음에는 어색해하던 조장도 같은 숙소를 쓰는 쾌활한 친구와 친해지면서 조금씩 밝아졌습니다. 눈에 띄게 조원들과도 거리감이 줄어들었습니다. 조장이 동생들을 웃으며 대하자 조 분위기가 금세 바뀌면서 주파수도 유쾌하게 변해가기 시작했습니다.

이 조장의 경우처럼 내성적인 사람이 외향적으로 바뀌고 싶다면, 외향적인 친구들을 사귀는 게 도움이 됩니다.

유쾌한 주파수는 노력해서 바꿔갈 수 있습니다.

첫째는 눈빛입니다. 사람은 눈빛으로 마음을 전합니다. 눈빛을 보면 호의를 갖고 있는지 반감을 갖고 있는지 알 수 있습니다. 그래서

주파수는 전염성이 강합니다. 그래서 자신의 주파수가 유쾌하지 않다고 생각되면, 유쾌한 사람 곁에 가서 닮으려고 해보는 것도 좋습니다.

친구들을 무덤덤하게, 시큰둥하게 바라보는 게 아니라 관심 있는 눈길로, 재미있어 하는 눈빛으로 바라보면 그 시선에 친구의 마음도 움직이게 됩니다.

두 번째는 말씨입니다. 요즘 학생들이 가장 많이 하는 말이 바로 "짜증나"입니다. 이런 부정적인 말을 습관적으로 하다 보면 일상이 더 짜증스러워집니다. 부정적인 주파수가 흐르기 때문입니다.

격조 있는 말을 쓰면 주파수도 밝고 긍정적으로 바뀝니다. 얼굴에 미소를 띠고 밝고 경쾌하면, 그 밝은 기운에 이끌려 친구들이 관심을 갖고 다가오게 됩니다.

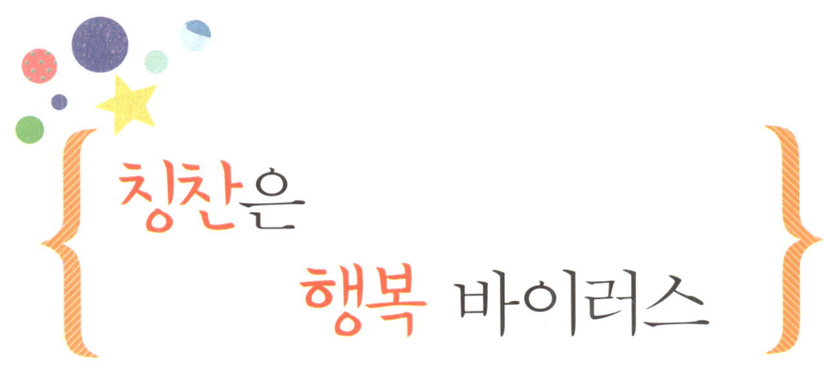

언어도 습관입니다. 부정적으로 말하는 습관은 남의 단점만 보게 하고, 긍정적으로 말하는 습관은 단점도 장점으로 보게 합니다.

행동이 느린 사람에게 "너는 왜 그렇게 느리냐"고 꼬집어 말할 수 있습니다. 하지만 긍정의 시선으로 보면, 이렇게 칭찬할 수 있습니다.

"너 되게 신중해 보인다."

또 잘 끼어들고 늘 앞장 서는 사람에게 "너는 왜 그렇게 나대냐"라고 말할 수 있습니다. 그러나 긍정의 시선으로 보면 이렇게 칭찬할 수 있습니다.

"너는 속도감이 있어. 초고속 인터넷 시대에 딱 맞아!"

여러분은 어떤 말을 듣고 싶나요? 누군가 내게 늘 단점만 말한다면, 그 사람과 가까이 지내고 싶을까요. 그 사람과 함께 있으면 늘 부정적인 말만 듣게 되니 가까이 지내고 싶은 마음도 사라집니다.

이때 필요한 것이 칭찬입니다. 칭찬은 사람과 사람 사이를 가깝게 해주는 자석의 역할을 합니다. 긍정적인 시선으로 바라보고 놀이처럼 즐겁게 칭찬을 한다면 금세 가까워질 수 있습니다.

누구나 칭찬받을 점은 있다

링컨학교에서 만난 학생들이 마음을 열고 스스로 변화하기 시작하는 때가 바로 칭찬 놀이 시간입니다. 눈에 빛이 나고 활기를 띠기 시작합니다.

칭찬 놀이란 긍정의 시선으로 서로의 장점을 이야기하는 것입니다. 학생들은 만난 지 얼마 안 된 친구들에게 무슨 칭찬을 해야 할지 처음에는 난감해합니다. 그런데 칭찬거리를 찾으려 들면 어렵지 않게 찾아낼 수 있습니다. 또 칭찬거리를 찾는 과정에서 시선은 자연스럽게 긍정적으로 변합니다.

조장을 맡은 한 학생은 엄격한 부모님 밑에서 자란데다 형제도 없었습니다. 그래서 가까운 사람들에게 칭찬의 말을 들어본 적이 별로

언어도 습관입니다. 부정적으로 말하는 습관은 단점부터 보게 하고, 긍정적으로 말하는 습관은 단점도 장점으로 보게 합니다. 그래서 먼저 긍정의 눈으로 볼 때 칭찬이 나올 수 있습니다.

없었습니다. 그러다 보니 만난 지 얼마 안 된 조원들에게 칭찬을 들으리라고는 생각지도 못했습니다.

'날 얼마나 안다고 칭찬할 게 있을까.'

그런데 같은 조원들은 서슴지 않고 칭찬을 하기 시작했습니다.

"반장 형은 맡은 일에 충실한 모습이 보기 좋아요."

"착해서 좋아요."

"식사시간에 동생들을 잘 챙겨줘요."

"반장 오빠는 잘생겼어요."

"말투가 부드럽고 목소리도 좋아요."

칭찬 세례를 받은 학생의 얼굴에는 쑥스러운 듯하면서도 환한 미소가 피어났습니다.

아직 서로를 잘 아는 상태가 아닌데도 어떻게 이렇듯 다양한 칭찬이 나올 수 있을까요. 우리가 칭찬에 익숙하지 않아서 그렇지, 긍정의 시선으로 바라보면 칭찬거리는 무궁무진합니다.

꿈을 이루어주는 칭찬

학교와 가정에서 혹은 친구들 사이에서 비교를 당하거나 핀잔을 듣는 경우는 많지만 있는 그대로의 자기 모습에 대해 칭찬 받는 일은 드문 것 같습니다. 그래서인지 칭찬을 듣거나 하는 것에 대해 굉장히 어색해하는 학생들이 많습니다.

칭찬의 힘을 보여주는 한 사례가 있습니다. 로저 롤스는 뉴욕 역사상 최초의 흑인 주지사가 되었습니다. 취임 첫날 열린 기자회견에서 기자가 물었습니다.

"당신을 주지사 자리까지 오르게 한 힘은 무엇입니까?"

롤스는 주저하지 않고 이렇게 대답했습니다.

"피어 폴 교장선생님이십니다."

롤스는 초등학교 시절 무단결석을 일삼고 폭력을 휘두르는 아이였습니다. 그는 학교의 문젯거리였는데 어느날 새로 부임해 온 교장선생님이 롤스를 불렀습니다.

"애야, 손을 펴보렴."

교장선생님은 롤스의 손을 한참 들여다보았습니다.

"손가락이 가느다랗고 긴 걸 보니 너는 틀림없는 뉴욕 주지사 감이야."

순간 롤스는 깜짝 놀랐습니다. 문제아인 자기를 칭찬하다니, 더구나 주지사 감이라니, 그런 칭찬은 처음이었습니다.

그 순간 롤스에게 꿈의 북극성이 생겼습니다. 교장선생님의 말대

로 '뉴욕 주지사'라는 꿈을 갖게 된 것입니다. 그때부터 모든 것이
달라졌습니다. 그는 미래의 뉴욕 주지사답게 단정한 차림을 하고, 거
친 욕설 대신 점잖게 말하려고 노력했습니다. 공부도 열심히 하고
봉사 활동에도 앞장섰습니다.

교장선생님의 칭찬 한마디가 꿈을 갖게 하고 미래마저 긍정적으
로 바꾸었습니다. 깡패가 되었을지도 모를 '문제 소년'을 뉴욕 주지
사로 만든 것입니다.

이처럼 칭찬에는 듣는 사람의 자존감을 높여주고, 잠재력을 자극
하는 놀라운 힘이 있습니다. 그래서 꿈을 향해 가는 데 좋은 연료
가 될 수 있습니다.

내가 나부터 칭찬하기

'칭찬은 고래도 춤추게 한다'는 말처럼 칭찬을 들으면 누구나 기분이 좋아지고, 무엇이든 할 수 있을 것 같은 에너지가 샘솟습니다. 우리는 칭찬을 받고 싶어하면서도 정작 남을 칭찬하는 일에는 인색합니다.

심리학자 제스 레이얼은 "칭찬은 인류의 영혼에 따뜻한 태양 같은 존재다. 햇빛 없이 우리는 꽃을 피울 수 없다. 그러나 많은 사람이 다른 사람의 비아냥대는 말을 피하고 싶어 하면서도 자신은 다른 사람에게 따뜻한 햇볕이 되어주는 일에 인색하다"고 했습니다.

칭찬은 결코 어렵지 않습니다. 다만 관심과 긍정적인 시선이 필요할 뿐입니다.

긍정적인 시선을 가지려면 내 마음이 긍정적이고 사랑이 넘쳐야 합니다. 그래서 먼저 나에게 칭찬을 하는 게 필요합니다.

'나는 괜찮은 사람이야.'

스스로 '괜찮은 사람'이라고 말하면서 자신을 크게 칭찬하는 것입니다. 괜찮은 사람이란 누구에게나 좋은 칭찬입니다. 그리고 신기하게도 그 칭찬이 실제로 괜찮은 사람이 되도록 만듭니다. 나는 괜찮은 사람, 멋진 사람이니까 괜찮은 말과 행동, 멋진 모습을 보일 수밖에 없는 것입니다. 그것이 좋은 순환을 이루어서 그 사람의 품격을 이뤄갑니다. 그리고 그 정서적인 힘이 다른 사람도 긍정적인 시선으로 바라보고 칭찬할 수 있게 해줍니다.

진정한 리더가 되기 위해 갖춰야 할 것들

'공부만 잘하면 돼.'

매일 학교와 학원을 오가며 바쁜 일정을 소화해야 하는 학생들은 흔히 이런 생각을 갖기 쉽습니다. 부모님도 "공부 잘하는 게 효도하는 것"이라며 공부 외에 다른 것은 요구하지 않고, 사회도 학생은 공부만 하면 된다고 여기는 분위기입니다. 그래서일까요. 요즘 인성교육의 부재를 우려하는 목소리들이 많이 들려옵니다.

좋은 인성은 좋은 사람이 갖춰야 할 덕목입니다. 우리는 이기적인 사람을 좋은 사람으로 여기지 않습니다. 나 자신을 사랑하고 보살피

는 것처럼 다른 사람도 살필 줄 아는 사람을 좋은 사람이라고 말합니다. 그럼 좋은 사람이 되기 위해서는 어떤 것들이 필요할까요.

배려, 남을 아껴주는 마음

링컨학교에서는 식사를 시작하기 전에 조별로 다른 친구들을 위해서 식탁을 차립니다. 깨끗이 식탁을 닦고, 가지런히 수저를 놓고, 그릇들을 세팅하고, 물을 담아놓습니다. 또 식사가 끝나면 먹은 자리를 치우고 함께 설거지를 합니다.

한 학생은 식탁을 차리고 설거지를 하면서 엄마를 생각했다고 합니다. 십수 년간 매일같이 이 일을 해오신 엄마를 생각하니까 감사한 마음이 절로 난다고 했습니다.

'아래(under)'에 '서다(stand)'가 바로 '이해(understand)'입니다. 그러니까 이해는 상대보다 낮은 위치에 서서 겸손하게 올려다본다는 것을 의미합니다. 또한 무엇을 이해하기 위해서는 아래, 기본부터 알아야 한다는 뜻이기도 합니다.

설거지, 요리, 청소, 빨래 등은 사소해 보이지만 삶의 기본을 이루는 일입니다. 어쩌다 한 번 하는 일이 아니라 삶을 유지하기 위해 꼭 해야 하는 기본적인 일입니다. 그것을 해보고서야 그 일을 하는 엄마의 수고를 이해하게 된 것입니다.

헤르만 헤세의 소설 『동방 순례』에는 레오라는 인물이 나옵니다. 레오는 낮에는 식사 준비 등 순례자들의 뒷바라지를 도맡아 했습니다. 또 저녁이면 지친 순례자들을 위해 악기를 연주하며 활기를 불어넣어 주었습니다.

레오는 순례자들 사이를 돌아다니면서 무엇이 필요한지 살피고, 순례자들이 정신적으로나 육체적으로 지치지 않도록 배려했습니다. 그런데 어느 날 갑자기 레오가 사라져버렸습니다. 그러자 사람들은 허둥대기 시작했고, 피곤에 지친 순례자들 사이에 싸움이 잦아졌습니다. 그때서야 사람들은 레오의 소중함을 깨닫고, 그가 순례자들의 진정한 리더였음을 깨달았습니다.

이렇듯 진정한 리더는 배려하는 사람입니다. 어깨에 힘을 주고 사람들을 이끄는 것이 아니라 따뜻한 배려로 사람들의 마음을 얻는 것입니다. 배려를 거창하게 생각할 필요는 없습니다. 일상의 사소한 부분에서 시작할 수 있습니다.

일본은 남을 배려하는 문화가 무척 발달했습니다. 저는 매년 겨울마다 아침편지 가족들과 일본으로 여행을 갑니다. 그럴 때마다 인상 깊은 장면을 목격했는데 그중 하나가 '슬리퍼 돌려놓기'입니다. 화장실에서 나올 때 뒷사람이 슬리퍼를 편하게 신을 수 있도록 배려하는 일본인들의 친절한 몸짓입니다.

그 배려는 우리도 배울 바가 많아서 옹달샘에서도 실천하고 있습니다. 화장실을 이용할 때 다음 사람을 위해 슬리퍼를 돌려놓습니다.

배려는 남의 수고를 덜어주고 남을 아껴주는 마음입니다. 그래서 배려하는 마음이 몸에 밴 사람은 이타적인 삶을 살게 되고, 자연스레 그를 따르는 사람들도 많아지게 됩니다.

경청, 가만히 귀 기울이기

소설 『모모』의 주인공 모모는 경청의 아이콘입니다. 마을 사람들은 모모만 만나면 엉켰던 문제가 풀리고 기분이 좋아졌습니다. 그런데 모모가 하는 일이라고는 가만히 앉아서 상대방의 이야기를 듣는 것뿐이었습니다. 그저 상대방을 커다랗고 까만 눈으로 바라보았을 뿐인데, 상대방은 자신도 깜짝 놀랄 만큼 지혜로운 생각을 떠올리고 고민을 해결합니다. 바로 경청의 힘입니다.

흔히 대화중에 친구의 말을 잘 자르는 사람이 있습니다. 상대의 말이 답답해서 끊으려 하거나, 내 생각이 더 낫다고 판단해서 이를 들려주기 위해서입니다. 링컨학교에서도 토론 시간 등에 보면 다른 친구들의 말을 끝까지 듣지 못하는 학생들이 있습니다.

경청은 따뜻한 관심을 갖고, 어떤 편견이나 평가 없이 상대방의 이야기를 수용하는 것입니다. 그때 치유의 힘이 발휘되기도 합니다. 오스트리아로 유학을 온 미국 여학생이 상담을 받기 위해 정신과

의사를 찾아갔습니다. 그런데 이 오스트리아인 의사는 미국식 구어를 심하게 쓰는 그녀의 말을 알아들을 수가 없었습니다.

결국 여학생을 미국인 의사에게 보내 그녀가 자기를 찾아온 이유를 알아내려고 했습니다. 하지만 그녀는 미국인 의사를 찾아가지 않았습니다. 그후 길거리에서 우연히 만난 그녀는 의사를 보고 매우 반가워하면서 말했습니다.

"선생님과 상담한 후에 마음이 편안해졌어요. 더 이상 정신과의사의 도움이 필요 없게 되었어요."

이 이야기는 『죽음의 수용소에서』의 저자 빅터 프랭클이 겪은 실화입니다.

의사는 말을 알아듣지도 못했는데, 그녀는 어떻게 치료가 되었을까요. 말은 알아듣지 못해도 진정으로 귀를 기울인 빅터 프랭클의 태도, 즉 경청에 그 답이 있습니다.

아무 비판 없이 이야기를 들어주는 의사에게 마음을 열고 자신의 이야기를 모두 털어놓을 수 있었기에 그녀는 스스로 치료되었던 것입니다. 집중해서 들어주는 것만으로 도움이 됩니다. 상대방은 자기 이야기를 하면서 맺힌 감정을 풀어내고 스스로 문제를 해결해 나갈 힘을 얻을 수 있어서입니다.

경청하는 사람이 되려면 무엇부터 해야 할까요. 상대의 말을 끝까지 듣지 않고 자르는 대화 습관부터 바꿔야 합니다. 상대방의 마음을 헤아리려 노력하고, 상대방의 말을 평가하거나 지적하지 않고 듣는 데서 시작하는 겁니다.

잘 듣는 훈련의 힘

얼마 전 오스트리아 비엔나에 멜크 수도원이라는 곳에 갔습니다. 제가 〈깊은산속 옹달샘〉 명상센터를 지을 때 좋은 영감을 받았던 공간적인 멘토입니다.

그 수도원의 첫 번째 방에 들어가면 독일어로 "höre, höre, höre"라고 되어 있습니다. 영어로 'hear' 즉 "들어라, 들어라, 들어라"라는 뜻입니다. 그 수도원에서 들으라는 것은 신의 음성을 들으라는 이야기입니다.

이것은 꿈을 가진 사람, 멘토를 정한 사람에게도 해당하는 이야기입니다. 꿈의 길을 가려면 늘 멘토의 조언에 귀 기울여야 하고, 배움의 순간, 깨달음의 순간을 맞이할 준비를 하고 있어야 합니다. 잘 들어야 잘 배울 수 있고, 그만큼 성장할 수 있어서입니다.

자신에게 조언하고 충고하는 사람의 이야기를 경청하는 것은 결코 쉽지 않습니다. 그러나 그 정도로 경청할 자세가 되어 있다면, 꿈을 이룰 수 있는 자질을 갖춘 것만은 분명합니다. 마음이 좁은 사람은 작은 비판에도 화를 내지만, 현명한 사람은 자신을 꾸짖으며 자신과 싸우려는 사람에게서도 무언가를 배우려 하기 때문입니다.

수업시간에도 듣기에 집중한 학생이 성적도 좋습니다. 또 친구의 이야기를 잘 듣고 그에 맞는 이야기를 해주는 사람이 마음을 얻습니다. 그래서 흘려듣지 않고 제대로 듣는 경청이 중요하고, 이를 위한 연습도 필요합니다.

첫째, 잘 들으려면 그 사람에게 가까이 다가가야 합니다. 그리고 눈을 맞추고 시선을 떼지 말아야 합니다. 다른 곳으로 시선이 가더라도 의식적으로 집중합니다.

둘째, 내면이 고요해야 합니다. 아무리 상대에게 가까이 다가가도 자기 내면이 시끄러우면 들을 수가 없습니다. 다른 생각에 빠져 있으면 중요한 이야기도 귀에 들어오지 않습니다. 그러니까 마음을 고요하게 하고 자기 생각, 편견, 습관을 내려놓아야 들리기 시작합니다.

물론 처음에는 놓치는 게 많을 수밖에 없습니다. 청진기를 처음에 대면 심장 뛰는 소리만 들립니다. 그런데 계속 반복해서 들으면 심장이 안 좋은지 박동이 큰지 작은지, 건강 상태까지 알게 되는 단계에 이릅니다.

이렇듯 경청의 습관이 배면 상대의 말뿐만 아니라, 그 속에 숨은 마음까지도 읽어내고 상대의 마음을 치유하는 힘까지도 갖게 됩니다.

꿈의 길을 가는 사람은 친절, 배려, 경청 같은 덕목들을 늘 새겨야 합니다. 차가운 말과 이기적인 행동이 꿈의 길을 막을 수도 있고, 따뜻한 말 한마디와 친절들이 꿈의 길을 밝히는 빛이 되어줄 수도 있습니다.

4장

10년 후의 나를 만드는 위대한 '2분 스피치'

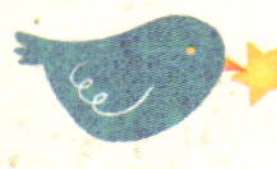

'잘할 수 있을까.'

승혁이는 무대에 나가기 전 가슴이 두근거렸습니다. 학교에서도 앞에 나서서 무언가를 해본 적이 없었습니다. 더구나 많은 사람 앞에서, 친구들에게조차 하지 않았던 이야기를 하려니 조금 창피하기도 했습니다.

승혁이는 박수 소리에 이끌려 무대로 나갔습니다. 그리고 떨리는 마음을 가라앉히려 숨을 크게 쉬고 사람들을 바라보았습니다.

"저에게는 가슴 아픈 이야기가 있습니다. 여러분은 가족끼리 싸우는 걸 보셨나요. 저희 엄마와 대학 입시에 실패한 형은 제 앞에서 심하게 싸웠습니다. 가족이 싸우는 걸 보면서 정말 가슴이 아프고 먹먹했습니다. 저는 생각했습니다. 형을 대신해 가족을 행복하게 해주자. 근데 저는 꿈이 없었습니다. 얼마 전 〈거위의 꿈〉이란 노래를 듣고 각오를 잊은 채 산 나 자신이 한심했습니다. 그 이후 꿈에 대해 심각하게 생각하기 시작했습니다.

그때 고도원 선생님을 만났습니다. 고도원 선생님이 꿈이 없는 아이들에게 흥미 있는 것이나 재미있는 것을 물어주셨습니다. 어릴 때부터 조립 분해에 흥미가 있다고 하자, 자동차 같은 기계를 조립하는 엔지니어와 집을 짓는 건축가, 두 개의 길을 알려주셨습니다. 그때 세계적인 엔지니어의 꿈이 생겼습니다. 그런데 친구들의 스피치를 들으면서 저는 제가 진짜 원하고 제 주위에 도움이 되는 일이 무엇인지 다시 한 번 생각해 보게 되었습니다. 그때 저희 형처럼 실패와 좌절로 인해 마음의 상처를 입고 후유증을 앓는 이들에게 도움이 되는 심리치료사를 떠올렸습니다.

꿈이 없던 사람에서 저는 이제 여러 꿈을 품게 된 사람이 되었습니다. 무엇이 더 저에게 맞는지 하고 싶은지를 알기 위해 열심히 공부하고 알아가고 싶습니다.

지금까지는 작심삼일로 공부했지만, 이제는 목표가 없는 평평한 길보다는 험난할지라도 산 정상이라는 목표가 있는 산길로 가겠습니다. 제가 포기하지 않도록 끝까지 지켜봐주십시오, 감사합니다."

승혁이는 고개 숙여 인사하고 무대를 내려왔습니다. 그 순간 몸과 마음이 가벼워지면서, 더 이상 떨리지도 부끄럽지도 않았습니다. 무언가를 해냈다는 안도감, 누구에게도 말하지 않았던 가슴속 이야기를 털어놓은 홀가분함이 밀려왔습니다. 이젠 당당하게 누구 앞에서든 말할 수 있을 것 같았습니다. "난 꿈이 있어. 그래서 행복해"라고.

스피치, 남 앞에서 당당하게 말하기

세계적인 경제학자 피터 드러커는 "인간에게 가장 중요한 능력은 자기 표현력이다"라고 했습니다. 자기 표현력은 무엇일까요? 바로 말하기, 글쓰기입니다. 이 가운데 다른 사람들에게 직접적으로 가장 큰 영향을 미치는 것이 '말하기'이고, 스피치는 말하기의 정점입니다.

스피치는 말과 글이 최상의 조화를 이룬 것으로, 다수를 상대로 자신의 생각을 표현하고 상대방을 이해시키는 탁월한 말하기 방식이기 때문입니다. 또한 스피치는 한 사람이 걸어온 길과 나아갈 길의 수준과 깊이가 드러나는 '차원 높은 말하기'입니다. 그래서 스피치 원고는 훈련된 글, 격이 있는 글이어야 합니다.

요즘은 각종 면접, 프레젠테이션 등 남 앞에서 이야기해야 할 일이 많습니다. 특히 꿈이 있는 사람, 리더가 될 사람이라면 스피치 능력을 반드시 갖춰야 하고, 이를 위해서는 훈련이 필요합니다.

남 앞에서 말하는 능력이 중요한 이유

반기문 유엔 사무총장의 연설은 세계인이 인정하는 명연설로 유명합니다. 매우 수준 높고 품격 있는 어휘를 사용하고, 지구촌이 당면한 과제를 설득력 있게 전달한다는 점에서입니다.

그 연설을 들은 사람들은 반기문 총장의 지적인 깊이, 문제의식과 해법, 비전, 꿈을 알게 됩니다. 만약 반기문 총장이 세계인에게 호소하는 연설 능력이 부족했다면, 세계적인 지도자인 유엔 사무총장에 오를 수 있었을까요.

글로벌 리더라면 다양한 문화, 다양한 배경을 가진 사람들 앞에서 자신의 의견을 분명하게 전달하고, 서로 다른 생각을 하나로 모아내며 이것을 말로써 풀어낼 수 있는 능력이 중요합니다.

세계적인 지도자가 아니더라도, 꿈을 이뤄야 하는 학생들에게 말하기(스피치) 능력은 꼭 필요합니다. 그런데 우리 청소년들이 가장 떨어지는 자기 표현력이 바로 '남 앞에서 자신의 생각 말하기'가 아닐까 합니다. 똑똑한 우리 학생들이 세계 무대에 나가서 제 기량을 펼치지 못하는 것도 자기 생각을 남 앞에서 또렷하게 말하지 못하고 의사 전달 능력이 떨어지기 때문입니다. 남 앞에서  말하고 토의하는 문화가 익숙하지 않은데다, 훈련할 기회가 없기 때문입니다.

서양은 그리스 시대부터 토의하고 발표하며 논쟁하는 문화가 발달해 왔습니다. 그래서 어려서부터 자기 생각을 정확히 말할 줄 알고 스피치에도 익숙합니다. 세계 무대로 나아가는 인재가 되려면, 우리도 한 살이라도 어렸을 때 남 앞에서 말하는 힘을 키워야 합니다.

스피치는 자신감이다

저는 많은 사람 앞에서 강연하는 일이 많습니다. 그 일에 어려움을 느끼지 않는 것은 어릴 때 다양한 동화대회, 웅변대회에 나가본 경험 덕분입니다.

사실 저는 굉장히 소심하고 잔뜩 주눅 든 아이였습니다. 아버지는 그런 제게 초등학생 때부터 사람들 앞에 서는 훈련을 시켰습니다. 웅변 원고를 시간에 맞도록 쓰고, 기승전결을 갖추는 법, 중간에 클라이맥스를 넣어 박수를 받고 끝내는 방법까지 가르쳐주셨습니다.

"첫 음성에서 기량을 느낄 수 있다. 자기소개는 자신감 있게 해라.
그리고 첫 문구가 중요하다. 첫 문구에서 좋은 노래처럼 탁 치고 나
가야 한다"는 점도 일러주셨습니다.

남 앞에서 말하는 능력뿐 아니라 사회생활 전반에 자신감 있는 말과 행동으로 이어집니다. 발표력은 물론 학습력과 표현력이 높아져서, 꿈을 이루는 데 좋은 디딤돌이 됩니다.

아버지의 훈련 덕에, 저는 어딜 가든 주눅 들지 않고 자신 있게 생각을 표현할 수 있게 되었습니다.

또 신문기자, 대통령 연설문 비서관으로 일하면서 말과 글의 중요성, 특히 스피치 훈련의 중요성에 대해서 누구보다 잘 알게 되었습니다. 남 앞에 선 사람이 쭈뼛거리고 자기 생각을 제대로 발표하지 못한다면 사람의 마음을 얻기 어려울 겁니다. 또한 꿈을 향해 가는 사람은 진취적인 기상으로 남을 설득할 수도 있어야 꿈의 동반자도 만날 수 있습니다.

링컨학교에서 2분 스피치를 연습해 본 학생들 역시 자신감을 얻었다고 말합니다. 또 내성적이었던 한 학생은 스피치를 통해, 사람과 가까워질 수 있는 용기를 얻었다고 합니다. 자신의 말에 박수를 보내는 청중의 호응에 마음이 열린 것입니다. 이런 경험들이 쌓이면 남 앞에서 두려움 없이 말하는 능력뿐 아니라 어떤 일이든 도전할 수 있는 진취적인 힘을 얻을 수 있습니다.

격이 있는 말과 글을 쓰자

말과 글은 그 사람의 내면을 그대로 보여줍니다. 말이 어눌해도 진실이 담겨 있으면 마음을 움직입니다. 하지만 진실되지 않은 말은 사람들의 가슴에 박히지 않고 날아가 버립니다. 청산유수처럼 말을 잘해도 진실되지 않으면 감동을 주지 못하는 것입니다.

또한 품격 있는 말과 글이어야 신뢰를 얻을 수 있습니다. 그런데 요즘 청소년들의 언어를 듣다 보면, '저렇게 젊고 아름다운 얼굴에서 어떻게 저런 말이 나오지' 하는 생각이 들곤 합니다. 비속어와 부정적인 표현, 심지어 욕설까지 난무합니다. 이런 언어 습관은 자기도 모르게 몸에 배어서 남 앞에 설 때 실수하기 쉽습니다.

언어의 격을 높이려면, 좋은 주파수를 내는 말을 많이 하는 게 좋습니다. 가장 좋은 주파수를 내는 것이 '사랑, 감사'입니다. 이 말을 하면 저절로 격이 올라가고, 얼굴에는 미소가 떠오르게 됩니다. 그러면 다른 사람에게도 좋은 인상을 주고, 사람을 끄는 힘도 생깁니다.

스피치 훈련을 하면 정확하고 품격 있는 말을 하는 데 도움이 됩니다. 스피치는 자신의 이야기를 솔직하게 드러내는 것이어서 늘 자신을 돌아보고 진실되려는 노력을 하게 되어서입니다.

지금부터 품격 있는 언어와 진실한 태도로 스피치 훈련을 하다 보면 10년, 20년 후에 자신의 생각을 상대방에게 자신 있고 품격 있게 전달하고, 많은 사람을 아우를 수 있는 진정한 리더가 될 수 있습니다.

최고의 글로벌 스피치, 링컨의 게티즈버그 연설

제가 5년간 대통령 연설문을 쓰는 동안 훌륭한 연설의 모범으로 삼은 것이 있습니다. 바로 링컨의 게티즈버그 연설입니다. 꿈과 꿈너머꿈을 이야기하는 링컨학교의 2분 스피치 훈련도 게티즈버그 연설에서 영감을 받아 시작하였습니다.

게티즈버그 연설을 최고의 연설로 꼽는 이유는 여러 가지가 있습니다. 단 2분으로 청중의 마음을 사로잡고, 세계 역사의 물줄기를 바꾸었을 뿐 아니라, 수준 높은 언어와 영혼의 서사시로 길이 남을 글로벌 스피치라는 점입니다.

링컨은 게티즈버그에서 어떤 연설을 했을까요. 1863년 게티즈버그는 피와 상처로 얼룩진 곳이었습니다. 노예제도를 폐지하자는 북부와 노예제도를 원하는 남부의 갈등으로 시작된 남북전쟁은 게티즈버그에서 불꽃 튀는 접전을 벌였습니다. 사흘간의 전투에서 4만 5천 명이나 전사했을 정도였지요.

그 게티즈버그에 국립묘지를 만들어 봉헌식을 하던 날, 링컨은 단 2분의 연설로 미국의 역사를 바꾸고 인류의 정신과 삶을 바꾸었습니다. 여러분도 잘 알고 있을 '국민의, 국민에 의한, 국민을 위한 정부'라는 말은 이 연설에서 나온 문구입니다. 민주주의 정신을 이토록 간결하고 적절하게 표현한 말도 없을 겁니다.

그런데 이날, 링컨에 앞서 웅변가 에드워드 에버렛의 연설이 있었습니다. 그는 한 시간이나 늦게 온 데다 무려 두 시간에 걸친 연설을 했습니다.

링컨은 세 시간이나 기다린 청중 앞에서 자신이 준비한 원고를 그대로 읽을 수 없었습니다. 그래서 아주 짧은 연설을 했습니다. 오늘날 에버렛의 연설을 기억하는 사람은 없습니다. 지금까지 사람들의 마음에 보석처럼 남아 있는 것은 링컨의 2분짜리 연설입니다.

게티즈버그 연설을 영혼을 울리는 '무의식의 서사시'라고 합니다. 그것은 준비되지 않은 상태에서 링컨의 인품과 가치관, 격이 있는 언어 습관이 무의식적으로 흘러나온 스피치였기 때문입니다.

좋은 스피치는 단순히 좋은 말을 하는 것을 넘어섭니다. 말을 넘

'국민의, 국민에 의한, 국민을 위한'이란 말로 우리의 가슴에도 남아 있는 위대한 스피치, 게티즈버그 연설. 학생들은 게티즈버그 연설을 다 함께 다양한 방식으로 연습함으로써 그 안에 담긴 링컨의 정신을 몸과 마음으로 체험해 봅니다.

어선 삶, 그의 인격을 그대로 보여주는 것입니다. 링컨은 게티즈버그 연설에서 대의를 위해 헌신하고 노력하는 자신의 삶을 단 2분에 담아냈습니다.

좋은 연설은 비전을 불어넣는다

좋은 스피치에는 '좋은 꿈'이 들어가야 합니다. '좋은 꿈'이란 무엇일까요. '꿈너머꿈'입니다. '비전'이라고 할 수 있습니다. 꿈너머꿈, 비전이란 무엇일까요. 지금은 없는 것, 지금의 세상은 아니지만 함께 가보고 싶은 세상을 꿈꾸며 그리는 것입니다.

이 비전이 있을 때 스피치에 힘이 실리는데, 그 최고의 정점이 바로 링컨의 게티즈버그 연설입니다. 게티즈버그 연설의 내용을 요약하면 다음과 같습니다.

지금으로부터 87년 전, 우리 선조들은 이 땅의 모든 사람이 자유롭고 평등하게 태어났다는 신념을 가지고 이 나라를 세웠습니다. 우리는 지금 거대한 내전에 휩싸여 있고 우리 선조들이 신념을 가지고 세운 이 정부가 이 지구상에 존속하게 될 것인지 말 것인지 시험받고 있습니다.

우리는 이 땅을 성스러운 땅으로 헌납하기 위해 이곳에 왔습니다. 우리가 모였기 때문에 이 땅이 성스러운 땅이 된 게 아니라 우리 선조들이 신념을 지키기 위해 자기를 버린 용감한 사람들이었기 때문에 이미 신성한 땅이 되었습니다.

그러나 그들의 몫은 미완에 그쳤습니다. 남은 것은 이제 살아 있는 우리들의 몫입니다. 그들의 죽음을 헛되이 하지 맙시다. 신의 가호 아래 이 땅에 새로운 자유가 탄생하게 될 것입니다. 국민의, 국민에 의한, 국민을 위한 정부는 이 지구상에서 결코 사라지지 않을 것입니다.

이 2분의 연설로 전세는 역전되었고, 비난으로 치닫던 링컨에 대한 평가는 긍정적으로 돌아섰습니다. 게티즈버그 연설은 말과 글의 힘이 위기와 절망을 어떻게 희망과 긍정으로 역전시키는지를 잘 보여주었습니다.

링컨의 게티즈버그 연설에 담긴 비전은 흑인 인권 운동을 이끈 마틴 루터 킹 목사에게도 강한 영감을 주었습니다. 그리고 오늘날 미

 게티즈버그 연설도 이처럼 외워두면 입술에 고급 영어로 녹아들어 장차 글로벌 리더의 무기로 자리 잡게 될 것입니다.

국 최초의 흑인 대통령을 세우게 한 힘으로 움직였습니다. 대통령에 당선되었을 때 오바마는 게티즈버그 연설의 마지막 문장을 인용해 이렇게 말했습니다.

"우리는 국민의, 국민에 의한, 국민을 위한 정부가 지구상에 있다는 것을 증명했습니다."

링컨의 게티즈버그 연설이 미국 역사에 얼마나 큰 영향을 끼쳤는지 잘 보여주는 대목입니다. 더 나아가 링컨의 연설은 미국을 넘어 전 세계의 자유와 평등, 정의를 밝히는 부싯돌이 되었습니다.

게티즈버그 연설을 외워두면 좋은 이유

지휘자 금난새 님은 영어와 독일어에 능통한데, 특히 영어 실력이 좋아진 데는 숨은 비결이 있었습니다. 중학교 때는 알파벳도 잘 쓰지 못할 정도여서 늘 의기소침하고 주눅이 들어 있었습니다.

그러던 어느 날 동네 전신주에 붙어 있는 영어 교습소 광고를 보고
는 용기를 내어 찾아갔습니다. 그곳에서 한 대학생에게 영어를 배웠
는데, 그 방법이 독특했습니다. 영어 스피치를 외우게 한 것입니다.

그렇게 영어를 배운 지 고작 몇 개월 만에 중학생 영어웅변대회에
나갔습니다. 결과는 1등이었습니다. 금난새 님은 그때부터 영어에
자신감이 생기면서 오래지 않아 영어로 대화를 나눌 수 있을 만큼
실력이 늘었다고 합니다. 이처럼 영어 스피치 외우기는 영어 실력을
향상시키는 좋은 방법입니다.

특히 게티즈버그 연설은 원문 자체가 아주 좋은 문장과 울림을

갖고 있어서 인용하기 좋고, 문장력과 표현력을 닦기에 매우 훌륭합니다.

미국에서는 초등학교 6학년 때 게티즈버그 연설을 배우는데, 그 학생들도 이 연설의 의미와 중요성은 잘 모르는 경우가 많다고 합니다. 그러나 한국 학생들이 이 연설을 외우고 인용한다면 어떨까요. 글로벌 무대에서 남다른 평가를 받을 수 있게 됩니다.

처음에는 외운다는 생각 없이 게티즈버그 연설을 무조건 많이 듣는 게 좋습니다. 그러면 어느새 익숙해지고 입에 뱁니다. 게티즈버그 연설을 반복해 듣고 자기도 모르게 중얼거리던 한 학생이 말했습니다.

"게티즈버그 연설을 외우다 보니 제 꿈도 커지는 것 같아요."

위대한 연설을 가슴과 머리에 새기면, 그 큰 꿈을 담기 위해 내 꿈의 그릇도 자연스레 커져가는 것입니다.

세상에 단 하나뿐인 '나의 이야기'를 하라

하버드 같은 세계적인 명문 대학교에서 에세이는 학생을 선발하는 매우 중요한 기준입니다. 그런데 안타깝게도 한국 학생의 에세이는 눈여겨보지 않는다고 합니다. 대부분 학원에서 배워 쓴 글이라 천편일률적이고, 진정성이 담긴 이야기가 아니라 죽어 있는 글이라고 알려져 있어서입니다.

에세이뿐만 아니라 독후감, 일기, 자기소개서 등 모든 글에는 자기만의 빛깔이 있어야 합니다. 어떤 책에서 보고 베껴 쓰거나, 학원에서 가르쳐주는 똑같은 방법으로 쓴다면 결코 좋은 점수를 얻을 수가 없습니다. 이때 중요한 것이 바로 '나만의 스토리'입니다.

요즘 자기소개서 등의 글쓰기와 스피치는 입시와 면접, 프리젠테이션 등 사회생활에서 꼭 필요한 능력이 되었습니다. 그런데 입학사정관이나 면접관들이 중요하게 꼽는 것도 '진정성, 꿈에 대한 열정 그리고 감동'입니다. 이때도 나만의 스토리가 중요한데, 자신의 이야기를 솔직히 드러낼 때 감동을 줄 수 있기 때문입니다.

그렇다면 나만의 스토리를 글에 어떻게 담아낼까요.

얼마 전 〈나는 가수다〉라는 프로그램에서 가수 임재범 님은 큰 감동을 주었습니다. 물론 노래도 잘했지만 그의 노래에는 그가 살아온 이야기가 담겨 있었습니다. 그의 인생에 찍혀 있는 무수한 상처, 고통의 점들이 듣는 이들의 가슴을 뭉클하게 한 것입니다.

즐거운 일이든 고통스러운 일이든 살면서 경험하는 모든 것은 점으로 찍힙니다. 그 점들을 이으면 선이 되고 선들이 모여 이야기가 됩니다. 그 이야기가 풍부해야 자신의 삶도 풍부해지고 좋은 그림, 좋은 노래가 나오고 사람들에게 감동을 주는 것입니다.

가슴을 움직이는 이야기란

최근에 많은 화제가 되고 있는 TED를 아시나요? 세계의 내로라하는 전문가들이 18분 남짓한 시간 동안 세상을 바꾸는 아이디어와 지혜를 나누는 장이라고 할 수 있습니다.

TED에서 들을 수 있는 많은 이야기와 다양한 지식 중에서도 저는 특히 자신의 삶의 스토리가 바탕이 되는 강연이 뇌리에 깊이 남습니다.

캔디 창이라고 하는 예술가는 자신의 집을 하나의 칠판으로 바꾸고 그곳에 "죽기 전에 나는 ……을 하고 싶다"(Before I die I want to……)라는 내용을 사람들이 적게 했습니다. 이를 통해 사람들의 꿈과 희망을 공유하는 일종의 소통의 공간이 마련된 것이죠.

그녀가 이런 프로젝트를 진행하게 된 배경에는 몇 년 전 어머니를 여읜 슬픔 속에 죽음에 대해 많은 생각을 하게 되었기 때문이라고 합니다. 이 프로젝트의 탄생과 관련한 그녀의 이야기가 그 어떤 지식보다 글 울림을 주었습니다.

스티브 잡스의 '나만의 스토리'

스티브 잡스는 이미 세상을 떠났지만, 사람들은 여전히 그를 생각하고 그의 빈자리를 더 크게 느끼는 것 같습니다. 살아 있을 때 신제품 발표회에서 이루어진 그의 기조 연설은 늘 대중의 관심을 끌었고, 그의 한마디 한마디는 화제가 되었습니다.

그러나 무엇보다 빛났던 그의 연설은 2005년 스탠포드 대학교 졸업식 축사였습니다. 우리나라 중학교 국어 교과서에도 실릴 예정인 명연설입니다.

자신의 인생과 그 과정에서 깨달은 점을 담은 한 편의 자서전과도 같은 이 연설은 세 가지 주제로 이루어져 있습니다.

첫 번째는 인생의 점들이 어떻게 연결되는지에 관한 이야기였습니다.

스티브 잡스는 대학을 중퇴했습니다. 갓난아기 때 자신을 입양해 키워준 부모님이 노동을 해서 어렵게 번 돈이 모두 자신의 학비로 들어간다는 사실을 알았기 때문입니다. 그후 그는 서체 수업을 들었는데, 그것이 10년 후 그가 매킨토시를 구상할 때 큰 도움이 됩니다.

"만약 대학을 중퇴하지 않았다면, 서체 수업을 듣지 못했을 것이고, PC에는 지금과 같은 뛰어난 서체가 없었을 것입니다. 물론 그때는 미래를 내다보고 점들을 연결하지 못했습니다. 과거를 돌이켜볼 때에야 그 점들을 연결시킬 수 있었습니다. 여러분은 미래에 점들이 연결될 것을 확신해야 합니다. 현재가 미래와 연결된다는 믿음이 자신의 마음을 따를 수 있도록 해주기 때문입니다."

두 번째는 일에 대한 사랑 이야기였습니다.

그는 스무 살 때 친구와 함께 부모님의 차고에서 애플을 창립했습니다. 두 사람은 열심히 일한 덕에 10년 후 4천 명이 넘는 직원을 거느리는 20억 달러짜리 기업이 되었습니다. 그러나 애플이 성장하면서 두 사람의 비전이 어긋나기 시작했습니다. 결국 그는 서른 살에 자신이 세운 회사에서 쫓겨나는 신세가 되고 맙니다.

그는 충격으로 몇 개월 동안 아무것도 할 수가 없었습니다. 하지만 여전히 자신의 일을 사랑한다는 것을 깨닫고 새 출발을 결심할 수 있었습니다. 이 일은 인생의 전환점이 되었습니다. 회사를 떠난 덕분에 자유롭게 창의력을 발휘할 수 있었고, 넥스트와 픽사를 세우고, 사랑에 빠져 결혼을 했으니까요.

"때로는 인생에서 벽돌로 뒤통수를 얻어맞는 듯한 일이 생기더라도, 결코 신념을 잃지 마십시오. 저를 계속 움직이게 했던 힘은 제일에 대한 애정이었습니다. 일은 여러분 인생의 큰 부분을 차지합니다. 여러분이 위대하다고 믿는 그 일을 할 때만 진정한 만족을 얻고, 여러분이 사랑하는 일을 할 때만이 위대한 일을 이룰 수 있을 것입니다. 그 일을 아직 찾지 못했다면, 계속 찾으십시오. 쉽게 안주하지 마십시오. 온 힘을 다해서 찾아내면 그때는 알게 될 것입니다."

세 번째는 죽음에 관한 이야기였습니다.

그는 열일곱 살 때 "매일매일을 인생의 마지막 날처럼 산다면 언젠가는 꼭 성공할 것이다"라는 글에 감명을 받았습니다. 그리고 이후 33년간 매일 아침 "오늘이 내 인생 마지막 날이라면 오늘 하려는 일을 하고 싶을까?"라는 질문을 던졌습니다. 실제로 그는 췌장암이란 진단을 받고 죽음 앞에서 자신을 돌아보게 됩니다.

"여러분의 시간은 한정되어 있습니다. 다른 사람의 삶을 사느라 시간을 낭비하지 마십시오. 다른 사람들 생각의 결과물에 불과한 도그마에 빠져 살지 마십시오. 타인의 견해라는 소음이 여러분 내면의 목소리를 덮어버리지 못하게 하세요. 가장 중요한 것은 여러분의 마음과 직관을 따르는 용기를 갖는 것입니다. 마음과 직관은 여러분이 되고 싶어 하는 바를 이미 알고 있습니다. 그 외에 모든 것은 부차적인 것입니다."

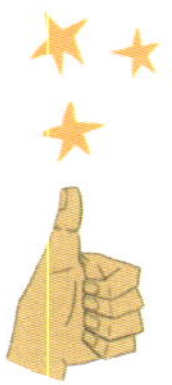 **들은 이야기나 남의 이야기는 재미는 줄지언정 감동은 주지 못합니다.** 나의 이야기, 특히 상처나 좌절 등 어려웠던 일을 솔직하게 말할수록 울림이 커집니다.

그는 마지막으로 인상 깊게 본 책의 한 구절을 인용합니다.

"갈망하세요. 우직하게 나아가세요.(Stay hungry. Stay foolish.)"

학교를 졸업하고 사회로 나가는 젊은이들에게 던지는 값진 조언이었습니다. 이 연설이 감동적인 것은, 자신의 인생에서 겪은 점들을 선으로 연결하고, 인생 전체의 그림으로 볼 줄 아는 그의 통찰과 깨달음 때문입니다. 무엇보다 자신의 이야기를 진솔하게 그려낸 것이 수많은 사람의 가슴을 뭉클하게 했습니다.

상처와 꿈은 내 이야기의 재료

한 학생의 '2분 스피치'가 지금도 제 머리에 맴돕니다.

"저는 어릴 때 부모님으로 인해 많은 상처를 받았습니다. 어린 눈에 아버지는 괴물이었습니다. 술만 들어가면 무섭게 변했으니까요. 저는 그런 아버지를 피해 방에 숨는 것밖에 할 수 없었습니다. 아버지 때문에 지칠 대로 지친 엄마도 제게 신경을 써주지 못했습니다. 저는 사랑받지 못해 외로웠고 무서웠습니다.

하지만 이제는 더 이상 외롭고 무섭지 않습니다. 아버지는 가족을 위해 술을 끊고 담배를 끊었습니다. 술만 마시면 괴물이 되던 아버지가 내게 하나밖에 없는 보석이 되었고, 가족을 위해 무한한 노력을 해주고 있습니다. 그리고 힘들었던 시간을 지나온 엄마도 이젠 이해합니다. 우리 가족 모두에게 감사하고 또 감사합니다."

이 학생처럼 우리는 성장하고 자라면서 생각지 못한 고통을 겪기도 하고, 아무것도 하고 싶지 않을 만큼 무기력해지는 순간들을 만나기도 합니다. 친구들에게 따돌림 당하고, 가정의 문제에 눈물짓고, 몸과 마음이 아프기도 합니다.

그러나 이런 아픈 경험과 고통들을 솔직히 드러낼 때, 우리는 그 이야기에 감동하고 그 사람을 응원하게 됩니다. 그 고통의 시간을 건너온 이야기가 희망과 위로의 메시지를 주기 때문입니다.

물론 큰 고생 없이 평탄하게 자라온 경우도 있습니다. 그래서 자신의 삶에는 특별한 스토리가 없다고 생각할 수 있는데, 이때 필요한 것이 바로 꿈 이야기입니다. 어떤 꿈을 꾸고 어떤 노력을 하는가 하는 것이 의미 있는 스토리가 됩니다.

"전 부모님께 많은 사랑을 받았고, 살면서 힘든 일도 겪은 적이 없습니다. 그래서 늘 감사한 마음으로 살고 있습니다. 제 꿈은 영화에서 시작되었습니다. 〈7번 방의 선물〉을 보고 분명한 근거나 물증도 없이 죄 없는 사람이 사형을 당하는 이야기에 화가 났습니다. 그래서 법조계에 들어가 악한 세력을 없애고, 사람들이 그곳에 빠져들지 않게 해야겠다고 생각했습니다.”

꿈이 생기는 계기와 스토리도 이처럼 다양할 수 있습니다. 지금까지 고생하지 않고 살았다면, 꿈을 위해 ‘사서 고생’ 해보는 경험도 중요합니다. 그러면 다른 사람이 관심 갖지 않는 꿈을 이루기 위해 노력하는 과정과 경험이 모두 스토리가 됩니다.

그동안 고생하며 살아왔느냐 평탄하게 살아왔느냐가 중요한 것은 아닙니다. 힘든 환경에서든 편안한 환경에서든 자신의 길을 찾기 위해 노력하는 것이 중요합니다.

그것이 세상에서 단 하나뿐인 소중한 스토리가 되고, 누군가의 가슴을 울리는 스피치가 되고, 그 어떤 화려한 스펙보다 더 강한 자신만의 무기가 되어줄 것입니다.

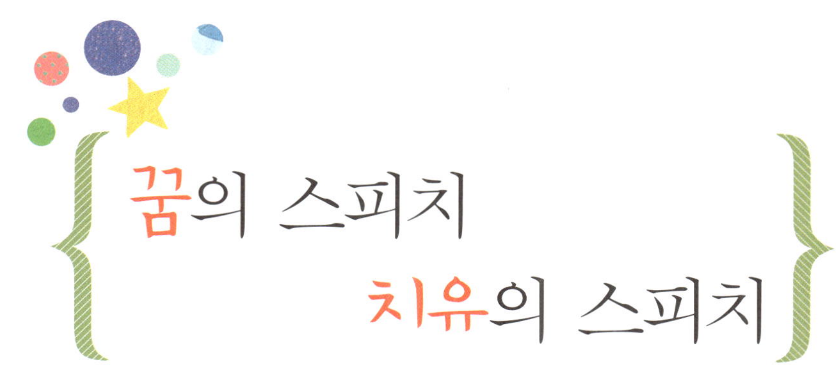

"무엇이 되고자 하는가? 그것을 먼저 자신에게 말하라. 그리고 해야 할 일을 행하라."

로마의 철학자 에픽테토스의 말입니다. '무엇이 되겠다'고 말하는 것이 꿈의 시작이라는 것입니다.

실제로 꿈을 이룬 많은 사람이 그렇게 해왔습니다. 제가 꿈을 이룬 과정도 꿈을 말하는 것에서 시작했습니다. 그래서 링컨학교 2분 스피치에서는 자신의 꿈을 말하게 합니다.

꿈을 말하는 것은 꿈을 향해 가는 거리를 가깝게 하기 때문에 그만큼 중요합니다. 남 앞에서 발표한 꿈은 무엇보다 내 가슴에 남습니다. 그것이 나침반이 되어 힘들 때나 흔들릴 때 자기 자신을 꿈의 길로 나아가도록 이끌어줍니다.

나는 내가 말하는 대로 된다

 워렌 버핏은 미국 명문 대학 학생들이 가장 존경하는 기업인이자, 전 세계에 기부의 바람을 일으킨 세계적인 부자입니다. 열한 살 때 그는 친구들 앞에서 이렇게 선언했습니다.

"서른다섯 살에 난 꼭 백만장자가 될 거야."

그 뒤 그는 신문 배달 등 아르바이트를 하면서 꿈을 향해 나아갔습니다. 결국 그는 서른다섯 살이 되기도 전에 세계에서 손꼽히는 부자가 되었습니다.

전설적인 권투선수 무하마드 알리는 로마 올림픽에 나가 금메달을 땄습니다. 그때 우연히 경기장에 온 세계 헤비급 챔피언 플로이드 패터슨을 발견했습니다. 금메달을 목에 건 알리는 그에게 다가가 말을 걸었습니다.

"패터슨, 언젠가 당신을 링 위에 눕힐 거요. 나는 세계에서 가장 강한 사람이니까."

패터슨은 가소롭다는 듯이 말했습니다.

"오, 그래? 귀여운 녀석, 그렇게 한번 해보렴."

그로부터 5년 뒤, 알리는 패터슨과 링 위에 마주섰습니다. 그는 자신의 말대로 KO승을 거두고 세계 챔피언이 되었습니다.

입밖으로 소리내어 꿈을 이야기하는 것은 자기 암시 효과가 있습니다. 또 남 앞에서 공언하면 그 말을 실천하기 위해 더 노력하게 됩니다. 각오가 더 강해지고 실천의지가 단단해지는 겁니다.

한 학생은 링컨학교에서 위대한 아버지가 되는 꿈이 생겼다고 했습니다. 아버지의 부재로 방황했지만 이제 달라질 거라고 말했습니다.

"약속 하나 하겠습니다. 제가 담배를 피우고 있는데, 여러분 앞에서 담배를 끊겠습니다. 이 말을 들으면 가장 기뻐하실 어머니. 이젠 위대한 아들이 되어서 기쁨을 안겨드리겠습니다. 한 번도 하지 못한 말 하겠습니다. 사랑합니다, 고맙습니다."

그동안의 방황을 끝내고 담배를 끊겠다는 약속, 여러 사람 앞에서 공언했기 때문에 그 약속은 꼭 지켜지고 꿈을 향한 걸음도 더욱더 씩씩해질 겁니다.

그래서 혼자만 생각하지 않고, 남 앞에서 꿈을 이야기하는 것이 무척 중요합니다. 지금 내가 어떤 꿈을 말하는가, 그것이 10년 후 내 모습을 결정합니다. 무의식 속에 그 꿈이 심어져서 스스로 그 꿈에 물을 주게 되고, 그 꿈을 키워줄 후원자를 만나 꿈을 꽃피우게 되는 것입니다.

공감과 치유의 스피치

처음 2분 스피치 원고를 쓸 때 보통은 표면적인 이야기를 씁니다. 하지만 글을 고치고, 서로 이야기하고, 다른 사람의 스피치를 들으면서 자신에 대해 생각하고, 용기를 내어 내면의 이야기를 쓰게 됩니다. 그런데 그 과정에서 치유가 일어납니다.

한 학생은 할머니와 함께 살았는데, 부모님이 이혼했다는 사실을 뒤늦게서야 알게 되었습니다. 그때 충격이 얼마나 컸는지 한동안 마음을 잡지 못했다고 합니다. 그 이야기를 2분 스피치로 털어놓고 난 뒤 굳어 있던 표정이 한결 편안해졌습니다.

한 학생은 다른 사람의 스피치를 보면서 자신의 또다른 모습을 만나기도 했습니다.

"저는 1등만이 목표였습니다. 지금까지 늘 그래왔듯이. 그런데 자신을 솔직하게 드러내는 다른 친구들의 이야기들을 들으면서 제가 부끄러워졌습니다. 1등 하는 게 중요한 게 아니고, 나를 있는 그대로 보고 표현하는 게 중요하다는 걸 알게 되었습니다."

경쟁 속에 살아오면서 무조건 잘해야 한다는 마음이 앞섰지만, 진심 어린 연설에 감동 받고 박수를 치는 자신의 모습에서 욕심을 녹여내고 마음이 가벼워지는 경험을 하게 된 것입니다.

또 자신의 이야기에 박수를 받은 뒤 표정이 확연하게 밝아진 학생도 있었습니다. 어두웠던 눈빛이 편안해지면서 어느새 빛나기 시작한 겁니다.

꿈은 가슴에 품은 불씨입니다. 불씨는 작은 바람에도 일어나 불꽃을 피웁니다. 꿈 말하기는 여러분의 가슴속 불씨가 타오를 수 있도록 바람을 불어 넣는 것입니다.

"한 번도 제대로 된 칭찬을 받은 적이 없어요. 더구나 이렇게 많은 사람이 내 이야기에 귀 기울여주고 박수를 쳐주니까 왠지 내가 정말 괜찮은 사람 같다는 생각까지 들었어요."

한 사람도 아니고 수많은 사람의 공감과 지지 속에서 자기 자신을 치유하게 된 것입니다.

도통 말이 없고 무기력해 보이는 학생이 있었는데, 2분 스피치 원고를 써보라고 했을 때도 "전 꿈이 없어요" 하고는 구석에 따로 있었습니다.

캠프 사흘째 되던 날, 그 학생은 친구들이 열심히 원고 쓰는 모습을 보더니 자기도 한번 써보겠다고 다가왔습니다. 그리고 작은 목소리이긴 했지만, 2분 스피치로 솔직한 고백을 했습니다.

"전 꿈이 없었어요. 하지만 친구들이 열심히 하는

걸 보니 저도 꿈이 생겼으면 좋겠다는 생각이 들었어요. 그리고 말도 안 듣고 말썽 부리는 저를 포기하지 않은 부모님이 고마워요."

이 학생은 우레와 같은 박수를 받았습니다. 꼭 꿈이 생기기를 바라는 응원이기도 했고, 내내 겉돌던 친구가 자신을 드러내고 표현한 데 대한 반가움이기도 했습니다.

또다른 여학생은 "학교 친구, 친척들도 다 내 꿈을 무시했습니다. 그래도 난 할 겁니다"라고 울먹였습니다. 그때 큰 박수와 함께 여기저기서 "괜찮아, 괜찮아"라며 용기를 주는 소리도 터져 나왔습니다.

감동과 공감의 스피치는 자신의 마음을 드러내는 데서 시작됩니다. 그 과정에서 자신의 상처와 마주하고 자신이 치유되면서 다른 사람에게도 용기를 주게 됩니다. '나를 표현하고, 너를 이해하며, 우리는 함께'를 경험하면, 공감과 치유, 위로가 일어나는 것입니다. 스피치를 통해 많은 사람이 좋은 주파수 속에서 만날 때 이뤄지는 기적입니다.

좋은 원고 쓰기는 스피치의 시작

'나의 이야기를 하라.' '꿈을 이야기하라.'

자기소개를 하거나 비전과 목표를 발표할 때 필요한 두 가지 핵심입니다. 이것은 스피치 방법이기도 한데, 이를 활용하면 세 가지 배움의 기회를 얻을 수 있습니다.

첫째, 자기 꿈을 세우고 점검해 보는 기회를 가질 수 있습니다.

둘째, 다른 사람에게 당당하게 자신을 소개하고, 꿈과 비전, 목표를 말할 수 있습니다.

셋째, 스피치는 원고 작성에서부터 시작되고, 이것은 매우 효과적인 글쓰기 훈련이 됩니다. 자기소개서나 입학지원서 등 나만의 이야기를 담은 글을 쓸 때도 큰 도움이 됩니다.

마음을 사로잡는 스피치 원고의 기본

아래는 링컨학교에서 '꿈과 꿈너머꿈'을 주제로 자기를 소개하는 2분 스피치를 할 때, 스피치 원고의 기본 틀이 되는 내용입니다.

이것은 링컨학교뿐만 아니라 자기소개 등에서 같은 주제로 이야기하거나 할 때 언제라도 활용 가능한 매우 효과적인 틀인 만큼 주의 깊게 살펴보시기 바랍니다.

첫째 자신을 멋지게 소개합니다

'안녕하세요. 저는 OO학교 O학년 OOO입니다.'

이때 '인천의 미소녀 김소영입니다' 혹은 '경상도 사나이 이명진입니다'와 같이 재미를 더해서 소개하면 주의를 끌 수 있습니다.

또 도입부에서 강렬하게 이목을 집중시키면, 청중의 반응을 증폭시킬 수 있습니다. 한 대학생은 "꿈을 말하기에 앞서 조금 무거운 이야기부터 하겠습니다"라고 스피치를 시작했습니다.

"저는 나쁜 아이였습니다. 아니 그냥 나쁜 아이라고 하기에는 너무나도 나쁜 그런 아이였습니다. 그날도 여느 때와 같이 늦게 집에 들어갔는데, 아버지가 기다리고 계셨습니다. 평소처럼 아버지를 무시하고 내 방으로 들어갈 때, 아버지는 눈물을 머금고 저를 한 대 때리셨습니다. 그런데 저도 모르게 눈물이 났습니다. 소리만 컸지 하나도 아프지 않았기 때문입니다. 그후로 저는 조금씩 변해 지금처럼 꽤 괜찮은 사람이 되었습니다. 이 자리에서 먼저 아버지에게 인사를 드리고 싶습니다. 아버지, 감사합니다."

"저는 나쁜 아이였습니다"라는 서두가 사람들을 귀기울이게 했고, 그의 변화와 꿈에 박수를 치게 했습니다. 그래서 "제 꿈너머꿈은 저처럼 어릴 때 방황하는 학생들을 위한 학교를 세우는 것입니다"라는 이야기에 청중의 박수 소리는 더욱 커졌습니다.

둘째 성장 과정과 가족관계를 간단히 설명합니다

'저의 어머니, 아버지는……' '저는 ……한 환경에서 자랐습니다'와 같이 가족 이야기를 통해 성장 과정을 표현합니다. '오늘의 나'가 있기까지 어떻게 살았는지 솔직하게 드러내는 것이 좋습니다. 상처, 어려움 속에 나만의 이야기가 있고, 또 그 경험은 꿈이 시작되는 디딤돌이 되기 때문입니다.

또 고통의 이야기를 할 때는 거기에 머물지 않고 그것을 극복하고 승화한 이야기로 나아가는 것이 중요합니다. 누구에게나 힘들고 고통스러운 일이 있는데, 그것을 이겨낸 이야기를 들으면 함께 희망과 용기를 가질 수 있습니다.

"아버지는 야구방망이로 절 때리기까지 하셨습니다. 아버지가 밉고 집이 싫었습니다. 그런데 어느 날인가 아버지에게 맞았는데 더 이상 아프지 않았습니다. 아버지가 약한 사람이 되고 있다는 걸 알았습니다. 지금은 날 강하게 만들고 훈련시킨 아버지에게 감사합니다.”

한 남학생의 솔직한 스피치는 고통을 감사와 사랑으로 승화한 감동의 스토리였습니다. 그래서 많은 사람에게 큰 울림을 주었습니다.

셋째 꿈을 말하고 그 꿈을 갖게 된 과정과 계기를 설명합니다

‘저의 꿈은 ……입니다’ ‘저는 세계적인 ……가 되고 싶습니다’ 등 꿈을 말하고 그 꿈을 갖게 된 이유나 계기를 말합니다. 키우는 강아지가 아팠을 때 수의사를 꿈꾸게 되었다든지, 우연히 읽은 책에서 꿈을 발견했다든지 그 과정을 진솔하게 설명합니다.

캘리포니아에서 온 한 학생은 “의사를 꿈꾸게 된 건, 갑자기 쓰러져서 일어나지 못하는 아버지 때문입니다”라고 이야기했습니다. 아버지의 병은 한 가정의 큰 어려움이지만, 이처럼 꿈을 만들어주는 계기가 되기도 합니다.

그리고 꿈을 ‘큰 꿈’으로 증폭해야 합니다. 그러기 위해서는 ‘세계적인’이라는 말을 붙여보는 것도 좋습니다. 단순히 운동선수, 과학자를 꿈꾸는 사람은 많습니다. 그러나 세계적인 운동선수, 세계적인 과학자 등 꿈 앞에 ‘세계적인’이 붙으면 큰 꿈이 됩니다. 자신의 꿈에 더 큰 의미가 생기고 각오가 커집니다.

이때 멘토나 롤모델에 대해 이야기하면 꿈을 이루기 위해 더 구체적으로 나아갈 수 있고 스피치 내용도 더욱 구체적이 됩니다. 한의

사가 꿈인 학생이 있었는데, 자신의 멘토인 허준의 삶, 눈물과 땀을 이해하고 넘어서면 더 큰 꿈을 이룰 수 있게 됩니다.

이렇듯 멘토를 넘어서는 꿈을 표현할 수 있습니다. 마이클 조던보다 뛰어난 농구선수, 아인슈타인보다 훌륭한 과학자, 링컨보다 위대한 대통령……. 이 부분에서 거대한 포부를 표현할 수 있습니다.

넷째 꿈너머꿈을 말합니다

'제 꿈을 이룬 뒤에는……' '제 꿈너머꿈은……입니다'와 같이 이타적인 꿈을 이야기합니다.

"저의 꿈은 의사입니다. 제 꿈너머꿈은 형편이 어려워서 제대로 치료받지 못하는 분들을 도와주는 것입니다."

"세계적인 축구선수가 된 뒤에 가난한 나라의 아이들에게 축구를 가르치는 학교를 세우고 싶습니다."

이타적인 꿈너머꿈을 말하면 꿈의 차원이 달라지기 시작합니다. 좋은 주파수가 생겨나고 위대해집니다. 그래서 도와주는 사람도 생

기고 스스로도 더 가치 있는 삶을 살기 위해 더 노력하게 됩니다.

링컨은 "내가 바라는 것이 있다면, 내가 있음으로 해서 이 세상이 더 좋아졌다는 것을 보는 것입니다"라고 했습니다. 바로 꿈너머꿈을 말한 것입니다.

다섯째 앞으로의 각오, 다짐을 밝힙니다

각오는 선언으로 시작할 수 있습니다. "오늘부터 그 꿈을 위해 행동하겠습니다"라고 선언하는 겁니다. 영어교사를 꿈꾸는 사람이라면 "지금부터 영어를 열심히 공부하겠습니다"라고 사람들 앞에 말하고 축구선수를 꿈꾸는 사람이라면 "지금부터 하루 연습 시간을 두 시간 더 늘리겠습니다"라고 계획을 밝힙니다.

그 다음에 다짐을 말합니다. "어려움에도 흔들리지 않겠습니다" "포기하지 않겠습니다" "어떤 장애를 만나도 나의 항해를 계속하겠습니다" "꿈을 이뤄가는 데 어려움이 있겠지만, 이겨낼 것입니다"라고 당당히 말할 수 있습니다.

여섯째 맺음말과 인사를 합니다

"오늘 이 자리에 서게 해주신 여러분께 감사합니다" "제 말을 들어주신 여러분께 감사드립니다" "사랑합니다, 감사합니다" "꿈을 이루십시오. 저도 이루겠습니다" 등 청중에 대한 감사와 공감을 담은 인사로 마무리합니다.

글은 고칠수록 좋아진다

스피치는 여러 번 고쳐 쓰고, 말로 해보면서 입에 붙는 말로 바꾸어갑니다. 거칠게라도 일단 써놓고, 찬찬히 글을 고쳐갑니다. 이 과정은 문장력을 기르는 훈련이기도 하지만 자신을 돌아보고 정화시키는 시간이라고도 할 수 있습니다. 한 학생은 노트에 쓴 스피치 원고를 죽 읽어보면서 자신의 글이 성장했다고 말했습니다.

"처음 쓴 것, 두 번째 쓴 것, 세 번째 쓴 걸 보니까 점점 발전하는 게 보였어요. 글은 다듬을수록 좋아진다는 걸 알겠네요. 또 제 꿈과 제가 원하는 것에 대해서 좀더 분명하게 알게 되었어요."

문장력은 하루아침에 생기는 것이 아니라 고치고 또 고치면서 향상되는 것입니다. 몇 번의 과정을 거쳐 원고를 다듬어보면 처음의 글과 마지막 글이 굉장히 많이 바뀐 것을 알 수 있습니다. 그래서 스피치 원고는 노트에 모두 기록해서 그 변화를 살펴보는 것이 효과적입니다.

스피치란 말로 표현하는 글입니다. 따라서 원고를 쓴 뒤에 소리내어 읽어가면서 어색한 부분은 없는지, 표현은 적절한지, 발음은 정확한지 점검해 봐야 합니다. 글로 읽을 때는 괜찮은데 입에는 잘 붙지 않는 문장도 있기 때문입니다. 이때 녹음해서 들어보며 다듬는 것도 좋은 방법입니다.

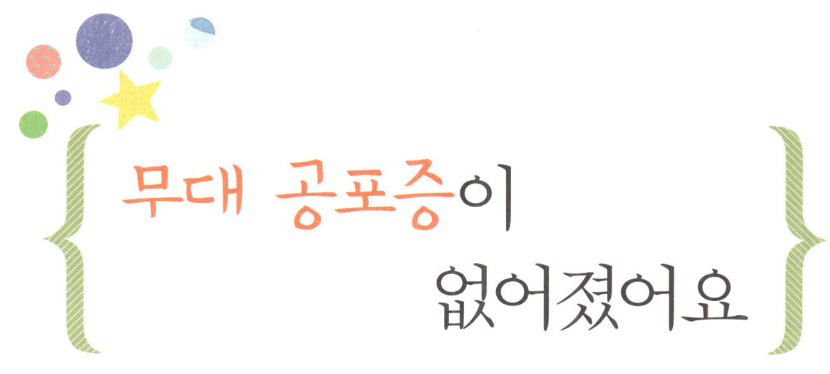

"무대에만 서면 얼굴이 빨개지면서 말을
당당하게 하지 못합니다. 큰 무대에서 몇백 명을 앞에 두고
도 편안히 말씀하시는 고도원 선생님이 정말 부럽습니다. 저도 많은
사람 앞에서 당당하게 말하고 싶은 것이 지금 당장의 목표입니다."

청소년뿐만 아니라 성인의 경우에도 남 앞에서 발표하는 것, 무대
에 서는 것에 두려움을 가진 사람이 생각보다 많습니다. 그런데 아
무리 아는 게 많고 능력이 있어도 이를 남 앞에서 표현하지 못한다
면 무슨 소용이 있을까요.

누구나 대중 앞에 서면 떨리는 게 당연합니다. 저 역시 사람 앞에 설 때는 지금도 언제나 떨립니다. 그러니 부끄러워할 필요는 없습니다. 그러나 반드시 극복해야 합니다. 살아가면서 사람 앞에 설 크고 작은 일은 무수히 많고, 그때마다 무대 공포증에 시달려야 한다면 본인이 제일 힘들 겁니다. 다행히 무대 공포증은 연습으로도 충분히 고칠 수 있습니다.

남 앞에서 말하기 두려운 이유

무대 공포증이 있는데다 맨 마지막 순서였던 한 학생이 안절부절못했습니다. 그렇잖아도 떨리는데 마지막까지 기다리려니 불안해서 어찌할 바를 몰랐던 겁니다. 너무 긴장하다 보니 목소리도 안 나올 것 같고, 외웠던 스피치 내용이 하나도 생각나지 않을 것만 같았습니다. 스피치 노트를 들었다 났다 하며 "어떻게 하죠?" 하며 불안해하자, 담당 선생님이 꼭 안아주면서 다독였습니다.

"이건 시험이 아니야. 그저 연습일 뿐이야. 그러니까 하던 대로만 하면 돼."

그리고는 길고 편안하게 호흡을 해보라고 일러주었습니다. 선생님의 다정한 포옹과 위로 그리고 호흡이 도움이 되었는지, 그 학생은 긴장이 누그러져서 한결 편안하게 스피치를 할 수 있었습니다.

앞에 나가서 말하기를 두려워하는 원인은 다양합니다. 내성적인 성격이 원인인 경우도 있고, 잘하고 싶은 마음이 너무 앞서서 그럴 수도 있습니다. 또 불편한 사건이 오래도록 상처로 남아 그렇게 만들기도 합니다. 한 학생은 초등학교 때 친구들에게 따돌림을 당하면서부터 위축이 되어 앞에 나가 발표하는 일에 남들보다 더 큰 어려움을 겪었습니다.

공황장애 같은 증상을 호소하며 사람들 앞에서 말하는 것을 극도로 두려워하는 학생들도 있습니다. 이런 경우 무대로 나가면 실제 숨을 쉬기가 힘들 만큼 불안해합니다.

매우 총명하고 논리정연한 남학생이 있었습니다. 나이에 비해 아는 것도 많고 꿈도 분명했습니다. 그런데 스피치 시간에 자기 순서가 되면 불안감이 너무 커져서 자리에 앉아 있을 수가 없다고 했습니다. 앞에 나가서도 몇 번을 그냥 돌아오곤 했습니다. 다행히도 마지막 시간에는 자신의 스피치를 마칠 수가 있었습니다. 비록 목소리는 작고 떨리긴 했지만 자신 앞에 놓인 크나큰 도전을 넘어서인지 한결 밝은 표정이었습니다.

영화 〈킹스 스피치〉에도 연설을 두려워한 왕의 이야기가 나옵니다. 사랑 때문에 왕위를 포기한 형 때문에 본의 아니게 왕이 된 조지 6세는 하루도 마음 편하지 않았습니다. 사람들 앞에 서면 말을 더듬는데, 더구나 국민들에게 연설을 해야 하는 왕이 되었으니 괴로움이 이만저만이 아니었습니다.

말 더듬는 습관을 고치고 웅변 기술을 배우러 간 곳에서, 그는 스피치를 두려워하게 된 원인을 깨닫습니다. 형으로부터 늘 말더듬이

자연스럽고 편안한 스피치는 수많은 연습이 만듭니다. 무대 공포증과 경험 부족을 극복하는 지름길 역시 연습입니다. 스피치를 연습할 때는 큰 소리로 자신감 있게 당당하게 해봅니다. 마음에 드는 시를 큰 소리로 읽거나 명연설을 보면서 따라 해도 좋습니다.

라고 놀림을 받았고, 국왕인 아버지는 "말을 똑바로 하라"고 야단치기 일쑤였습니다. 그래서 그는 더욱 더 말하는 것을 두려워하게 된 것입니다. 그는 언어치료사에게 이 같은 사실을 이야기하며 눈물을 흘립니다.

스피치 연습을 통해 심리 치유의 과정을 거친 조지 6세는 히틀러가 전쟁을 일으키자 라디오 마이크 앞에 앉았습니다. 그동안 말을 더듬는 습관을 고치고 무대 공포증을 치유한 그가 왕으로서 국민 앞에 서야 할 순간이 온 것입니다.

탁자 위에 놓인 원고에는 끊어 읽기, 발음을 주의해야 할 단어, 강조점 등이 빼곡히 표시되어 있었습니다. 긴장하긴 했지만 그는 더 이상 말을 더듬지 않았습니다. 자신의 콤플렉스를 극복한 조지 6세는 감동적인 연설로 제2차 세계대전을 일으킨 독일에 선전포고를 알렸습니다.

스피치 연습도 당당하고 자신있게

저도 어릴 때 소심하고 내성적이고 주눅이 든 아이였습니다. 이사를 많이 다닌 탓에 친구도 없었습니다. 그런데 초등학교 1학년 때 반장이 되어서 선생님이 책을 읽으라고 하셨는데, 남 앞에 서서 읽는 일이 여간 쑥스러운 게 아니었습니다. 책은 잘 읽으니까 읽기는 읽는데 목소리도 자세도 자신감이 없었습니다. 그때 권금순 담

임선생님이 제 등을 밀어주면서 이렇게 말씀하셨습니다.

"도원아, 사람 앞에서 책을 읽을 때는 통로를 왔다 갔다 하면서 읽
는 거야."

선생님이 등을 밀어준 손길과 자신감을 심어준 그 한마디가 저를
달라지게 했습니다. 어깨를 펴게 되고, 목소리에도 힘이 실렸습니다.
이렇듯 주위의 격려는 큰 힘이 됩니다.

스스로도 자신감을 불어넣을 수 있습니다. 호흡을 길게 하고, 마
음을 전환시키는 것입니다.

'아, 내게 좋은 기회가 왔구나. 참 감사하다' 이렇게 긍정적으로 마

음을 바꾸면 밝은 표정으로 자신 있게 이야기할 수 있습니다.

명연설가로 유명한 윈스턴 처칠, 그도 처음부터 연설을 잘했던 것은 아니었습니다.

미숙아로 태어난 그는 어린 시절 지능 발달이 늦은 편이었습니다. 그래서 하급생들과 같이 문장을 계속 반복해서 외우는 수업을 받기까지 했습니다. 게다가 이야기할 때는 혀가 꼬부라지는 경향이 있었는데, 이것을 고치기 위해 피나는 노력을 했습니다. 연설 전에 미리 원고를 철저히 준비하고 암기해서, 대중 앞에서는 힘 있는 모습을 보일 수 있었습니다.

이처럼 무대 공포증과 경험 부족을 극복하는 최고의 방법은 연습입니다. 링컨학교에서도 처음엔 남 앞에 나서는 걸 어려워하던 학생들이 조별로, 또 전체 모임에서 연습을 거듭하면서 자신감을 갖게 되는 모습을 많이 봅니다. 연습할 때부터 당당하고 자신 있게 말하는 것이 좋습니다. 그것이 몸에 배면 남 앞에서도 떨지 않게 됩니다.

공감을 불러일으키는
스피치의 조건

　연설은 청중을 상대로 말하는 것이고, 청중의 마음에 다가가는 것이기도 합니다. 내가 말하고자 하는 바를 정확히 전달하고, 거기에서 청중과의 공감 등을 불러일으켜야 합니다.

　청중의 공감을 부르는 요소로는 여섯 가지가 필요한데, 바로 내용, 자세, 표정, 시선, 목소리, 시간입니다. 이러한 스피치 매너에 앞서 가장 중요한 것은 바로 진정성입니다.

　2011년 미국 애리조나 주에서 총기 난사 사건이 일어났습니다. 그 사건으로 크리스티나라는 아홉 살 소녀가 목숨을 잃었습니다. 오바마 대통령은 희생자들을 추모하는 자리에서 이렇게 말했습니다.

　"나는 우리 민주주의가 크리스티나가 상상한 것과 같이 좋았으면

합니다."

오바마 대통령은 이 말을 한 뒤 더 이상 말을 잇지 못했습니다. 오바마 대통령은 고개를 돌려 오른쪽을 쳐다보고, 다시 심호흡을 하다가 눈을 깜빡이며 감정을 추슬렀습니다. 그리고 입술을 깨물고는 연설을 이어갔습니다.

51초간의 침묵. 사람들은 그의 말없는 표정에서, 말하지 못하는 마음에서 연설보다 더 깊은 의미를 헤아렸습니다. 오바마 대통령의 진정 어린 슬픔이 고스란히 전해진 것입니다. 그래서인지 51초 동안 무려 열 번의 기립박수가 터져 나왔습니다.

물론 연설은 탁월한 언어 감각과 논리로 대중을 감동시키는 것입니다. 그러나 거기에는 아주 중요한 것이 바탕에 깔려 있어야 합니다. 바로 '진정성'입니다. 말을 할 때 진심을 담는 것은 그냥 입술을 움직이는 것과 다릅니다.

또한 말이 아닌 표정과 호흡, 자세, 눈빛 등이 모두 청중을 움직이는 요소가 됩니다. 따라서 스피치 연습을 할 때는 진정성 있는 내용을 담고 말하는 태도에도 주의를 기울이는 것이 좋습니다. 자, 그럼 공감을 불러일으키는 좋은 스피치의 6가지 요소를 살펴봅시다.

❶ 내용: 진정성 있는 자기 이야기를 내용에 담습니다

가장 중요한 것은 '자기 이야기'를 해야 한다는 것입니다. 솔직하고 진정성 있는 이야기를 해야 감동을 줄 수 있습니다.

❷ 자세: 당당하고 안정된 자세로 나섭니다

연사의 태도가 산만하면 청중은 믿을 만한 사람인지 의심스러워합니다. 무대에 나가는 순간부터 어깨를 펴고 당당하게 걷습니다. '나는 자신 있게 사람 앞에 서는 사람이다'와 같이 자신에게 긍정적인 메시지를 주면서 좋은 기운을 내야 합니다.

❸ 표정: 자신감 있고 편안한 표정을 짓습니다

무대에 서면 청중과 눈을 한번 마주치고 정중하게 인사합니다. 조금은 어색하고 쑥스럽더라도 호흡을 크게 하고 청중을 편안히 바라봅니다.

마음은 불안하고 떨리더라도 그것을 표정에 드러내지 않습니다. 무대에 선 사람이 긴장하고 불안해하면 듣는 사람도 긴장하고 불안해집니다.

또 아무리 슬픈 일이 있고 화가 나는 일이 있다 하더라도 사람 앞에 섰을 때는 좋은 표정으로 나서야 합니다. 사람들은 우울한 얼굴, 지친 얼굴, 어두운 얼굴은 피하고 싶어 합니다. 대신 누구나 밝은 기운을 주는 얼굴을 보고 싶어 합니다.

❹ 시선: 청중을 편안한 눈으로 바라봅니다

청중과 두루 눈을 맞춥니다. 이때 시선이 흔들리지 않도록 하고, 흐릿한 눈빛이 아니라 시선에서 반짝반짝 빛이 나도록 합니다.

❺ 목소리: 또렷하고 잘 들려야 합니다

기어들어가는 목소리로 말하면 듣는 사람에게 내용이 잘 전달되지 않아 청중은 연설에 집중하지 않게 됩니다. 반대로 청중은 적고 공간도 작은데 너무 크게 말하면 오히려 분위기를 산만하게 합니다. 목소리는 너무 작아도 안 되고, 너무 커도 안 됩니다. 인원과 공간의 규모에 맞는 목소리여야 합니다.

❻ 시간: 주어진 시간을 잘 지킵니다

좋은 이야기도 길면 지루합니다. 만약 '2분 스피치'라면 아무리 길어도 2분 30초를 넘지 않아야 합니다. 너무 짧아도 문제입니다. 1분 50초까지는 괜찮지만, 1분 30초에 끝난다면 준비가 덜 되었다거나 성의가 없다고 생각할 수 있습니다. 주어진 시간 안에 해야 할 말을 충분히 하는 것도 좋은 스피치의 핵심입니다.

★ 좋은 스피치를 하기 위한 기본 조건

❶ 스피치 원고는 되도록 외워서 발표합니다

연설 전에 원고를 완전히 자기 것으로 녹여내야 내용을 잘 전달할 수 있습니다. 도중에 자꾸 고개를 숙여 원고를 보게 되면 아무래도 내용 전달력이 떨어질 수밖에 없습니다.

❷ 스피치 연습은 생활 속에서 꾸준히 실천합니다

평소에 스피치 연습을 해두면 언제라도 남 앞에 서는 게 두렵지 않게 됩니다.

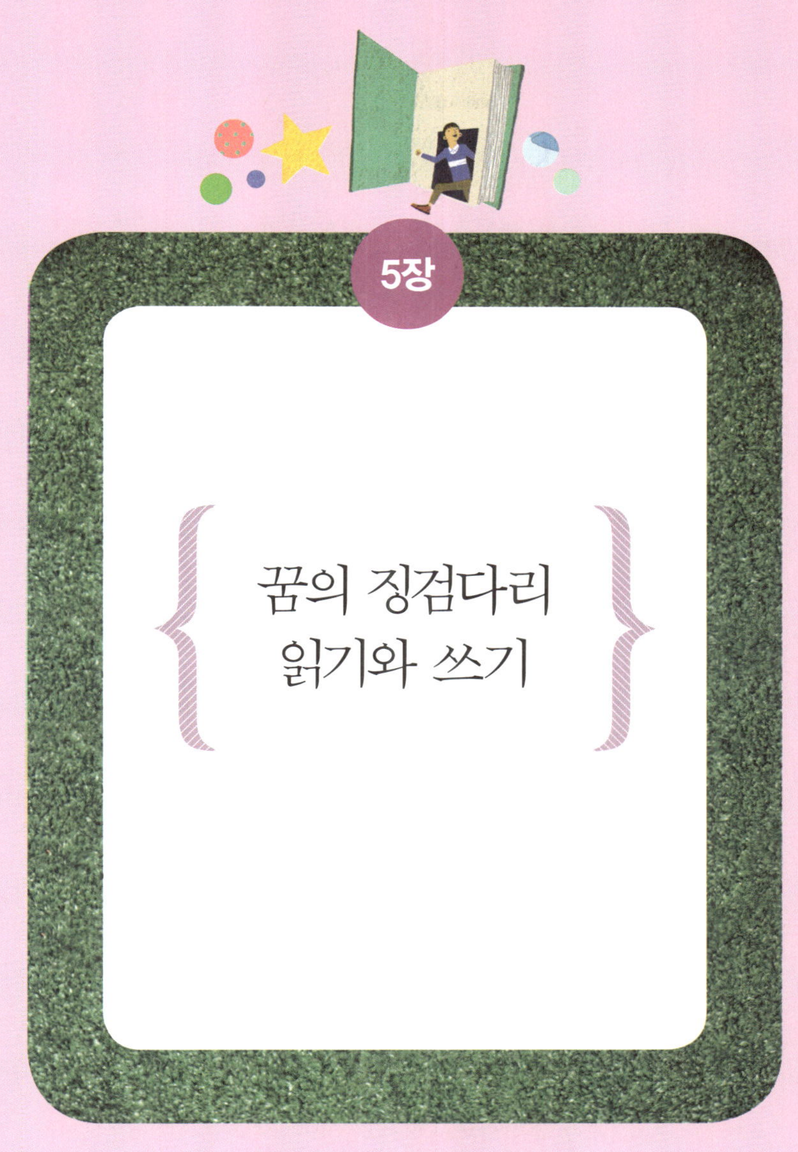

꿈의 징검다리 읽기와 쓰기

　　　쉬는 시간 화장실에 다녀온 수현이는 믿을 수 없는 광경에 손이 떨렸습니다. 책상에 있던 책이 찢어져 있고, 허둥대며 찾은 필통은 쓰레기통에 버려져 있었습니다. 그 필통을 보는 순간, 마치 자신의 존재가 그 쓰레기통에 거꾸로 처박혀 있는 듯했습니다.

　　"너 예전 학교에서 잘렸지?"

　　아이들은 근거도 없는 이야기를 하며 놀리고 따돌렸습니다. 화살처럼 가슴에 꽂히는 말들에 상처받아야 하는 학교라면 가고 싶지 않았습니다. 날이 밝는 게 싫어서 매일 밤 울다 잠이 들었습니다.

　　어느 날 아파트 계단을 올라가 아래를 내려다보았습니다. 더 상처받고 싶지 않다는 생각, 세상에 나를 도와줄 사람은 아무도 없다는 외로움에 다 떨치고 싶은 마음이 들었습니다.

　　그때 엄마의 전화가 왔습니다.

　　"택배 왔니? 너한테 선물 보냈는데."

　　"아니, 나 지금 밖인데."

　　"그럼 경비실 들러서 찾아가."

　　수현어는 시큰둥한 목소리로, 알겠다는 한마디만 하고는 끊었습니다.

　　엄마가 보냈다는 선물, 그건 몇 권의 책이었습니다. 수현이는 그 가운데 한 권을 집어 들었습니다.

"혹시 내 어렸을 적과 같은 아픔을 지금 품고 있는 분이 계시다면, 뜨겁게 말씀드리고 싶습니다. 어떠한 일이 있어도 미리 생을 내려놓지 말라고, 생명 다할 때까지 살라고, 그리고 진심을 담아 안부를 묻습니다. 잘 지내고 계시지요?"

청소년 소설 『우아한 거짓말』의 작가가 건넨 인사말이었습니다. 마치 수현이에게 안부를 묻는 것 같았습니다. 자신의 마음을 들킨 듯, 또 그 마음을 다독이는 듯한 목소리에 수현이는 눈물이 핑 돌았습니다. 그리고 그 책을 단숨에 읽어 내려갔습니다.

그날 이후, 수현이에게 책은 상처를 치유하고 꿈을 갖게 한 귀한 선물이 되었습니다. 책을 읽고, 마음에 드는 글귀에 밑줄을 긋고, 독서 노트에 느낌들을 적으면서 외로웠던 가슴이 채워지는 듯했습니다. 그리고 어느덧 자신처럼 상처받은 아이들에게 도움이 되는 심리상담가가 되겠다는 꿈이 생겼습니다.

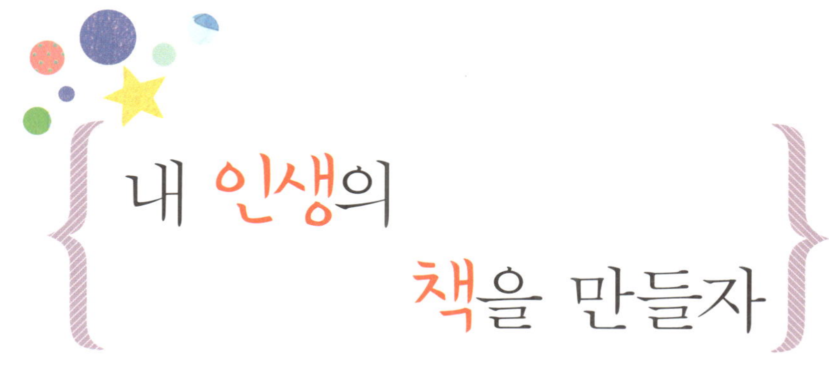

내 인생의 책을 만들자

> **?** **다들 책을 읽어야 한다고 말합니다.**
> 그런데 왜 책을 읽어야 하는 거죠? 교과
> 서랑 참고서 읽기에도 벅찬데요.

"책은 한 권 한 권이 하나의 세계다."

시인 윌리엄 워즈워스의 말입니다. 우리는 책을 통해 아프리카에 가볼 수도 있고, 중세의 기사를 만날 수도 있고, 신화 속 인물과 이야기를 나눌 수도 있습니다. 시간과 공간을 넘어 다양한 세계를 경험할 수 있습니다.

특히 감수성이 풍부한 청소년기에는 어떤 책을 읽느냐에 따라 만나는 세계가 달라지고, 어떤 책에 감동하느냐에 따라 인생이 달라집니다. 책 속에서 만난 경험과 지혜를 인생의 고비와 선택의 순간에 중요한 지침으로 삼을 수 있기 때문입니다.

한 학생이 책 한 권에 얽힌 사연을 들려주었습니다.

"내성적이어서 친구들과 어울리기보다 교실 구석에 혼자 앉아 있는 때가 많았습니다. 그런 저에게 담임선생님이 책 한 권을 건네셨는데, 황순원 작가의 『소나기』였습니다. 그때까지만 해도 소설에 별 관심이 없었는데, 첫 페이지를 열고는 저도 모르게 단숨에 읽어버렸습니다. 그 여운이 꽤나 오래 갔고, 어느새 꿈이 싹텄습니다. 저는 소설가가 되고 싶습니다."

그 학생에게 『소나기』는 인생의 책이었습니다. 인생의 책이란 나의 미래를 이끌어갈 책, 오늘의 나를 있게 한 책이라고 할 수 있습니다. 또는 인생에서 잊지 못할 책이라고도 할 수 있습니다.

내 인생을 바꾼 두 권의 책

첫눈에 반한 책 때문에 꿈이 생겨난 경우도 있지만, 오랜 세월 동안 인생의 굽이굽이에 등장하는 책도 있습니다. 바로 그런 의미에서 제게 인생의 책이 두 권 있습니다. 만화와 야한 소설만 읽던 중학교 2학년 때, 아버지는 함석헌 선생님의 『뜻으로 본 한국 역사』와 상·중·하로 구성된 아놀드 토인비의 『역사의 연구』를 제 앞에 내놓으셨습니다.

"부드러운 음식만 먹으면 이가 상한다. 단단한 음식을 씹을 줄 알

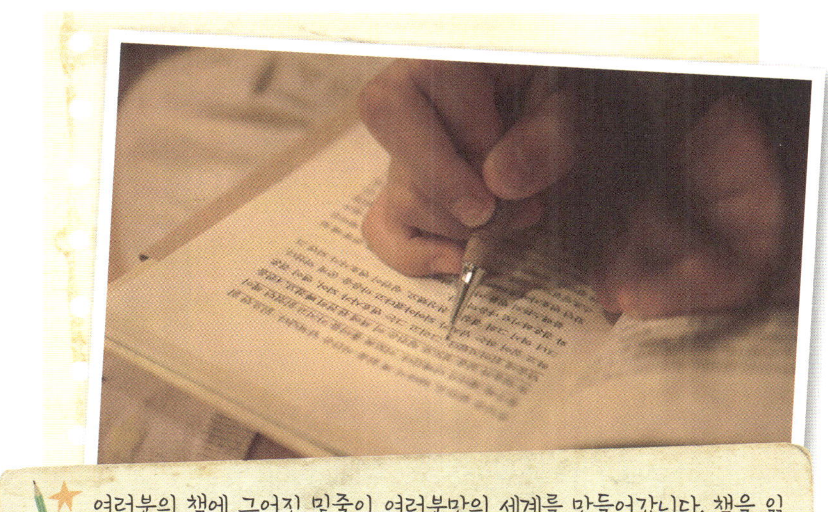

아야 이가 튼튼해진다.”

그러고는 책을 읽고 밑줄을 그어놓으라고 하셨습니다. 다음날 아
버지는 밑줄을 그었는지 책을 검사하기까지 하셨습니다. 밑줄이 없
는 걸 본 아버지는 회초리를 드셨습니다.

‘이 어려운 책을 대체 왜 읽으라는 거야.’

속으로는 투덜거렸지만, 회초리를 맞지 않기 위해 엉터리로 밑줄
을 그을 수밖에 없었습니다

그때 이 책들은 제게 단지 활자 모음집에 불과했습니다. 그런데
나중에 어른이 되어 다시 펼쳐 보았더니, 신기하게도 엉터리 밑줄이

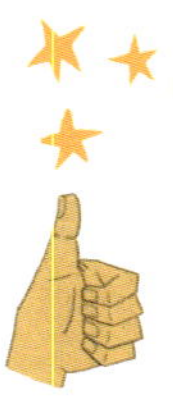

가리키는 부분마다 깊은 뜻이 숨어 있었습니다. 밑줄 쳐진 문장들이 마치 제게 말을 걸어오는 것 같았습니다.

『뜻으로 본 한국역사』는 책 제목에서 말하는 것처럼 모든 일에는 뜻이 있다는 내용을 담고 있습니다. 삶의 길에 등장하는 실패나 고통이, 단지 실패나 고통으로 끝나는 것이 아니라 거기에 뜻이 있다는 의미입니다. 이 책은 절망이 아니라 희망을 이야기하는 책이고, 과거 역사를 통해서 미래를 이야기하는 책입니다.

제가 대학을 다니던 때는 민주화운동 시절이었습니다. 어둡고 암울한 시기여서 우리나라의 미래가 어떻게 될지 무척 걱정을 많이 했습니다. 그때 다시 펼쳐본 이 책에서 저는 실패나 고통에도 어떤 뜻이 있음을 깨달았고, 위안을 받고 힘도 키우게 되었습니다. 그 바람에 어려움을 겪었지만 『뜻으로 본 한국역사』는 저로 하여금 그 시대에 필요한 역할을 하게 해준 책이었습니다.

『역사의 연구』는 《뿌리깊은나무》 기자 5년, 《중앙일보》 기자 15년을 하는 동안 기사를 쓸 때, 생생히 살아나 영감을 주기도 했습니다.

정치부 기자 시절, 당시 평민당의 총재였던 고 김대중 대통령과 젊은 기자들이 차를 마시는 시간이 있었습니다. 그때 그분이 "인생의 책이 있으시오?" 하고 물었습니다. 그러고는 당신의 인생의 책에 대해 이야기하는데, 바로 『역사의 연구』였습니다.

책 제목을 듣는 순간 무척 반가웠습니다. 젊은 기자들 가운데 그 책을 제대로 읽은 사람이 없었지만, 저는 중학교 2학년 때부터 무려 열다섯 번을 읽은 터라 암송하는 구절까지 있을 정도였습니다. 그때 젊은 기자와 노련한 정치인이 『역사의 연구』를 주제로 이야기를 나누는 모습은 지금도 잊지 못할 인생의 순간으로 남아 있습니다.

『역사의 연구』는 동서고금의 유명한 인물과 각 나라의 역사를 도전과 응전이라는 주제를 가지고 풀어낸 책입니다. 어떻게 응전하느냐에 따라 그 일은 쇠퇴할 수도 있고 흥할 수도 있습니다.

예를 들면, 사마천은 궁형을 받아 인간으로서는 더할 수 없는 어려움에 처해 있었습니다. 그러나 그 상황을 절망으로 받아들이지 않고 오히려 『사기(史記)』를 집필하는 힘으로 삼았습니다. 마키아벨리 역시 대다수의 사람은 그냥 주저앉고 마는 정치적 어려움의 시간을 『군주론』을 쓰는 기회로 삼았습니다.

이것은 현재 우리 개인의 삶에도 적용되는 이야기입니다. 역사를 훑어보면, 나와 내가 속한 조직이 지금은 어디에 있고 미래에는 어디로 가야 하는지, 지금 상황에 숨겨진 뜻은 무엇인지를 발견할 수 있는 지혜를 얻을 수 있습니다.

『역사의 연구』로 특별해진 고 김대중 대통령과 저와의 만남은 또

다른 만남으로 이어졌습니다. 그분이 이날의 대화를 통해 저를 눈여겨보았고, 대통령이 된 뒤 연설담당관으로 저를 부른 것입니다.

이 두 권의 책은 인생의 중요한 순간마다 저와 함께해 왔습니다.

지금 여러분의 가슴에 남는 책이 있나요? 없다면 다양한 책들 속에서 탐험의 기회를 갖기 바랍니다. 그것을 찾는 날, 인생의 보물을 만나는 귀한 경험을 하게 될 것입니다.

꿈꾸는 책, 깨어 있는 책

독일의 과학자 프리드리히 오스트발트는 성공한 사람들을 조사하고 두 가지 공통점을 발견했습니다. 그들은 모든 일을 긍정적으로 생각하는 낙천주의자였고, 대단한 독서가들이었습니다.

빌 게이츠는 일곱 살 때부터 백과사전을 만화책 읽듯 읽었습니다. 그에게 책은 놀이이자 취미였습니다. 그래서 이런 말을 했습니다.

"오늘의 나를 만든 건 우리 마을의 작은 도서관이었다."

워렌 버핏은 열 살 때부터 오마하 도서관에서 투자 관련 책을 모조리 찾아 읽기 시작했습니다. 어떤 책은 두 번 이상 읽었습니다. 열한 살에 직접 주식 투자를 하면서 경제신문을 읽었고, 경제 용어를 알기 위해 경제학 서적을 탐독했습니다. 이런 버릇은 대학 때까지 이어져서, 학과 공부보다는 책을 읽으며 의문을 풀었습니다.

링컨 역시 "내가 알고자 하는 것들은 책 속에 있다. 내게 좋은 친구란 내가 아직 읽지 않은 책을 가져다주는 사람이다"라고 할 만큼 책을 좋아했습니다. 링컨의 인생에서 책은 단지 지식의 보고가 아니라 삶을 치유하고 꿈을 꾸게 한 빛이었습니다.

링컨이 아홉 살 때 어머니가 돌아가셨습니다. 큰 충격을 받고 외로움에 빠져 있었지만 2년 후 들어온 새어머니는 링컨을 친자식처럼 따뜻하게 대해주었습니다. 게다가 책 읽는 습관을 길러준 현명한 분이었습니다.

링컨은 새어머니가 가져온 『웹스터 사전』 『로빈슨 크루소』 『아라비안나이트』 등을 읽으며 책과 가까워졌습니다. 하지만 읽을 책이 없어서 책 한 권을 빌리기 위해 몇 킬로미터씩 걸어 다녀야 했습니다.

아버지는 책 읽기를 즐겨하는 링컨을 늘 못마땅하게 여기고 밭일

을 시켰습니다. 이때도 링컨은 책을 곁에 두었습니다. 호주머니에 책을 넣은 채 일하다가 한 이랑을 다 갈고 말이 잠시 쉬는 틈을 타서 책을 읽었습니다.

그렇게 읽은 많은 책 가운데서도 링컨에게 가장 큰 영향을 미친 책은 이웃집 아저씨로부터 빌려 읽은 『워싱턴 전기』였습니다.

'나도 이 다음에 워싱턴 대통령 같은 훌륭한 사람이 되어야지.'

링컨은 이 책을 통해서 미국의 독립정신을 이해했고, 고난 속에서도 미국을 건설한 초대 대통령 워싱턴을 존경하게 되었습니다. 한 권의 책이 링컨으로 하여금 어려운 현실에 좌절하지 않고 미래를 꿈꾸게 한 것입니다.

링컨학교에서 만난 학생들도 어려움을 책으로 이겨냈다는 이야기를 많이 합니다. 친구들에게 따돌림 당해서 힘들 때 역사책들을 읽다가 고고학자의 꿈을 갖게 되었다는 학생, 부모님께 야단맞고 화난 마음을 풀기 위해 집어든 반기문 총장의 책을 본 뒤 외교관을 꿈꾸게 된 학생도 있습니다. 이렇듯 책은 우리를 꿈꾸게 합니다.

또 책을 읽어야 하는 이유가 있습니다. 바로 교양을 갖추기 위해서입니다. 어떤 책이든 읽을 수 있는 훈련이 되어야 지식인으로서 기본기를 갖추는 것이라고 할 수 있습니다.

간혹 이렇게 말하는 경우가 있습니다.

"전 책 안 읽어도 돼요. 축구선수가 될 거니까요. 공만 열심히 차면 되죠, 뭐."

하지만 훌륭한 운동선수는 책을 많이 읽습니다. 가령 박지성 선수

 책을 읽는 습관은 무한한 상상력을 키우고 인생의 중요한 순간마다 힘이 되어줄 든든한 지원군을 만들어줍니다. 그렇기에 책을 읽는 사람의 10년 후와 그렇지 않은 사람의 10년 후는 엄청난 차이가 나게 됩니다.

는 책벌레로 유명합니다. 어릴 때부터 책을 끼고 살았고, 지금도 운동이 끝나고 다른 스케줄이 없으면 책을 보는 것이 유일한 취미라고 합니다. 원정 경기를 갈 때도 늘 2~3권의 책을 가져가고, 문학, 사회과학, 역사 등 다양한 분야의 책을 가까이합니다.

그가 세계적인 축구선수로 인터뷰 등에서 논리적인 말솜씨를 보이는 데는 분명 독서의 힘이 컸을 것입니다. 이때 사람들은 그를 달리 보게 됩니다. 단순한 축구선수가 아니라 사람의 마음을 움직이는 사람, 리더로 보게 되는 것입니다.

또한 좋은 글을 많이 접하면 좋은 표현이 자연스럽게 흘러나옵니다. 시를 많이 읽고 암기하면 시구들이 무의식의 바다에 침잠돼 있다가 그 문장 그대로 튕겨나가는 게 아니라 또 하나의 새로운 표현으로 나옵니다. 이처럼 좋은 책을 읽는 것은 무의식의 바다에 진주가 될 씨앗을 뿌려놓는 것과 같습니다.

법정 스님의 『아름다운 마무리』 중에 이런 말이 있습니다.

"좋은 책을 읽고 있으면 내 영혼에 불이 켜진다. 읽는 책을 통해서 사람이 달라진다. 깨어 있고자 하는 사람은 항상 탐구하는 노력을 기울여야 한다. 그 누구를 가릴 것 없이, 배우고 찾는 일을 멈추면 머리가 굳어진다."

책을 읽는 사람은 깨어 있고 또한 배워갑니다. 늘 생기가 돕니다. 책과 친숙해야 폭넓은 화제가 나오고, 읽은 책을 가지고 서로 생각을 표현하며 속 깊은 대화를 할 수도 있습니다.

책은 상상력의 화수분

청소년 시기에 독서의 중요성은 무엇보다 상상력을 키운다는 데 있습니다. 꺼내도 꺼내도 계속 나오는 화수분처럼, 책의 상상력은 끝이 없습니다.

독서로 생기는 상상력은 시야를 탁 틔워줍니다. 주어진 현실만이 아니라 우주와 같은 광대한 세계를 보게 하고, 비현실의 세계에 관심을 갖게 하며 전설 속의 세상을 만나게 합니다.

현실의 세계가 어른들이 만들어놓은 것이라면, 상상의 세계는 청소년들이 만들어가는 세계입니다. 청소년들은 과학, 공상, 추리, 생명의 기원, 사라진 문명, 우주 같은 세계를 만나야 합니다. 이것은 미래의 영역이고, 새로운 개척의 영역이기 때문입니다.

　독서를 통해 이러한 세계를 접하면 성인이 되었을 때 다양하게 응용할 수 있습니다. 사업 아이템이 될 수도 있고, 그림이나 노래, 글의 소재가 될 수도 있습니다.

　또 책은 장르를 가리지 않고 다양하게 읽는 게 좋습니다. 흔히 인문학, 교양서적은 읽지 않고 판타지, 야설, 로맨스 소설만 읽는다고 어른들이 걱정하는 경우가 있습니다. 그러나 이러한 책들도 정통해 버리면 표피적인 것에서 흥분하지 않고, 일상적인 것에 매몰되지 않는 힘을 키울 수 있습니다.

또 간접 경험이 되어서 훗날 영화감독, 배우, 작가, 광고인 등이 되었을 때 현실세계를 창조하는 좋은 자료가 될 수 있습니다.

상상력을 자극하는 책들을 읽으면 미처 생각하지 못했던 아이디어가 떠오르기도 하고, 지적 호기심을 불러 일으켜 꿈의 자산이 됩니다.

상상력은 미래를 창조하는 가장 큰 에너지입니다. 그래서 상상력이 풍부한 사람과 부족한 사람이 만드는 미래도 큰 차이가 날 수밖에 없습니다. 달리기는 100미터를 빨리 뛰어봐야 9초대입니다. 웬만하면 15초대에 뛰기 때문에 잘하는 사람과 못하는 사람의 차이는 고작 6초 정도지만, 상상력은 무한대여서 어떤 사람은 제로, 어떤 사람은 백, 천, 만 이상의 세계를 넘나듭니다.

그래서 다양한 책읽기가 창조하는 세계는 현실의 눈으로는 예측할 수도 없고 짐작하기도 어렵습니다. 책읽기가 곧 여러분의 미래라는 이유가 여기에 있습니다.

내 마음속은 호기심 천국

혹시 좋아하는 이성친구가 있나요? 좋아하는 사람이 있으면 그 사람에 대해 호기심이 생깁니다. 좋아하는 것은 무엇이고 싫어하는 것은 무엇인지, 부모님은 어떤 분들이고 집에서는 뭘 하며 지내는지, 잘 먹는 음식은 무엇이고 어떤 연예인의 팬인지, 모든 것이 궁금합니다.

그래서 그 사람에 대해 알려고 애를 씁니다. 대화를 통해 그 사람의 성격이나 취향을 파악하려 하고 다른 사람들에게 그 사람에 대해 물어보기도 하고, 페이스북이나 블로그를 수시로 들락거리기도 합니다. 이처럼 호기심이 생기면 우리는 궁금한 것을 알아내기 위해 열정적이 됩니다. 호기심은 열정적인 탐구의 근원인 셈입니다.

그래서 호기심이 있는 사람은 남다른 에너지가 있고, 사랑에 빠진 사람처럼 눈빛이 생기 있고 매사에 의욕적이고 생동감이 있습니다. 그런 사람과 함께 이야기해 보면 화제가 풍부하고 재미있습니다. 질문도 날카롭고, 답변도 남다릅니다.

지적 호기심은 원형을 찾고 응용하는 힘

'이것은 무엇인가?' '이것은 어디에서 왔는가?' '이것은 나에게 어떤 의미가 있는가?' 이처럼 어떤 대상의 의미를 찾고, 작은 것에 담겨 있는 귀한 뜻을 보고, 표면을 보는 것에 그치지 않고 뿌리를 찾아가는 것이 진정한 지적 호기심입니다.

노루귀라는 식물을 발견했을 때 별 감흥 없이 '꽃인가?' 하거나 '얼마짜리지?' 하는 생각은 3류 호기심입니다. 사물을 돈으로 계산하거나, 단순히 작다 크다 물량이나 덩어리로만 생각하면 낮은 수준으로 사물을 보는 것입니다. 그러나 노루귀를 보고, '햇살을 좋아할까, 음지를 좋아할까.' '언제 꽃이 피지?'라고 궁금해 할 수 있다면 그것은 수준 있는 호기심입니다.

더 나아가 노루귀를 찾아서 검색하고 꽃말을 생각하고 꽃의 의미를 생각하고 어느 곳에서 잘 자라는지 햇볕을 얼마나 좋아하는지

습기를 어느 정도 좋아하는지를 찾아보기 시작하면 호기심이 지적 수준을 높이는 데까지 나아간 것입니다.

그러니까 지적 호기심은 본질, 본류, 오리지널, 원형, 시초를 찾는 것이라고 할 수 있습니다. 그 해답은 책에서 찾을 수 있는데, 먼저 경험하고 깨달은 세계의 원형, 집대성된 지식이 그곳에 있기 때문입니다.

호기심을 느낀 대상의 뿌리를 책에서 찾는 것은 일차적으로 호기심을 해결하는 것입니다. 더 나아가 호기심의 원천이 현재에 어떻게 적용되는지, 미래에 어떻게 적용될지까지 생각하면 호기심을 응용하고 발전시키는 것이 됩니다. 그러니까 호기심은 궁금증으로 지식의 문을 두드리게 하고 새로운 세계를 개척하게 하는 원동력인 셈입니다.

호기심이 연 새로운 세상

1880년대 미국에서 밤하늘을 바라보던 한 남자가 있었습니다. 지구 저편 동쪽 나라가 궁금했던 그는 호기심을 품고 여행을 떠났고, 조선이라는 나라에 이르렀습니다. 조선의 정치, 경제, 문화가 신기했던 그는 약 3개월간 머물며 이를 기록했습니다.

또한 그는 미국 애리조나 주 사막에 천문대를 세우고 화성을 관찰하기 시작했습니다. 그렇게 관측한 내용을 『화성』, 『화성과 수로』, 『생명체가 있는 곳 화성』 등의 책에 담아냈습니다.

그의 호기심은 화성에 머물지 않고 태양계까지 나아갔습니다. 그

리고 당시 해왕성 바깥에 존재할 것으로 추측되었던 행성 X를 찾는데 남은 생을 바쳤습니다. 넘치는 호기심으로 지구와 우주를 탐구한 그의 이름은 바로 퍼시벌 로웰입니다.

그는 '행성 X 프로젝트'를 완성하지 못했습니다. 그러나 그가 세운 천문대에서 클라이드 톰보가 1930년 명왕성을 발견하면서 결실을 맺었습니다. 명왕성의 영어 이름 플루토(Pluto)와 천문 기호는 그의 이름 퍼시벌 로웰의 이니셜 P와 L을 딴 것입니다.

인류의 발전에 호기심은 언제나 첨병 역할을 했습니다. 천재 과학자로 불리는 아인슈타인은 말했습니다.

"나는 특별한 재능이 있는 게 아니라 단지 호기심이 굉장히 많을 뿐이다."

퍼시벌 로웰도, 아인슈타인도 그 위대한 업적은 바로 호기심에서 비롯되었습니다.

호기심은 학습력을 높이는 에너지

예일대 의대를 졸업한 뒤 존스홉킨스 병원에서 샴쌍둥이 분리 수술에 최초로 성공한 외과의사 벤 카슨. 그는 초등학교 5학년 때만 해도 공부를 아주 못하는 아이였습니다.

벤은 반에서 꼴찌인 성적표를 보고 고개를 숙였습니다. 어머니는 자신의 잠재력을 믿지 않는 아들이 안타까워 숙제를 내주었습니다.

"매주 두 권씩 책을 읽고, 독후감을 써서 보여주렴."

벤은 도서관 이곳저곳을 기웃거리다 호기심이 발동하는 책을 하나 골랐습니다. 바로 『비버: 목수, 댐 건설자』였습니다. 벤은 처음으로 도서관에서 빌린 이 책을 이틀 만에 모두 읽었습니다. 일단 한 권을 다 읽고 나자 책에 대한 거리감이 없어졌고 다른 동물들에 대해서도 알고 싶어졌습니다.

그렇게 동물에 관한 책들을 찾아 읽은 다음엔 식물에 대해 호기심이 일었습니다. 그래서 식물에 관한 책, 그 다음에는 광물과 암석에 대한 책들을 읽어나갔습니다.

도서관에서 책을 빌려 읽으면서 벤에게 신기한 변화가 생겼습니다. 수업시간에 알아듣는 단어가 점점 늘어갔고, 그러다 보니 수업을 듣는 것이 재미있었습니다.

어느 날 과학시간, 선생님이 유리같이 생긴 까만 돌조각 하나를 들어 올리며 물었습니다.

"이게 뭔지 아는 사람?"

유일하게 벤이 손을 들었습니다.

"흑요석입니다."

"그래, 맞아. 그럼 이것은 화산과 어떤 관계가 있지?"

"용암이 물에 닿을 때 빠르게 냉각되면서 만들어진 돌입니다."

"맞아. 네게서 이런 대답을 듣게 되다니 정말 자랑스러운걸."

선생님에게 인정을 받자, 벤은 과학시간이 더욱 즐거워졌습니다. 이때부터 공부의 즐거움에 빠져든 벤은 6학년 때는 전체 수석을 차지했습니다. 꼴찌 성적표를 받고 의기소침했던 소년이 고작 1년 만에 전교 일등을 한 것입니다.

호기심으로 읽었던 책에서 발견한 '흑요석'이 과학 수업의 배경 지식이 된 순간, 그의 운명을 바꿔놓았습니다. 그것을 계기로, 독서의 폭이 넓어지고, 공부의 힘도 더 커질 수 있었습니다.

지적 호기심을 갖자

어릴 때는 모든 것을 신기한 눈으로 바라보고 질문이 끊이지 않았고, 그것이 많은 것을 배우게 한 원동력이었습니다. 그런데 나이가 들어갈수록 호기심을 잃어갑니다. 주어진 일과를 반복하고 익숙해지면서 주위를 둘러보고 새로운 것을 발견하는 일이 드물어지기 때문입니다.

그러나 호기심이 살아 있는 사람은 나이와 상관없이 언제든 새로운 세계를 찾아내고, 좋아하는 일을 만날 수 있습니다.

우연히 한 다큐 프로그램에서 일제 강점기 때 조선인 변호와 구명에 앞장섰던 후세 다츠지란 인물을 보고, 위인전을 쓰게 된 고등학생이 있습니다. 바로 임현우 학생인데, 다큐를 통해 처음 접한 뒤 후세 다츠지에 대해 호기심을 느껴 관련 자료를 수집하고, 위인전 『우리 변호사 후세 다츠지』를 썼습니다. 그 결실을 인정받아 경희대 수시전형으로 사학과에 입학했습니다.

이 책의 특별한 점은 국한문 혼용체라는 점인데, 단재 신채호의 『조선상고사』를 보고 깊은 감명을 받아 그의 문체를 본 따서 썼다고 합니다. 그는 여기에 필요한 한자를 익히려고 고교 1학년 때부터 한자도 공부했다고 합니다.

호기심으로 생겨난 관심과 열정이 역사학 전공이라는 꿈의 길로 이어진 셈입니다. 단순한 호기심이 아니라, 지적인 호기심으로 발전해 미래의 문까지 열린 것입니다.

이렇듯 호기심은 꿈을 만들고 이뤄가는 엄청난 힘이 됩니다. 어떻게 하면 호기심의 불씨를 잃지 않고 키울 수 있을까요. 궁금한 것이나 신기한 것이 있을 때, 이를 무시하거나 놓치지 않고 적극적으로 찾고 알아보는 것입니다.

이때 책은 좋은 정보원이 됩니다. 호기심의 불씨를 갖고 있으면, 배울거리는 무한하고, 축적된 지식만큼 탁월한 인재가 될 수 있습니다.

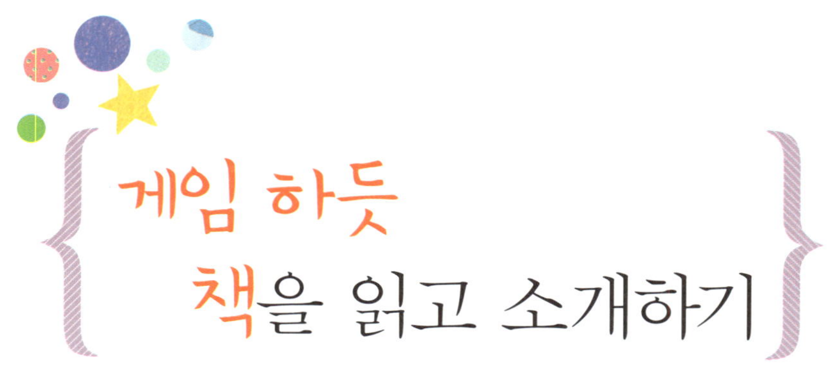

책 읽기에서 많은 청소년이 걱정하는 것
이 바로 시간입니다.

"입시 준비도 해야 되고, 과목 시험 준비도 해야 하는데 책을 볼
시간이 있어야 말이죠."

초등학교 때만 해도 책을 권장하던 어른들도 청소년이 교과서가
아닌 다른 책을 들고 있으면 걱정을 하기도 합니다.

그런데 하루 종일 앉아 있다고 공부가 되는 건 아닙니다. 또 입시
준비를 해야 한다고 공부만 하면 스트레스를 받고 오히려 공부가

잘 안 될 수 있습니다. 이럴 때는 마치 게임을 하듯 가벼운 마음으로 책을 읽으며 충전하는 것이 오히려 공부에 더 효과적입니다.

책을 읽을 시간이 없다고 느끼는 것은 책 읽기를 어렵게 느끼는 데서도 비롯됩니다.

"독서광은 한눈으로 여러 대목을 살피며 읽어낸다. 그리고 요점만 골라낸다. 이에 따라 필요한 대목을 스스로 활용할 수 있다."

작가 애드거 앨런 포의 말입니다. 책을 많이 읽는 사람은 책을 자유자재로 읽어낸다는 뜻이기도 합니다.

우리나라 청소년들 중에서도 책 읽기에 어려움을 호소하는 학생이 많습니다. 어릴 때부터 책 읽기가 습관으로 훈련되지 않은 탓입니다. 이런 상태에서 학과 공부에 시간을 쏟다 보면 지금 당장 봐야 할 참고서 등에 독서가 우선순위에서 밀려나기도 합니다.

또한 책이라고 하면 처음부터 겁을 먹거나 어려운 것이라 생각하는 학생들도 많습니다. 왠지 남들이 보기에 주제가 가볍지 않고 유명한 책을 읽어야 한다는 부담을 느끼는 경우도 있습니다. 이때 필요한 것은 책을 게임처럼, 만화처럼 가볍게 여기는 것입니다.

처칠은 명연설가로 알려졌지만 필력도 대단했습니다. 1953년 저서인 『제2차 세계대전』으로 노벨문학상을 받기까지 했습니다. 처칠은 "글을 잘 쓰게 된 데는 어린 시절부터 꾸준히 해온 독서의 힘이 크다"고 했습니다. 그는 책을 쉽게 읽는 방법으로 이렇게 조언했습니다.

"책을 쓰다듬고 쳐다보기라도 해라. 아무 페이지나 펼쳐서 아무거나 눈에 띄는 구절부터 읽기 시작하는 것이다."

 한 권을 다 읽지 않아도 좋습니다. 중요한 것은 게임과 만화를 부담없이 즐기듯이 책도 가벼운 마음으로 대하는 것입니다.

책은 읽어야 하는 것에 틀림없지만, 읽어야 한다는 생각이 강박관념이 되면 부담감만 커져서 책과는 더 멀어질 뿐입니다. 따라서 자연스럽게 책과 친숙해지는 것이 필요하고, 그러려면 손닿는 곳 어디에나 책을 놓아두고 심심할 때마다 수시로 들춰보는 것이 좋습니다.

장르 따라 읽는 방법도 다르게

책을 읽는 방법은 여러 가지가 있습니다. 꼭 읽어야 하지만 어려운 책이라면 처음부터 꼼꼼하게 읽으려 하지 말고, 한 장 한 장 노는 듯 넘겨보는 게 좋습니다. 그러다 보면 어떤 단어가 눈에 들어오고, 그 다음에 넘기면 문장이 눈에 들어옵니다.

책 내용을 다 이해하지 못해도 상관없습니다. 저 역시 인문학 책인 『역사의 연구』를 처음 읽었을 때는 내용을 제대로 이해하지 못했습니다. 하지만 훗날 내 인생의 책으로 꼽게 되었듯이, 가까이하다

보면 언젠가는 완벽하게 이해하고 영감을 얻을 수도 있습니다.

또 음미하며 읽어야 할 책이 있고, 속독이 필요한 책이 있습니다. 가령 김훈의 『칼의 노래』나 박완서의 『그 많던 싱아는 누가 먹었을까』 같은 문학 작품은 한 글자도, 행간까지도 놓치지 말고 가야 하는 책입니다. 반면 사회과학 책들은 대체로 분량이 많지만 핵심 주제나 사례가 반복되는 편이어서 하나하나 따져 읽기보다는 죽죽 건너뛰며 필요한 부분만 뽑아 읽어도 좋습니다.

또 학생이나 글을 다루는 사람 그리고 전문 분야를 공부하고 싶은 사람은 글 읽는 방법이 달라야 합니다. 전자의 경우 참 좋은 시, 소설이다 싶으면 문장을 통째로 외우는 것이 좋습니다. 후자의 경우는 그 분야 관련 서적을 어떤 책이든 반복해 읽어야 내용을 깊이 이해할 수 있습니다.

읽은 책을 소개하는 여섯 단계

책은 그냥 읽는 것이 전부가 아닙니다. 그 내용을 자기 것으로 소화하는 것이 중요합니다. 누군가 "그 책 어때?"라고 물었을 때 쉽게 대답하지 못한다면, 책을 제대로 읽었다고 할 수 있을까요.

제대로 내가 그 책을 이해했는가를 가늠해 보는 데 가장 좋은 방법이 읽은 내용을 요약하여 남에게 소개하는 것입니다. 일종의 독후감 발표인 셈입니다. 그래서 읽은 책을 멋지게 소개하는 것은 독서의 완결편이라고 할 수 있습니다.

실제로 텍스트를 읽고 요약하기는 이해력을 측정하는 데 중요한 도구가 됩니다. 그래서 논술이나 각종 입시 등에서도 자주 출제되는 시험 유형입니다. 신문기사를 쓰는 '6하원칙'처럼 아래의 항목들에 따라 조목조목 정리하면, 내가 읽은 책을 상대방에게 조리 있게 설명할 수 있습니다.

1. **이 책을 읽게 된 계기를 이야기합니다.** '서점에서 제목이 눈에 띄어 읽게 되었다' '선생님이 권해주셨다' 등 이 책을 만나게 된 동기를 말합니다.
2. **이 책이 어떤 책인지 한마디로 요약합니다.** 가령 『위대한 시작』은 고도원 아저씨가 들려주는 꿈에 관한 이야기다.' 『링컨: 당신을 존경합니다』는 링컨의 일생에 관한 이야기다'라는 식입니다.
3. **줄거리를 이야기합니다.** 소설이라면 상대방이 어떤 책인지 알 수

있도록 쉽고 간단하게 설명하고, 『위대한 시작』처럼 줄거리가 없
는 책은 마음에 드는 챕터나 단락을 소개합니다. 듣는 사람이
어떤 책인지를 바로 알 수 있도록 쉽게 소개합니다.

4. 이 책이 좋은 이유를 설명합니다. 이 책이 왜 재미있었는지, 어떤 부
분이 감동적이었는지를 설명합니다. 이때 나의 경험과 연관지어
설명하면 더욱 공감을 불러일으킬 수 있습니다.

5. 인생의 노트에 적고 싶은 구절 하나를 소개합니다. 왜 밑줄을 그었는지,
그 내용에 어떤 의미가 있는지 설명합니다.

6. 이 책은 어떤 사람이 읽으면 좋을지 이야기합니다. 이렇게 책 소개를 했
을 때 상대방이 읽고 싶은 마음이 들면 성공한 셈입니다.

이 여섯 가지는 하나의 틀을 제시한 것이고, 이를 활용해서 각자
변형해 보면 더 개성 있는 책 소개가 될 겁니다. 또한 이렇게 소개문
을 작성하는 과정에서 요약하기를 연습하고 글쓰는 훈련도 해볼 수
있습니다.

{ 글을 잘 쓰는 비결 }

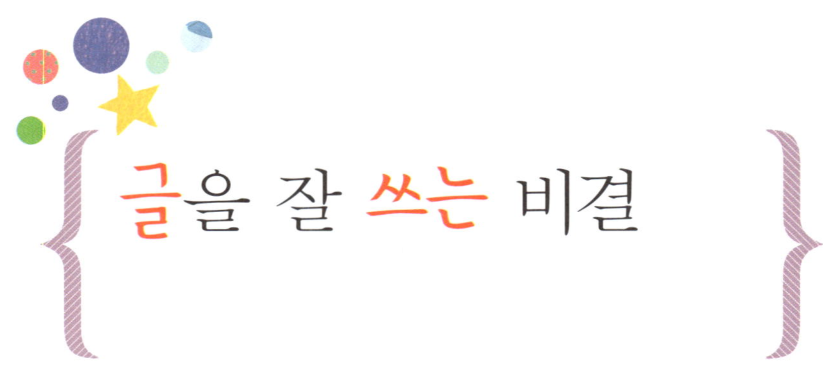

글쓰기는 차원 높은 자기 표현입니다. 단순한 감정 표현을 넘어서 성숙, 성장, 승화의 기회를 주기 때문입니다. 바둑을 열심히 둬서 고수가 되면 정신세계가 성숙하듯이, 쓰기를 반복하다 보면 정신세계가 성장하고 내면의 고통이 치유됩니다.

또한 글을 잘 쓴다는 것은 단순히 매끄러운 문장을 쓰는 것이 아니라 철학이 담겨 있고 감동이 있는 글을 쓰는 것입니다. 톨스토이, 도스토예프스키와 같은 대문호의 작품이 위대한 것은 글 속에 세상과 사람에 대한 작가의 뛰어난 통찰력이 녹아 있기 때문입니다.

좋은 글을 쓰려면 '내면의 우물'에 담긴 물을 길어 올릴 수 있어야 합니다. 바로 이 과정에 대한 부담 때문에 글쓰기를 어려워하는 경우가 많은데 글쓰기는 훈련을 하면 누구나 실력이 향상됩니다. 세상과 사람에 관심을 기울이고, 그 생각을 글로 표현하는 훈련을 하다 보면 좋은 글이 나오게 되는 것입니다.

사전에서 길 찾기

저는 학창 시절 백일장 대회에서 상을 많이 탔습니다. 거기에는 비법이 있었는데, 바로 국어사전입니다. 백일장 대회를 앞두고 저는 꼭 국어사전을 훑어보았습니다. 한 백일장 대회에서는 시제가 '바람'이었는데, 첫 구절을 이렇게 시작했습니다.

'바람은 왜 이렇게 음탕한지.'

중학교 1학년이 '음탕'이라는 단어를 구사하는 것에 선생님이 놀라셨고, 그 시는 독특한 표현력 덕에 상을 받을 수 있었습니다. 이때뿐만 아니라 남들이 잘 쓰지 않는 단어를 풍부하게 쓰는 탓에 제 시는 늘 주목을 받았습니다. 늘 국어사전을 가까이 두고 단어들을 찾아본 덕입니다.

여러분은 국어사전에서 최초로 찾은 단어가 무엇이었나요? 이 물음에 신체와 관련된 것이었다고 대답하는 경우가 많습니다.

저도 국어사전에서 제일 먼저 찾은 것이 신체와 관련된 단어였고,

그 단어를 보는 순간, 누가 보는 거 아닌가 주위를 살피면서 긴장된 마음으로 읽어갔습니다. 이 단어를 보다가 주위에 있는 음탕, 음험 등 관련된 단어들까지 찾아보게 되었습니다. 백일장에서 썼던 '바람은 왜 그리 음탕한지' '음험한 그늘'과 같은 표현은 이렇게 해서 나온 결과들입니다.

또 국어사전에서 제 성인 '고' 자를 찾아보니, 고결, 고매, 고상 같은 단어들이 있었습니다. 음탕에서 고상까지, 관심 있는 단어를 찾다 보니 주위에 있는 단어들까지 살펴보게 되고, 그러면서 나도 모르게 어휘력이 늘어갔습니다.

『허클베리 핀』을 쓴 작가 마크 트웨인은 엄청난 어휘력으로 유명합니다. 그는 늘 웹스터 사전을 끼고 다니며 틈틈이 읽었다고 합니다. 그의 상상력과 문장력의 바탕에도 사전이 있었습니다.

글 쓰는 직업을 갖게 되면서 저는 사전을 더 가까이했습니다. 잡지 《뿌리깊은나무》 기자로 일하던 시기에는 토속적인 우리말들을 쓸 기회가 많았는데 이때 '토실하다' '솔솔하다' 같은 단어들을 사전 속에서 찾으면서 어휘력이 더 풍부해지게 되었습니다.

그렇게 어휘력이 쌓이자 문장력이 향상되었고, 더 걸러지고 깊어진 표현들을 쓸 수 있었습니다. 구사할 수 있는 단어가 많으면 표현할 수 있는 것들도 많아집니다. 남들이 잘 모르는 단어를 알고 있으면 틀에 박히지 않은 표현을 할 수 있습니다. 또 단어의 뜻을 정확히 알면 정확하고 맛깔스런 글을 쓸 수 있습니다. 그 바탕이 되는 것이 바로 사전입니다.

자연과 교감하며 감수성을 키우기

주위에서 만나는 사물을 무심한 눈으로 보지 않고 관심을 갖고 표현하면 감수성이 풍부해지고 글쓰기 실력이 좋아집니다.

얼마 전 〈깊은산속 옹달샘〉에서 링컨학교 학생들과 함께 야생화 씨앗을 뿌렸습니다. 이날 세계적인 조경가이자 옹달샘의 조경을 맡고 있는 정정수 화백이 재미있는 이야기를 들려주었습니다.

"꽃씨를 뿌릴 때가 되기까지 어디에 보관하는지 압니까? 냉장고에 보관합니다. 냉장고에 넣었다가 봄에 뿌려야 발아가 돼요. 냉장고에 넣지 않고 책상서랍에 뒀다 뿌리면 발아가 안 됩니다. 왜일까요?"

이어지는 설명이 재미있었습니다. 씨앗에게도 기억이 있다는 것입니다. 겨울을 나지 않은 씨앗은 싹을 틔웠다가도 조금이라도 날이 차가워지면 죽고 맙니다. 그래서 겨울을 난 다음에 싹이 나와야 한다고 생각합니다. 냉장고에 넣어두어야 겨울을 지낸 줄 알고 '아, 이제 꽃을 피울 때가 되었구나' 생각한다는 겁니다.

산수유꽃 씨앗은 2년 만에 발아합니다. 하지만 꽃씨를 냉장고에 한 달 넣었다가 다시 밖에 내놓고 다시 냉장고에 넣었다가 꺼내 심으면 바로 발아합니다. '아, 2년이 되었으니 이젠 꽃을 피워야겠다'고 생각하는 겁니다.

정정수 화백의 설명을 들으면서, 꽃에게도 기억이 있고 때를 안다는 사실이 놀라웠습니다. 작은 꽃씨 하나에도 자연의 질서가 숨어 있고, 의미가 담겨 있다는 사실이 새삼 감탄스럽기도 했습니다. 문득 글쓰기는 사회생활 전반에 필요한 기본기이며 나를 드러내고 성숙시키는 차원 높은 자기 표현입니다. 남다른 표현과 정확한 표현으로 탁월한 글쓰기 실력을 갖추고 싶다면, 어휘력의 보물창고인 사전을 늘 가까이하면 큰 도움이 됩니다. 또한 자연과 세상과 교감하며 섬세한 관찰력과 감수성을 키우면 누구도 흉내 내지 못할 나만의 빛나는 문장들이 탄생하게 됩니다.

그 작은 꽃들에게 말을 걸고, 꽃의 마음을 읽어보고 싶어졌습니다.

우리가 마음을 열고 만나는 대상은 꽃, 나무, 바람, 하늘 모든 것이 될 수 있습니다. 마음을 더 크게 열수록 만날 수 있는 대상은 더 많아지고, 그로부터 느끼고 표현하는 폭도 넓어집니다.

자연 속에서 아름다운 것, 놀라운 것을 발견했을 때 이를 글로 써보면 표현력이 좋아집니다. 글은 시인의 감수성으로만이 아니라, 자연을 세밀하게 관찰하는 과학자의 눈으로도 쓸 수 있습니다. 대상을 이해하는 측면은 이처럼 다양할 수 있고, 그것을 글로 표현하는 것 또한 그만큼 다양할 수 있습니다.

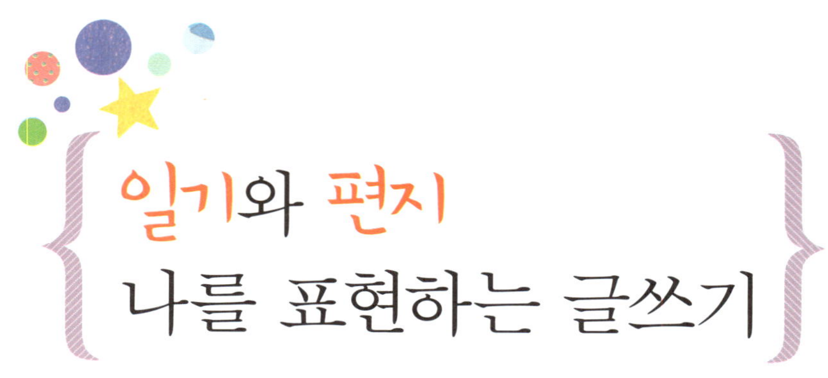

앞에서 스토리텔링의 중요성을 이야기하
면서 '나의 이야기'를 쓰라고 했습니다. 그러자면 내 생각과 감정
그리고 그것들에서 배운 경험과 지혜가 글에 드러나야 합니다. 이런
글쓰기 실력을 키우는 데는 일기와 편지 쓰기가 좋은 방법입니다. 특
히 일기는 문장력을 키우고, 내면을 성숙시키는 데 효과가 큽니다. 최
근에는 블로그나 페이스북과 같이 나의 이야기를 글로 기록하는 인터
넷상의 서비스들이 늘어나고 있습니다. 그만큼 다양한 방식으로 자신
의 이야기를 하며 타인과도 소통할 수도 있게 된 것이죠.

나를 드러내고 성장시키는 일기

문장력을 키우는 지침서로 유명한 이태준의 『문장강화』에서 일기의 중요성을 이렇게 말했습니다.

"일기를 쓰면 문장 공부가 된다. '오늘은 여러 날 만에 날이 들어 내 기분이 청쾌해졌다' 한마디를 쓰더라도, 이것은 우선 생각을 정리해 문자로 표현한 것이다. 생각이 되는 대로 얼른얼른 문장화하는 습관이 생기면 글을 쓴다는 데 새삼스럽거나 겁이 나거나 하지 않는다. 더구나 일기는 남에게 보이는 것이 목적이 아니기 때문에 쓰는 데 자유스럽고 자연스러울 수 있다. 글 쓰는 것이 어렵다는 압박을 받지 않고 글 쓰는 공부가 된다."

일기처럼 나를 솔직하게 드러내는 데서 글이 시작돼야 나중에도 살아 있는 글, 감동을 주는 글을 쓸 수 있습니다. 또한 일기는 청소년기의 불안한 내면을 다독여주고, 성장해 가는 데 좋은 친구가 됩니다.

작가 김형경은 오늘의 자신을 있게 한 것은 일기였다고 했습니다.

"일기를 쓰지 않았다면 내부의 분노를 쏟아낼 길이 없어 비행을 저질렀을지도 몰라요. 그후로도 일기를 꾸준히 썼고 대학 들어가 일기가 습작으로 변하기 시작했어요."

초등학교 5학년 때, 가정 문제 때문에 불안하고 우울해서 세상과 부모에 대한 분노를 일기에 썼는데, 이것이 작가의 습작 노트가 되어준 것입니다.

저에게는 일기가 일종의 꿈 노트였습니다. 저는 중학교 2학년 때부터 대학교에 들어갈 때까지 일기를 썼습니다. 처음에는 아버지의 지시 때문에 일기를 쓰기 시작했지만, 쓰다 보니 재미있어졌습니다. 특별한 형식에 매이지 않고 상상의 나래를 펴기도 하고, 연애편지를 일기에 써보기도 했습니다.

일기를 나중에 읽어보니 제 성장 과정이 그대로 보였습니다. 또 그 일기를 보면서 지나간 시간을 음미하고 새로운 꿈을 떠올리기도 합니다. 그러니까 일기는 단순히 오래전 기록에 머무는 것이 아니라, 언제든 새롭게 변주되는 음악처럼 감성을 자극하고 영감을 줍니다.

감정을 성숙시키는 편지

일기가 자신에게 쓰는 편지라면, 편지는 누군가 가까운 사람, 사랑하는 사람, 관심 있는 사람과 소통하는 도구입니다.

"저를 포기하지 않고 쓰다듬어주셔서 감사해요. 여기 오기 전까지 엄마를 싫어했어요. 부족한 나로 인해 생겨난 생각이에요. 많이 사랑하지만 많이 표현 못해드려서 죄송해요."

부모님에게 보내는 편지를 통해 어머니와 갈등이 심했던 한 학생은 처음으로 속내를 드러냈습니다. 편지를 앞에 두면 마음이 차분해지고, 마음 깊은 곳 진심의 우물을 길어 올리게 됩니다.

자신의 감정을 잘 표현하지 못하는 사람도 편지에는 솔직한 마음을 고백할 수 있습니다. 특히 사랑을 고백하고 표현하는 데 아주 좋은 수단입니다. 그래서 오랜 세월 수많은 연인은 편지를 통해 마음을 표현해 왔습니다.

차이코프스키의 사랑도 그의 음악에 감동을 받았다는 폰 메크의 편지로부터 시작되었습니다. 폰 메크는 음악에 대한 남다른 안목과 애정을 지니고 있었는데, 차이코프스키의 음악을 들은 뒤 그를 응원하고 후원하기로 마음먹은 것입니다. 우울증이 심했던 그에게 폰 메크의 편지는 마치 구원의 손길과도 같았습니다. 이날의 편지를 시작으로 무려 14년 동안 차이코프스키와 폰 메크는 격려와 위로, 공감의 편지를 주고받았습니다.

차이코프스키에게 폰 메크는 연인이자 음악적 영감을 주는 존재

였습니다. 차이코프스키는 자신의 인생에서 최고의 작품이라고 평가받은 〈4번 교향곡〉을 폰 메크에게 헌정하며 그녀에 대한 마음을 표현하기도 했습니다. 차이코프스키에게 그녀는 뮤즈였던 셈입니다.

제게도 그런 첫사랑이 있었습니다. 초등학교 때 한 소녀를 보는 순간 사랑에 빠졌습니다. 두 살 아래의 그 소녀를 고등학교 3학년 때까지 6년 동안 마음에 두고 가슴에 넘쳐나는 사랑을 표현하기 위해 밤을 새워 편지를 썼습니다. 때로는 써놓은 글이 마음에 들지 않아 이 책 저 책을 뒤적이고, 셰익스피어의 소네트를 읽고 단어만 바꿔 쓰기도 했습니다.

나 그대를 여름날에 비할 수 있을까?

그대가 훨씬 사랑스럽고 온화한 것을.

거친 바람이 오월의 향긋한 꽃봉오리를 흔들고,

우리에게 허락된 여름은 너무 짧아라.

때론 하늘의 눈이 뜨겁도록 반짝이고,

그 황금빛 안색이 흐려지는 것도 자주 있는 일.

우연, 또는 자연의 무상한 이치로

세상의 모든 아름다움은 때때로 시들지만,

그대의 영원한 여름만은 시들지 않으리.

그대가 지닌 아름다움도 잃지 않으리.

죽음조차 그대가 자신의 그림자 속에서 헤맨다고 자랑치 못하리.

불멸의 시구 속에서 그대는 시간과 하나가 되도다.

인간이 숨을 쉬고 눈이 있어 볼 수 있는 한

이 시는 살아 그대에게 생명을 주리니.

셰익스피어 〈소네트 18번〉입니다. 조금은 오글거리는 셰익스피어의 시들을 읽으며, 그 소녀에게 편지를 보내기 위해 쓰고 버리고 또 다시 써내려간 그 연애편지들은 때로 부치지 못하기도 했지만, 어느

덧 내 감성을 키우고 글쓰기 실력을 키웠습니다.

요즘은 문자 메시지로 짧고 빠르게 마음을 전달합니다. 그래서 편지를 시간이 오래 걸리는 고리타분한 전달방식이라고 생각할 수 있습니다. 그러나 편지는 자신의 마음을 차분하게 돌아보고 내면의 우물을 길어 올린다는 점에서 차원 높은 글쓰기를 훈련할 수 있는 좋은 방법입니다. 시간이 좀 걸리는 만큼 깊이 있는 감정을 전달할 수도 있습니다.

사랑하는 연인, 친구, 부모형제에게 편지를 써보세요. 미처 말하지 못했던 진심을 전달할 수 있어서 감동의 크기는 더욱 클 수밖에 없습니다.

나에게 편지를 써본 적이 있나요? 아마 없을 겁니다. 내면의 상처와 고통에 대한 치유를 넘어 희망과 용기를 주는 글쓰기로, '내가 나에게 쓰는 편지'를 권합니다.

나에게 쓰는 편지는 자신을 객관화해서 바라보게 하는 힘이 있습니다. 내 상처와 고통을 정면으로 마주하고, 그 아픔을 위로하면서 스스로 다시 일어설 힘을 찾는 것입니다.

또 '5년 후 나에게 편지 쓰기'는 자신과 꿈을 생각하는 좋은 방법입니다. 지금 갖고 있는 꿈이 5년 후 어떻게 되었을지 상상해 보고 소망을 담아 바라보는 것입니다. 시간을 건너뛰어 미래를 구체적으로 그려보면, 오늘의 나를 세울 수 있게 됩니다. 오늘 어떤 그림을 그리느냐에 따라 미래가 달라지기 때문입니다.

촛불을 켜고 나를 바라보기

나에게 편지를 쓰기 전 초를 켜고 촛불을 바라봅니다. 초는 자기를 녹여서 빛을 냅니다. 아무리 어두운 곳에도 촛불을 하나 켜면 밝아집니다.

촛불에 마음을 집중합니다. 지금까지 겪었던 일들을 되돌아보면서 마음을 정리합니다. 조용히 눈을 감아보세요. 마음속에 내 앞의 것과 똑같은 촛불을 하나 켜고 그것을 바라보세요.

눈을 감고 마음의 눈으로 바라보면 5년 전, 10년 전에 본 촛불, 5년 후, 10년 후의 촛불까지도 볼 수 있습니다.

촛불에 비친 내 얼굴을 바라보세요. 내 얼굴이 어떻게 달라졌는지 바라보고, 격려하고 위로하세요.

'얼굴이 많이 밝아졌구나. 멋있어. 근사해.'

그동안 이 아름다운 미소를 잃고 살았던 내 얼굴을 바라보세요. 여러분이 아무리 어렵고 힘들어도 자기 얼굴을 바라보며 위로할 수 있다면, 충분히 이겨낼 수 있습니다.

그리고 그 자리에 맨 먼저 생각나는 사랑하는 사람을 불러 오세

요. 누구의 얼굴이 보이나요. 어머니, 아버지, 형제, 친구……. 사랑하는 사람에게 미소로 인사하세요. 감사해야 할 사람도 떠올려보세요. 그리고 마음으로 말하십시오.

'사랑합니다. 감사합니다. 당신이 있었기 때문에 오늘의 제가 있습니다. 당신이 있기 때문에 나의 미래가 있습니다. 이 자리에 있게 해주셔서 정말 감사합니다.'

마지막으로 다시 내 얼굴을 바라보세요. 이 세상에 하나밖에 없는 내 얼굴, 바꿀 수 없는 얼굴. '이 얼굴에 미소가 가득하게 하리라' 다짐하세요.

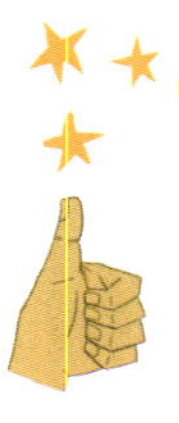

편지는 기록입니다. 기록은 과거와 현재, 미래를 잇는 연결고리여서 오늘을 더 성실히 살게 하고 미래를 준비하게 합니다. 그러니 기록이 없는 사람은 조각난 시간 속에서 실수와 실패를 반복하며 살기 쉽습니다.

이제 눈을 뜹니다. 촛불을 다시 바라보세요. 이 세상이 아무리 어려워도 자신을 믿으세요.

'아이 엠 그레이트. 나는 위대한 사람이다.'

이 말을 간직하세요. 살다 보면 마음의 키가 부쩍 크는 날이 있습니다. 인생의 점이 하나 찍히고, 나의 존재에 대해 다시 생각하고, 내 주변에 대해 다시 생각하는 날이 있습니다. 그래서 내 가슴에 꿈이 생기고, 새로운 것을 깨달은 날, 그 순간부터는 이전의 생활과 달라져야 합니다.

허술하게 살면 안 됩니다. 학교 다닐 때는 공부 열심히 하고, 놀 때는 멋있게 놀 줄 알아야 합니다. 친구, 형제들 가운데서 내가 가장 어려운 일을 맡아서 하겠다는 마음으로 살아야 합니다. 그래야 꿈을 이루고 리더가 될 수 있습니다.

멋진 5년 후를 꿈꾸며

이제 시선을 내부로 향하고, 내 안의 또다른 나를 바라봅니다. 그리고 5년 후 나에게 편지를 씁니다. 5년 후 나는 어떻게 달라져 있을까요.

학생들은 5년 후에 만날 자신에게 이런 메시지를 띄웠습니다.

"너는 특별한 아이야. 네가 희망을 가지지 않으면 사람들에게 희망을 줄 수 없잖아. 항상 내가 지켜볼게. 힘내. 추운 겨울날 현재의 내가 미래의 나에게."

"지금은 너무 어리고 철도 없지만. 많이 의젓해져 있겠지. 한 가지 바라는 게 있다면 내가 나 스스로를 잘 다독일 수 있었으면 좋겠어. 미안하고 사랑하고 고마워. 5년 전 내가."

다른 누구도 아닌, 내가 나에게 용기를 줍니다. 그리고 5년 후 어떤 모습으로 살기를 원하는지 그 마음을 써봅니다.

'자성 예언'이라는 말이 있습니다. 미국의 사회학자 로버트 머튼은 사람들이 자기 자신에게 기대나 암시를 걸어 목표를 성취하는 것을 '자기 달성 예언'이라고 불렀습니다. 믿음과 행동이 일치되어 그것이 현실로 나타날 수 있다는 것입니다. 5년 후 나에게 말을 걸어보세요. 그 말이 자기 달성 예언으로 힘을 발휘할 수 있도록 말입니다.

2·2·5·10 독서법으로
책과 친해지자!

사람들이 제게 많이 하는 질문 가운데 하나가 "많은 일을 하느라 시간이 없을 텐데, 언제 그렇게 많은 책을 읽느냐"는 것입니다.

아침편지를 통해 매일 책을 소개하지만, 사실 책을 읽지 않는 날도 있습니다. 특히 여행을 갈 때는 여행지에서 더 많은 것을 보고 느끼기 위해 일부러 책을 가져가지 않습니다. 그러나 어떤 날은 하루에 다섯 권 이상을 읽기도 합니다. 오랜 독서 습관으로 책과 상황에 맞는 효율적인 독서법이 몸에 밴 덕분입니다.

저는 제 속독법을 '2·2·5·10 독서법'이라고 부릅니다. 2·2·5분은 세 번에 걸쳐 속독을 연습하는 것이고, 10분은 정독을 배우는 것입니다. 이 훈련을 하면 30분 안에 책 한 권을 읽을 자신과 기술이 생깁니다. 2·2·5·10 독서법을 이 책『위대한 시작』을 예로 살펴봅시다.

책을 효과적으로 보는 방법은 어렵지 않습니다. 일단 책 제목을 보고, 차례를 보고, 책장을 끝까지 넘깁니다. 이때 단어 한두 개가 눈에 들어올 수 있습니다. 그 단어를 보면서 넘깁니다. 그러다 보면 단어가 몇 개 더 눈에 들어옵니다. 어떤 때는 문장이 보입니다. 다시 또 넘겨보면 '어디쯤에 이런 글이 있지' 하는 감이 잡히면서 자기 것으로 소화하기 시작합니다.

그렇게 다섯 번만 넘겨보면 그 책은 자기 것이 됩니다. 물론 아주 자세하게 내용을 전부 다 이해하는 것은 아니더라도 일단 책의 전체적인 면모를 파악할 수 있습니다. 쉽게 읽기 어려워 아예 펼쳐볼 엄두조차 못 내는 고전도 그렇게 하면 읽어낼 수 있습니다. 첫 구절과 맨 끝 구절을 먼저 본 다음, 이해가 되지 않더라도 책장을 넘기는 겁니다.

❶ 2분, 무슨 책인지 살피다

책 제목, 표지, 차례, 소제목을 살피면서 책장을 넘깁니다. 그러면 책의 전체 분위기를 알 수 있습니다. 2분 동안『위대한 시작』한 권을 다 읽는다 생각하고 책장을 끝까지 넘기면서 어떤 책인지 살핍니다.

'꿈을 이루는 스피치와 독서에 관한 책'

'꿈을 갖기 위해 읽어야 할 책'

'청소년을 위한 꿈 찾기 책'

어떤 책이든 2분 동안 책장을 넘기고, 그 책에 대해 한마디로 설명할 수 있도록 합니다.

❷ 2분, 눈에 띄는 단어를 줍다

2분 동안 한 차례 훑어보았기 때문에 다시 살펴보면 눈에 들어오는 단어들이 있습니다. 마음에 꽂히는 단어 열 개를 찾는다 생각하고 한 번 더 2분 동안 책장을 넘깁니다.

'꿈의 북극성'

'명상'

'스피치'

'인생의 점'

'호기심 천국'

이때 발견하는 단어들은 이 책을 이해하는 키워드가 됩니다.

❸ 5분, 밑줄을 긋다

이제 좀더 책이 친숙해지기 시작합니다. 이번에는 5분간 책장을 넘기면서 마음에 드는 구절에 밑줄을 긋습니다.

'발을 내려다보지 말고 고개 들어 별을 바라보십시오.'

'책은 동반자이자 멘토입니다.'

'꿈을 쓰면, 마법처럼 현실이 됩니다.'

왜 그 구절이 와 닿았는지 생각해 보고 그 느낌을 밑줄 아래에 씁니다. 이것은 책에 더 가까이 다가가고 깊이 이해하는 방법이기도 합니다.

지금까지 2분, 2분, 5분, 세 번을 읽었습니다. 짧은 시간이지만 세 번을 보다 보니 책이 친숙하게 느껴집니다.

❹ 10분, 책의 내용을 꿰뚫다

이제는 10분 동안 책을 읽어갑니다. 2·2·5분 동안 세 번 속독을 했다면, 10분 동안 정독을 배우는 것입니다. 10분 동안 전체는 읽을 수 없지만 한 챕터는 읽을 수 있습니다. 밑줄 그었던 구절이 있는 챕터를 읽는 것도 좋고, 마음에 드는 제목이나 단어를 발견했던 챕터를 읽는 것도 좋습니다. 어떤 내용인지 구체적으로 말할 수 있을 만큼 그 부분을 정독합니다.

2·2·5·10 독서법을 훈련하면 어떤 책도 읽을 수 있습니다. 실제로 이 방법을 써본 많은 학생이 도움을 받았다고 말합니다.

"평소엔 진짜 책을 안 읽었어요. 그런데 책이 재미있는 거라는 걸 알게 됐어요. 2·2·5·10분 나눠서 해보니까 책이 한눈에 들어오고, 봤던 거라 그런지 내용이 눈에 익었어요. 그 전에는 책 한 권 읽는 데 두 달 넘게 걸렸는데, 어제는 30분 만에 다 읽었어요."

사실 책은 꼼꼼히 봐야 할 경우가 많지만, 책 읽기를 두려워하거나 귀찮아하는 사람에게 이 독서법은 특히 도움이 됩니다. 그렇게 책과 친해지면 좀더 세밀하고 깊이 있는 독서로 발전할 수 있습니다.

또 처음부터 책에 도전하기 힘든 사람은 아침편지를 열심히 읽는 것도 좋은 방법입니다. 책 내용을 이해하지 못한다 해도, 가령 1년 간 동서고금의 양서 제목과 그 저자 이름을 읽는 것만으로도 지식의 축적 수준이 달라집니다.

그리고 책을 읽은 다음 좋은 글귀를 노트에 정리하고 감상 글을 남겨놓으면 더욱 좋습니다. 이것이 쌓이면 세상에 하나뿐인 나만의 독서 노트가 만들어지고, 명문장 모음집이 됩니다.

이 책은 〈깊은산속 링컨학교〉의 주요 커리큘럼과 학생들의 다양한 활동 및 이야기를 바탕으로 씌어졌습니다. 그리고 아침편지를
통해 이미 소개된 학생들의 스피치와 사진 일부도 실려 있습니다. 사용을 허락해 주신 모든 분들께 감사드립니다. 미처 허락을 구
하지 못한 자료의 경우 연락을 주시면 감사하겠습니다.

위대한 시작

초판 1쇄 2013년 5월 27일
초판 15쇄 2023년 11월 10일

지은이 | 고도원
펴낸이 | 송영석

주간 | 이혜진
편집장 | 박신애 **기획편집** | 최예은 · 조아혜
디자인 | 박윤정 · 유보람
마케팅 | 김유종 · 한승민
관리 | 송우석 · 전지연 · 채경민

펴낸곳 | (株)해냄출판사 · 꿈꾸는 책방
등록번호 | 제10-229호
등록일자 | 1988년 5월 11일(설립일자 | 1983년 6월 24일)

04042 서울시 마포구 잔다리로 30 해냄빌딩 5·6층
대표전화 | 326-1600 **팩스** | 326-1624
홈페이지 | www.hainaim.com

ISBN 978-89-6574-381-1

파본은 본사나 구입하신 서점에서 교환하여 드립니다.

꿈꾸는 책방은 (주)해냄출판사와 아침편지 문화재단이 함께 만들어가는 출판 브랜드입니다.